魂刻天柱

徐赵东 著

图书在版编目（CIP）数据

魂刻天柱/徐赵东著. ---南昌：江西高校出版社，2022.10（2024.9重印）
ISBN 978-7-5762-3373-5

Ⅰ. ①魂… Ⅱ. ①徐… Ⅲ. ①长篇小说—中国—当代 Ⅳ. ①I247.5

中国版本图书馆 CIP 数据核字（2022）第 178206 号

出 版 发 行	江西高校出版社
社　　　址	江西省南昌市洪都北大道96号
总编室电话	(0791)88504319
销 售 电 话	(0791)88522516
网　　　址	www.juacp.com
印　　　刷	固安兰星球彩色印刷有限公司
经　　　销	全国新华书店
开　　　本	700mm×1000mm　1/16
印　　　张	15.25
字　　　数	220千字
版　　　次	2022年10月第1版 2024年9月第2次印刷
书　　　号	ISBN 978-7-5762-3373-5
定　　　价	68.00元

赣版权登字 -07-2022-1121
版权所有　侵权必究

图书若有印装问题，请随时向本社印制部(0791-88513257)退换

目录 CONTENTS

第一章 /1

第二章 /8

第三章 /27

第四章 /46

第五章 /60

第六章 /75

第七章 /95

第八章 /117

第九章 /133

第十章 /149

第十一章 /164

第十二章 /179

第十三章 /193

第十四章 /206

第十五章 /217

第十六章 /231

后记 /239

第一章

（一）

志高远，层峦蜿蜒；意坚定，挺拔巍峨。

行山间，水声潺潺；览溪流，清澈见底。

清风浮云衬幽静，黄雀嬉闹动旋律。

白墙黑瓦隐山林，袅袅炊烟弥饭香。

这里是皖西南的一个小山村，也是我的家乡，名叫良冲村，隶属于安徽省潜山市槎水镇，坐落于天柱山北麓的黄柏山区。天柱山是大别山余脉，因主峰高耸，势如擎天之柱，得名天柱，又因其潜藏于万山之中，别称潜山。此地县以山名，山以潜名。天柱山名列安徽省三大名山之一，以奇峰、怪石、吼泉、秀松闻名于天下，自古以来便是文化名山，早在汉武帝时被封为"南岳"，隋文帝时将尊号南移至衡山，但天柱山一直以"古南岳"而受世人仰慕。新中国成立后天柱山被开发为风景名胜区，先后被列入国家自然与文化遗产地、国家森林公园、国家AAAAA级旅游景区、联合国教科文组织世界地质公园。

天柱山山势险峻，沟壑纵横，周围一带群山环绕，易守难攻，距离长江仅几十公里，是不折不扣的战略要塞。潜山市前临长江，背靠大别山，历来为兵家必争之地。南宋末年，潜山义士刘源在天柱山扎寨抗元，十万大军驻扎坚守长达十八年之久。太平军年轻将领陈玉成，率部在天柱山区与清兵相持多年。抗日战争和解放战争中，共产党领导的游击队活跃在天柱山区，为抗击日寇和解放人民作出了巨大贡献。"天柱一峰擎日月，洞门千仞锁云雷"，如今人们多惊叹于天柱山的巍峨壮丽，却不知这片山区写满了可歌可泣的英雄故事。我要讲的故事就是其中之一，起始于1919年，终止在1949年，但在我心里它永远没有完结。

天柱山

（二）

时光回溯到1927年。秋收季节的清晨，田里忙着抢收稻谷的村民们或弯腰割稻，或吆喝着打稻，或哼着小曲挑着稻谷回家，整个村子沉浸在打稻的哐啷声、村民的吆喝声中。

"龙祥呃，快回家吃饭啰！"一声高亢清脆的女声在山间回荡。

"知道了，大姐。"响亮且爽朗的声音从郁郁的竹林里传出。须臾，山坡上一个男孩从竹林杂草间钻了出来，八岁的他手牵着黄牛，个子和黄牛差不多高。他清秀的脸上嵌一双像熟透了的葡萄一样又黑又大的眼睛，眼珠忽闪忽闪地转，透出一股机灵劲。

良冲村地域虽大，但人口并不密集，总共几百户人家，有徐氏、储氏、王氏三个大姓家族，这姐弟俩就属徐氏一族。姐姐叫徐竹花，年方十八，是家里的老大。弟弟叫徐龙祥，生于1919年，是家里的老二，他就是这个故事的主角，也是我的爷爷。那时没有人会知道，他长大后会投身于革命事业。

徐龙祥还有一个三岁的弟弟徐洪波以及一岁的妹妹徐荷香,母亲因生病刚刚去世半年,父亲是当地有名的石匠,靠着一手好手艺和辛勤劳作解决了全家温饱问题。因父亲经常在外做石工活,家中的重担便落在了姐姐徐竹花的肩上,她还要照顾三岁的弟弟和一岁的妹妹。令人欣慰的是徐龙祥聪明懂事,不怕吃苦又勤快能干,插秧、除草、割稻、挖地等农活都能和姐姐一起干。也正是这一年,国共合作破裂,外面时局混乱,徐竹花只希望一家人能平平安安,健健康康,并不求什么大富大贵。

(三)

"我家老大在江西做裁缝,上回写信说红军和国民党军在那边打起来了。"

"井冈山那边又打起来了,满山都在打,我们这山也多,不晓得会不会有一天打到我们这里来。"

"外面都说共产党要分田,那以后我们也有田种了?"

日子就这么一天天地过着,转眼来到1931年,仿佛跟以前没什么不同,只是从在外地谋生的年轻人带回的消息中总能听到哪里又在打仗,越来越多的年轻人嘴里开始谈论着共产党、国民党。村里的老人听到这种话一般都训斥年轻人不懂事,让他们不要多谈,毕竟老人还是担心自己的儿孙们,不愿意他们卷入战争或战死沙场。

这一年,徐龙祥已经读了五年私塾,私塾先生正是他的姐夫储境。储境和徐竹花也算恩爱,储境小时候家境贫穷,徐竹花经常从家中拿些物件变卖些钱,好让他能继续读书。转眼间,小弟徐洪波到了读书的年纪,家中开销增多,徐龙祥不忍心看着父亲和姐姐整日操劳奔波,便想着不再读书,去寻一个谋生之路,闲暇时还能回家里帮帮忙。

正月尾的一天晚餐后,寒风料峭,吹得门和窗户呜呜作响,徐龙祥一家人围坐在火盆旁烤火。徐竹花从锅笼里铲出烧过的炭火,火红火红的,往火盆里一倒,顿时暖意洋洋,一家人的脸庞都映染上了一层红晕。这山里的冬天寒冷,但一家人的团聚却温馨无比。

徐父抽了一口旱烟。油黑的杆儿、墨色的嘴儿、黄灿灿的烟斗头,旱烟的味儿也在屋里飘散着。徐父吐着烟圈,享受着一家人在一起的幸福时光。

"爸,开春了我想同天明大叔做点生意。"徐龙祥的声音很轻,带着一点试探意味。他坐在父亲的对面,弯着身子靠近火盆,手伸在火盆的上方胡乱地揉搓着,头低埋着,眼睛似乎只在看着自己的手。声音虽轻,却打破了刚刚的宁静,谁也不知这句话会把他带向什么样的明天,谁也不知他前方的命运如何,轻轻的一句话却是人生的十字路口。

"你怎么会想到做生意?"徐父抽了一口烟,沉思片刻问道。

"家里还有弟弟和妹妹,弟弟七岁了,该读书了。再说,天明大叔是我们村里特别聪明的人,前几年就在江南闯荡,见过很多世面,我也想跟着他做点事情。"徐龙祥敏捷快速地回答。

"出去闯闯也好,你和天明大叔讲过了吗?"徐父道。

"还没有,听说天明大叔这两天在油坊街店,我明天去给他拜个年,也问问这件事。"徐龙祥答道。

"明天你带上一包红糖和一斤挂面给天明大叔,这还在正月哩。"大姐徐竹花说道。

(四)

第二天,徐龙祥提着用草纸包好的红糖和挂面站在槎水镇油坊街一裁缝店门前。凛冽的山风吹着,他的手已经冻得发青,身上却热乎乎的。从家到油坊街有五里路,而且山村的小路窄而陡,但对从小奔跑在山间的徐龙祥来说这根本不算什么,只是刚才走得急切,现在他的心剧烈地跳着。徐龙祥闭眼深深地吸了几口气,让心跳慢下来。说到油坊街,也算是闻名潜山的小集镇,是黄柏山区(含八个乡镇)最大的经济、商贸和文化重镇,徐天明在油坊街和潜山县城各开了一个裁缝店。

裁缝店在油坊街最繁华的集市上,店面正门临街,后门出去还有一个小院。此时店中无客,店门敞着,两侧挂满了做好的衣服,正对门的木案台上放着一块揉成一团的布料,剪刀和裁衣画粉就放在一旁,看样子天明大叔应该在店后小院里。徐龙祥便大声喊道:"大叔在吗？大叔在吗？"

"谁找我啊？哎哟,是龙祥啊,你怎么来了？"一个四十岁左右的中年男人应声从后门掀帘走出,他就是徐天明。只见他目光炯炯有神,头发整洁,衣着干净得体,一看就是见过大世面的人。他身上没有商人的市侩,更像一位沉稳睿智的师者,令人尊重。徐龙祥心想,大叔才该去做个私塾先生呢,自家姐夫明明是个私塾先生,一身长袍也盖不住他身上那股精明算计味。

"大叔,我来给您拜年嘞。"徐龙祥红扑扑的脸上满是笑,并把红糖和挂面递给了徐天明。"谢谢啦,来,到里屋坐。"徐天明带着他进到里屋,倒了碗茶递到他手里,"家里一切都好吧？"

"挺好,我爸开春了去做工,弟弟洪波也该读书了。"徐龙祥答道。

"你今年多大了？"

"我十二岁了。"徐龙祥回答得清爽干脆。

"那你爸压力大了,两个孩子读书不容易啊！"

"大叔,我正要和您说呢,春节后,我想跟在您身边学做生意,这样可减轻我爸的压力。"徐龙祥目光真诚地看着徐天明说道。

"你爸晓得这事？还是你随便说说？"

"我爸、我姐和我一起商量过的,是认真的。"

徐天明看着这个侄儿陷入了片刻沉思,并没有立即说什么。徐天明清楚自己不仅仅是在做裁缝店生意,更多地,他在实现自己美好的梦想,他在心甘情愿地走一条艰辛且冒险的路。他无法保证,这样一个孩子跟着他未来会是什么样的,会是他未来行动的羁绊,还是会成为他的一大助力？……很多种想法在他的脑中快速闪现。眼前这个小孩是徐家不多见的几个有灵性的、聪明胆大的男孩之一,如果未来悉心引导,一定会大有出息。他心想,红军让我回家乡,不就是希望我在黄柏山区播撒革命的种子吗？

想到这里,徐天明有了一丝欣喜,但脸上仍然很平静。他平淡地对徐龙祥说道:"你的想法我知道了,我考虑考虑。你呢,也回去好好想想。无论做什么,都要脚踏实地、坚持不懈,不能今天心头一热干这个,明天心头一热干那个。这两天我去你家一趟,也和你爸商量商量。"

徐龙祥听罢,连忙道谢。他知道天明大叔言出必行,从不轻易许诺,所以来之前也做好了被拒绝的准备。他想,只要自己心诚,多来几次,总能打动天明大叔。现在听到这样的答复,倒是喜出望外。一路小跑回家后,他赶快将消息告诉了父亲和姐姐。

(五)

两天后,徐天明果然来到徐家。半山坡的树林中掩映着一户农家,和煦的阳光透过树叶在门前的场地上形成斑驳陆离的光晕,轻轻摇曳,树头枝梢上黄鹂鸟悦耳的叫声在耳边回荡。今天是个好日子,天气比前几天也暖和了不少,徐天明有一种轻松惬意、暖意融融之感。

徐父正坐在屋门口打磨着做工用的钻子,徐天明远远地便喊:"大哥,过年好啊。"

"哎呀,天明来了,稀客稀客。"徐父双手撑着膝盖缓缓地站起,拿起旁边的抹布擦了擦手,向前迎去并伸出手和徐天明握手。

"你来就来,还带东西干吗呀?"

"大哥,你是兄长,这正月里,我带点东西是自然的嘛。"

"来来来,客厅坐,这里暖和。龙祥,快出来,天明大叔来了,快倒茶。"徐父边往里屋走边招呼着。

徐龙祥闻声从房间里跑出来,弟弟妹妹也跟着哥哥跑了出来。

"大叔好。"三兄妹依次向徐天明问好。

"好,好,好,两个小的都这么大了,长得真快啊。"徐天明轻轻地拍着徐洪波的头说道。

徐龙祥倒了茶,端了一盘瓜子。一阵寒暄之后,徐父抽了口旱烟说道:"天明,原本不该麻烦你,我家这情况你也知道,你嫂子不在多年了,几个孩子跟着我也不容易。我做石工不固定,这几个月在这,那几个月在那,竹花也嫁出去了,洪波我准备把他送到私塾,这小的到她姐家先待着。就是龙祥十二岁了,想出去闯荡,我想着弟兄当中你最有出息,在外面见过世面,就想把他托付给你,也好让他学点东西。"

"大哥,龙祥跟着我倒是可以,但不瞒你说,我这两家裁缝店一个在县城一个在槎水油坊街,两地来回跑少不了要吃苦劳累,钱也挣得不一定多。"徐天明说道。

"天明大叔,我最不怕的就是吃苦,我什么苦都能吃的。"站在一旁的徐龙祥生怕大叔拒绝,于是急忙说道。

徐父听出了徐天明有心带着龙祥,便说:"我不求他挣多少钱,他能跟你见见世面,有口饭吃就够了。"

听到徐父的回答后,徐天明看着徐龙祥说道:"那好,开春后你跟我去潜山县城的店里吧,先当个跑腿的小伙计,慢慢做起来。"

徐龙祥听后满脸笑容,两只圆圆亮亮的眼睛,好像两盏小灯笼。

在欢快的聊天和喜悦的气氛下正午悄然而至,徐父和徐天明聊天期间,徐龙祥在厨房进进出出,已做好了四个菜,端上桌来,徐父也备好了酒。

"味道不错啊,龙祥各方面都很优秀。"徐天明夹了一筷子菜尝了口,夸赞道。

"不是我夸啊,我这孩儿做什么都喜欢思考,有一股钻劲,跟着你呀就希望他将来能有出息。"徐父跟着说道。

就这样,两人你一句我一句喝着小酒,悠闲地聊天,不承想今天这次轻松愉快的聊天却孕育了一个人伟大的梦想……

第二章

（一）

春意暖，碧长空，挥别离愁涟漪。柳丝垂，桃新芽，万物蕴生机。

烟雨桥，繁华道，欢声笑语奕奕。初离家，情盎然，寻梦正当曦。

春节刚过，徐龙祥背着行囊告别了良冲村，跟随徐天明到了他在潜山县城的裁缝店。这是一座两层的青砖小楼，门口的招牌上写着"徐记裁缝铺"五个大字。

徐龙祥跟随徐天明进入裁缝店，入门一看，只见左边的墙上吊着一根竹竿，将几件长衫和旗袍高高挂起，地上则立着一副衣架，短褂整齐地放在上面。而右边的墙上用木头打了一些框，里面分门别类摆着布匹。正对店门的位置放了两个货架，货架空荡荡的，只有两三个包裹放在上面。再往前横了一张大案台，上面堆了几卷布，还有尺、剪刀和一些针线。店里一个客人都没有，新年刚过，这个时候很少有人来做新衣裳。

"徐掌柜，您回来了。"店里的裁缝老张从案台后站起来，向徐天明打了一声招呼。

"老张，这段时间我不在，辛苦你了。我带回一个小伙计，以后的活有人帮忙分担了。"徐天明拍拍徐龙祥的肩向老张介绍。

"我们招伙计了？"老张的目光落在徐龙祥的身上，又看着徐天明。

"是啊，这么大的店铺只靠我们两个人忙不过来，该招个伙计了。"徐天明给了老张一个肯定的眼神，接着说道，"这孩子叫徐龙祥，是我族中侄儿，我看着他长大的，先让他干点杂事。"

"龙祥，你先休息会儿喝点水，一会儿张伯给你讲讲平常做些什么事。"徐天明说完便走到一边去处理事务了。

徐龙祥稍稍休息了一会儿，还是坐不住，就走到老张跟前问道："张伯，我平常做些什么事？"

老张笑眯眯地看着徐龙祥说道："我们铺子的事情不多，张伯给你说说。店左边墙上这些是样衣，右边是布料，不同格子里的布料也不一样，客人来了就让他们看看，你给他们介绍一下。客人选好布料后，你要先在样布上剪下一小块给我，我会把客人的尺寸、要求和布料用量写在单子上。后面货架上是给客人做好的衣裳，每件衣裳都要包起来，包裹下面压着取货单子，上面系着布条，红布条是新做的，蓝布条是缝补的，一定要跟客人手里的取货单对好了再把衣裳给他们。注意要是有不对的，就把包裹和人带到掌柜的面前，他要是不在，就来找我。另外，客人来了，要倒茶招呼好，平时送送货、打扫一下卫生，手脚勤快些就行了。"

老张忽然意识到自己说的太多了，徐龙祥不一定能记住，于是停下来对他说："你有什么不懂的，尽管问我。"

徐龙祥答道："我都记住了，只是我不太认识布料，张伯你给我讲一下吧。"

"老张是我在江南闯荡时认识的，他的手工活可精细了，补的衣服根本看不出来原先破在哪儿。他家里只剩他一个人，就跟我回来开店了。现在又做裁缝，又打理店里大小事务。"徐天明正好从柜台旁走过，站定后向徐龙祥介绍，随后又补充道，"我呢，经常不在店里，要进货送货、上门洽谈生意，镇上和县城的店两边跑。我不在时，你一切听张伯的。"

徐龙祥点了点头，紧接着，老张便向徐龙祥介绍各种布料的特点和价格。介绍完后，徐天明过来揽着徐龙祥的肩膀，说："走，上楼去，看看你住的地方。"

徐龙祥跟着徐天明走到货架旁边，掀开帘子，才发现这里藏着楼梯。二楼和一楼完全不同，靠近前窗的位置一左一右地摆着两张床，其中一张床的床尾立着两个衣柜，一个里面塞满了裁衣用的布料，另一个则是他们自己用的。衣柜对面则是一张吃饭用的四方桌和几把竹椅。徐天明指着其中一张空床，说："你就睡这里吧，对面的床是张伯睡的。"

楼梯口和后窗之间的地方被围成一个独立的小房间，房间外墙上挂满了做好的衣服。徐天明带徐龙祥来到门口，只见里面有一张桌子，上面放着几本书和笔墨纸砚，桌后就是后窗，窗旁左右两墙角处各放一个斗柜，斗柜上各摆放了一盆花。房间另一角放着一张茶水桌，桌旁放了两把椅子。"这是我平时接待客人的地方，有客人要见我，就带他们来这儿。这个房间你平日不用常来打扫，只需要每三日来擦一次窗台就好。"徐天明说道。

打开后窗，满目苍翠，阳光从树叶的缝隙中透出，在地上投出星星点点的树影。原来窗旁有棵粗壮的树，树冠罩着屋顶，也遮住了视线。窗下是条狭窄的夹道，道边靠近树的地方有一个小棚子，徐天明指着它说："店里全是衣服，不好染上油烟味，所以在外面搭了棚子做厨房。"

"嗯，我知道了。"徐龙祥点点头。

两人随后下楼，徐天明对老张说："老张，给我拿一点钱，我去李家买几个包子，你再做两道菜，就当欢迎龙祥了。"

"天明大叔，我去吧，我跑得快。刚刚来的路上我看到李家包子铺了。"徐龙祥自告奋勇地说道。

徐天明有些惊讶，惊喜地说道："好，你去跑跑，让我看看你这路记得对不对。"

徐龙祥接过钱转身向门外走去。老张看着徐龙祥的背影，对徐天明说："这个娃娃很有灵性，刚才跟他交代事情时就看出他脑子活络，是一个好苗子啊。"二人相视一笑。

（二）

不一会儿，徐龙祥提着热气腾腾的包子跑了回来，老张也将做好的菜端了进来，三个人来到二楼边吃边聊。

"石牌镇上的刘大夫让人带话，过两天要来县城办事，正好把托您做的衣服取回去。"老张对徐天明说。

"他那件衣服还差一点，既然这样，我这两日便留在这里给他赶制出来。"徐天明思考片刻后回应，随后又转头对徐龙祥说："刘大夫来取货时你留意着，这是咱们的老顾客，别怠慢了。"

徐龙祥听罢点了点头。

几日过去,徐龙祥已经适应了裁缝店的生活。每日早早起床整理店铺,将地板和裁衣案台打扫得干干净净,白天帮老张打打下手接待客人,到了饭点就主动准备饭菜,晚上关店了就窝在墙角看看书。他手脚勤快,聪明好学,很得老张喜欢。

一日,徐龙祥正对着裁缝单剪着布料,两个人走进裁缝铺,问道:"小伙子,徐掌柜在吗?"

徐龙祥闻声抬头,只见一个身穿中山装的男子站在店门口和蔼地询问,他身旁跟着一个年轻的小伙子,看上去比徐龙祥大不了多少。

"我们掌柜的出门办点事。您是哪位?找他有什么事吗?"徐龙祥回答。

"前段时间托徐掌柜做了件衣服,我们来取。"那个年轻的小伙子一边说着,一边从衣服口袋里掏出取货单递给徐龙祥。

徐龙祥接过取货单,只见上面写着石牌镇刘先生,他想起这便是天明大叔交代过的刘大夫。刘大夫新做的是一件长袍,徐龙祥前两天刚打好包放在货架上。他迅速找到了刘大夫的包裹,刚准备拿起来,放到包裹上的手却突然顿了一下,只见包裹上系着明晃晃的红布条,而刘大夫取货单上的是蓝布条。

老顾客的单子怎么会弄错呢?刘大夫的衣服明明是新做的,怎么拿着蓝布条?难道是当时太忙了,张伯不小心给弄错了?徐龙祥心中疑惑,脑中迅速思考着,脸上却丝毫不慌,想起张伯交代的话,转身对刘大夫说道:"刘大夫,您的衣服已经做好了,这个就是,先挂了两日,又怕落灰,就给您叠好包起来了。我们的掌柜一会儿就回来,不如您先上楼,喝杯茶歇一歇?我在下面准备一下,给您熨熨褶。"

"也好,那劳烦你了。"

"您客气了,应该的。"徐龙祥领着二人来到二楼,此时老张正在楼上整理着做好的衣服。"张伯,刘大夫来了。"徐龙祥大声说。随后他走到老张身边耳语:"单子有问题,包裹在这儿。"

老张看了一下包裹,马上向前迎上来跟刘大夫握了握手,并将他们引到接客厅:"您来啦!江林也来啦?快请进。龙祥,你先下去看店吧,顺便熨熨衣服,这里我来招待。"

刘大夫走进接客厅,旁边那个叫江林的小伙子则对老张说:"老张,你们聊,我也下去看看。"刘大夫和老张冲他点点头,他便回头跟徐龙祥一起下了楼。

"小兄弟,瞧着你面生,新来的呀?"江林揽着徐龙祥的肩膀问道。

"是,我年后才过来跟着天明大叔做工。你好像跟张伯还有天明大叔很熟?"徐龙祥看着江林回答道。

"那是,我们刘大夫跟你们的掌柜在江南的时候就认识了,我从那时候就跟他们打交道。"江林斜靠在案台上眼睛正对着门外,他顺手翻了翻徐龙祥刚刚裁了一半的布料:"这是你裁的?新学徒能做成这样很不错,不过比老张可差远了。"

"张伯干了那么多年,我肯定比不上他,那你也去过江南了?"这人可真自来熟,不过这脾气倒是好相处,徐龙祥心里暗暗地想。

"我是江南人,父亲的重病是刘大夫医治好的,从那以后我就跟着刘大夫学徒。后来刘大夫要到潜山,我就跟着过来了。我叫江林,十五岁了,你叫什么?"江林一边说着,一边在店里转着,手里翻着各式各样的衣服。

"我叫徐龙祥,十二岁了。"徐龙祥一边将几块木炭扔进熨斗里,一边回答。他一心盯着熨斗,为熨衣服做准备,并未发现江林的目光没有完全集中在衣服上,而是时不时向店外瞥两眼。

"那你可要喊我哥了。哎,你看,你跟着徐掌柜,我跟着刘大夫,咱俩也少不了打交道,以后要是找你缝补衣服,你可得给哥补好看点。"江林确定店外没有可疑的人,便回到案台同徐龙祥聊天。

"行,等张伯教我了,我就先拿你的衣服练手。"

两个人你一句我一句地聊着,很快就熟稔起来。

楼上,老张和刘大夫关上了待客厅的门。老张边沏茶边说:"刘大夫,您先坐,喝口茶,掌柜的一会儿就回来。"

"好,好,我就在这里等一会儿。"刘大夫却没有接过茶,而是径直向后窗走去,并将窗户开了条小缝。他贴着墙,透过缝隙警惕地看了看楼下,接着向老张点了点头。

两人在茶水桌前坐下,老张低声道:"老刘,最近怎么样,省城安庆是否有什么动作?"

"是,这两年来国民党频繁骚扰我鄂豫皖根据地,前段时间安庆驻军调了一个营到青草镇(今桐城市青草镇)旁边山上,镇上保安队最近四处打听第一支队位置,扰得鸡犬不宁,我们是时候采取行动了。"刘大夫回答道。

"好,等老徐回来,我们详细计划一下,向师部汇报。"

事实上,徐天明、老张、刘大夫都在江南参加了红军,后来被派到天柱山一带巩固发展革命武装,表面上是做生意,实际上则是从事情报工作。1930年,中共潜山县委将三支游击队和一部分农会会员编为中国工农红军潜山独立师,潜山县第一支工农武装正式诞生。这支红军是鄂豫皖革命根据地的东南屏障,随着队伍的日益壮大,为了方便情报传递,他们在潜山县城设置了一个联络站,就是徐天明的裁缝店。而第一支队驻地就在青草镇一带,青草镇介于黄柏山区和省城安庆府之间,距离黄柏山区约二十里路,距离安庆府约五十里路,这里背靠绵延大山,前邻安徽省城安庆府,可谓是战略重镇。

(三)

徐天明一回到裁缝店就看见了江林,他明白刘大夫一定是有重要的事情找他。

"徐掌柜,您回来了,刘大夫在楼上呢。我闲着没事,跟你这个小伙计聊聊天。"江林热情地打招呼。

"好,你们年轻人多聊聊,增进一下感情,以后也好做个伴。"说罢,徐天明快步上了二楼,徐龙祥听着不觉有异,江林却明白了这是有将徐龙祥培养成自己人的意思。

徐天明上楼后敲了敲会客厅的门。四声连续敲击后停顿一秒然后再连续两下,敲两次,这正是他们的暗号。老张和刘大夫对视一下,打开了门。

"老刘,这次有什么消息?"徐天明将门反锁后问道。

"安庆传来消息说,国民党主力部队正向六安金寨方向移动,这摆明了是冲着我们皖西苏区来的。鄂豫皖军事委员会判断,近期他们将再一次发动'围剿',让我们做好准备。两个先遣团已经到了安庆,其中一个团由王朝指挥,他已派一个营队到青草镇,派捐勒饷,欺压百姓,现在正联合镇还乡队打探我师下落。"刘大夫低声说道。

"老徐,前段时间你不在,主管情报的县政府秘书长王泉来店里做衣服,跟手下抱怨上面派了任务。最近他手下的探子们私下动作也多了不少,应该就是配合'围剿'行动。"老张一边沉思,一边说道。

"安庆方面指示,择机干掉驻扎在青草镇的敌军和跟他们勾结的土豪恶霸。"刘大夫目光坚定地看着身边的两位伙伴。

"明白。我向上级汇报,得到指示后立刻给你回复。"徐天明同样坚定地说。他们三个仔细分析着局势,谨慎地计划着下一步行动。

楼下,徐龙祥早已将衣服熨好,心想他们怎么这么久还不下来。正揣摩着,楼梯上传来脚步声。"老刘,既然你还有事要忙,那我就不留你了,一路小心,替我向嫂子问好。"徐天明和老张送刘大夫来到楼下。

"你们留步,改天有空来我家,我们小酌几杯。"刘大夫双手抱拳,回身对他们行了一个拱手礼。江林也随即拿上衣服跟上刘大夫,并对徐龙祥说道:"小兄弟,我们走了,下次再见。"

"刘伯,江哥,再见。"徐龙祥朝他们挥挥手。

刘大夫和江林走后一会儿,徐天明走到前台,拿了个布袋,装了两件做好的衣服,跟徐龙祥说道:"龙祥,我要去周围镇上送衣服,顺便回趟槎水,你多听张伯的话,看好铺子。"

"放心吧,大叔。"徐龙祥乖巧地回答。

徐天明点了点头,走到老张身边轻轻耳语道:"放出消息,诱敌进山。"

上级指示,将青草镇的国民党军队引到黄柏山区龙井关,实行歼敌行动。选择龙井关,一是因为这里远离集镇,能够保护百姓的生命和财产安全;二是因为红军队伍擅长在山区游走作战,那里周边环山、地势险要,红军第一大队和后备队可从山上包抄,驻在槎水镇的黄柏游击队和青草镇的游击队也可赶赴龙井关从后面堵住敌人的出口,野人寨的游击队可牵制潜山县城梅城的自卫大队,密切观察潜山县自卫大队的动向,若自卫大队从杜埠方向进入槎水,可在磨形设伏堵截。徐天明此次就是要去青草镇和槎水镇上送信。

徐天明离开潜山县城第二天,街上便有了关于红军去向的传言。

"要我说,这红军不像外面说的那么凶神恶煞。前段时间有两个小伙子来我家讨碗水喝,说是附近的红军,临走前帮我把院子扫了,牛也给喂了。我给他们拿点干粮还不要,说他们有纪律,不能拿老百姓东西。"菜摊大娘对旁边的人说。

"你千万不要在别人跟前说!没听说政府正在抓捕他们吗?要是让人听见他们去过你家,小心被告到自卫大队,说你通匪。"旁边摊位的老板赶紧制止卖菜大娘。

一个身穿中山装,个子较矮,长有一对龅牙的男人就站在菜摊不远处,将二人的对话听得清清楚楚。他眼睛转了转,脸上堆起了笑,向菜摊走去。

"大嫂,您这菜看着挺新鲜啊。"他笑着翻动着菜筐。

"是啊,都是自家种的,今天早晨从地里刚摘的呢。你随便挑。"卖菜大娘热情地回应着。

"嗯,只可惜最近红军闹得厉害,让老百姓不得安生。要不是他们,大家都能好好种田,好好过日子。"他脸上的笑意不变,说出的话却是狠毒,"要是被政府知道谁通匪,谁就难见明天的太阳了。"

卖菜大娘顿时愣住了,惊恐地看着他。

他见状,又放缓了语气,靠近两位摊主威胁道:"大嫂,实不相瞒,你们的谈话我都听见了,这可不是小事啊。"

卖菜大娘和隔壁摊主连忙跪地央求:"当官的,我们冤枉啊,我们都是老实种田的庄稼人,大字不识一个,哪里敢有通匪的心思。"

"快起来,你们这是干什么,不知道的还以为我仗势欺人呢。"这男子装腔作势地将两人扶起来,看似关心,满脸堆笑温声细语地说,"我是咱们县政府的秘书长王泉。我当然相信二位是普通百姓,可这事要是传到自卫大队耳朵里,二位怕是少不了牢狱之灾,那帮舞刀弄枪的可不讲理。"

"我们不会往外说的,不会。"两人听罢连忙保证,还急切地摇了摇头,生怕王泉不相信似的。

"想平安无事,办法也不是没有。县政府正在四处抓捕红军,如果谁能提供他们的下落,不仅不用坐牢,说不定还能领一份奖赏。我愿意给两位大嫂这个机会,就是不知……"王泉故意停顿下来。

"我们愿意,我们愿意交代他们的下落。"隔壁摊主急忙对王泉说,然后又劝卖菜大娘,"你跟他们非亲非故,何必为了他们丢了性命。再说,你也不知道他们的准确位置,只是个大概,政府要是能找到他们,就是他们命不好,也不算你出卖了他们。他们都说了什么,你快告诉这位当官的吧,我可不想跟你一起去自卫大队。"

卖菜大娘颤抖着身子,看看王泉,又低头看着地面说:"我只听说他们是什么第一大队的,住在我们槎水镇乐明村周边的山上。"卖菜大娘突然想起什么,抬起头来,冲王泉比画,"哦,对了,对了,他们还说什么联系不上别人,要在山里藏好。"

王泉面带着笑容,眼神似定在了卖菜大娘的身上,嘴上无心地说:"好,好,哦,这样。"王泉心里却在嘀咕,乐明村离青草镇约有二十里,若从这地方出发能直插潜山县城,若从龙井关出发能直抵青草和安庆。这应该就是在青草镇一直找不到的红军第一支队,原来偷偷跑到了这儿。本来还怕他们联合岳西的红二十五军,现在看来他们是一支孤军,这时候要是给他们致命一击,岂不是立了大功?

想到这里,王泉不禁暗自窃喜,但他仍旧不露声色。

王泉在潜山县政府是出了名的会钻营,他总是想尽一切办法拍马溜须、邀功请赏,其实说到他办事的能力还真不怎么样。他就是靠着拍现任县长吴邸宪的马屁爬上去的,因长期给吴邸宪拎包、擦鞋、送钱,有时还送女人,侍奉得吴邸宪非常舒服,又加上他会说奉承话,总是满脸堆笑,吴邸宪初期很是喜欢他,把他当心腹,提拔他为秘书长。

王泉看了看眼下害怕得缩成一团的两个人,计上心头,这功劳可不能被抢走,于是装作关心地说道:"行,二位大嫂是明事理的人,你们放心,只要你们不乱说,这事绝不会有其他人知道,二位可要管好自己的嘴啊。另外,这县城,二位还是过段时间再来吧。"

两人赶紧作揖感谢:"谢谢官爷,我们保准不乱说,我们这就走,这就走。"

王泉看着两人匆忙离去的背影,满意地笑了笑。没想到今天偶然有这么大的收获,得赶紧去县政府告诉吴县长,升职指日可待。想到这里,王泉哼着小曲向县政府走去。

走到县政府大门前,王泉换成一路小跑。他气喘吁吁地闯进县长办公室,县长吴邸宪正坐在巨大的办公桌后,端起茶杯正惬意地喝茶。王泉上气不接下气地喊:"县长,县长,重大……重大消息!"他故意将"重大"说得很重很慢。

王泉自从当了秘书长以后,胃口也大了,在他心中还有更大的政治目标,现在他不仅拍吴县长的马屁,在县自卫大队大队长储来高面前他也表现得很亲热。吴邸宪并不傻,甚至可以说是一个诡计多端的人,时间久了,他对王泉的种种言行甚为不满。尤其很恼火的是王泉当上秘书长后对和自己关系不太好的储来高也卑躬屈膝、眉来眼去,所以吴邸宪暗暗提醒自己,关键的时候王泉是靠不住的。

吴邸宪不慌不忙地将茶杯放在桌上,头不抬但眼睛却上翻,屯视着跑来的王泉,平淡地问道:"什么事?这么急匆匆的!"

王泉喘了一口气让自己平静下来,他看着吴邸宪没有任何表情的脸,附身笑呵呵地说道:"县长,我们要找的红军第一支队找到了。"

"在哪?"吴邸宪立刻双眼放光,双手往桌上一撑,甚至碰洒了桌上的茶水。虽然金钱和女人也能使他眼睛放光,但名誉和地位他永远是放在首位的,他深知这个消息的重要性。国民党军队只知道潜山的红军在黄柏山区一带,但黄柏山区包括槎水镇等八个乡镇,方圆四千多平方公里,在这么大面积的山区要怎么找?前段时间省城来了命令,要求县政府全力配合,他正愁着呢。这事要是帮他们办成了,再请长官在上峰面前美言几句,高升岂不是指日可待?就算不能升官,上峰也得记着他的好,说不定以后就能用得上。

"槎水镇乐明村附近的山上。"此刻的王泉似一个捡了宝贝的小孩,眉飞色舞、恭恭敬敬地把宝贝呈送给父母一样兴奋,等着县长夸他呢。

"这个消息你暂时不要告诉任何人啊。"吴邸宪嘱咐着王泉。

王泉满脸谄媚:"您放心,我得到消息第一时间就来向您汇报了,保证不会让第三个人知道。"

"功成之后,党和政府都会记着你的功劳。我这里没什么事,你去忙吧。"吴邸宪支走了王泉,然后拨通了安庆市国民党军队团部的电话:"我是潜山县县长吴邸宪,给我接王团长。"电话那端,话务兵将电话转给了团长王朝,电话的这端吴邸宪立刻自然而然地换上一副伏低做小的姿态。

"王团长,别来无恙,可还记得吴某?您为了打击赤匪,保一方平安,日夜操劳,甚是辛苦啊!"

"多谢吴县长,辛苦谈不上,都是为党国尽忠。吴县长来电,可是有什么事?"

"吴某得到一个关于红军的消息,或许能为王团长排忧解难……"

电话挂断后,王朝沉思片刻,随后打电话给驻青草镇的营长李建辉,命他派人去乐明村打探情况。李建辉喊了一小队士兵,叫上青草镇有名的乡匪刘大山,一起前往乐明村。

刘大山对这一带很熟悉,知道乐明村附近什么地方适合驻军,什么地方适合军队巡逻把守,便领着手下从龙井关的密林穿过,逐地寻找红军踪迹。果然,在靠近乐明村的何家老屋山头的一个大石洞里,他们发现一支红军。刘大山他们趴在树丛里向石洞看去,洞口有两个人在放哨,正在交谈着什么,更高处的林子里也有人在巡逻。刘大山示意大家不要动,自己悄悄向前爬了几步。

"咱们队都守在这里多长时间了,一个敌人也没见着,还不让我们撤回去跟大部队集合。敌人要是真来了,就咱们这百十号人也顶不住啊。"

"大部队在哪儿都不知道呢,别抱怨了,上级让我们干什么,我们就干什么呗。"

看来这真是一小撮孤立无援的红军,有一个营的兵力对付他们便绰绰有余。刘大山心想。

国民党的探子悄悄离去。他们没想到的是,这只是红军第一大队和后备队的一部分兵力,专门等在这儿做给他们看的,其他兵力已在别的地方藏好。他们刚离开,另外两个大队便前往龙井关外的朱家街集结,只等他们进入龙井关,来一个瓮中捉鳖。

不出所料,李建辉收到探子的消息后第二天便带领四百多人试图"围剿"红军。但他们不知道的是,红军按照计划,早就在朱家街布下了口袋阵,黄柏游击队绕到敌人后方,和青草镇的游击队一起堵住敌人的退路。正面迎敌的红军埋伏在四周的山林中,待敌人完全进入包围圈后,只听一声令下,顿时小山谷枪声如雨。瞬间,崎岖的山路上横七竖八地多了许多敌人的尸体,敌军命令后面两个连从原路退回突围,命令其他连集中兵力从左侧低洼的农田处冲向对面的小山丘,并期望在此处突围,但败局已定。

战斗持续了约一个小时,红军和游击队打死打伤敌军两百余人,其余敌军在当地还乡队员的引导下,突围撤退至青草镇。这次战斗重挫了国民党军队在潜山的势力,为粉碎国民党对鄂豫皖根据地的第二次"围剿"做出了贡献。

(四)

又是一年冬去春来,转眼间徐龙祥已经在裁缝铺待了一年有余。他做事勤快,学东西又快,老张后来慢慢教他一些简单的缝补针法,现在他已经能帮老张做工了。这天徐龙祥正在帮客人量尺寸,戏谑的男声突然在耳边响起:"哟,在忙什么呀?"

"怎么,这回又是蹭破了哪条裤子啊?去旁边等会儿啊。"徐龙祥一听就知道是江林。这一年来,刘大夫来的次数不多,江林倒是跑得频繁,一会儿是磨坏了裤脚,一会儿是去山上采药蹭坏了褂子。

江林也不跟他客气,一把拎过小木凳坐下,悠闲地跷着腿看他忙活。徐龙祥忙完后,江林扔过来一个包袱,打开一看,是一件破破烂烂的短褂,一条袖子耷拉着,马上就要掉了。

"前两天在山上采药时让树枝划的,给修补一下呗。"

"你这袖子都要掉了。刘大夫的药不从外头进货,都要你去采吗?"徐龙祥无奈地看着江林。

这一年多,徐龙祥逐渐觉得天明大叔和老张有什么事情瞒着自己。他们在会客厅接待客人时,从来不让自己去送水倒茶,会客厅平日也不用自己打扫,却一定要擦窗台。而且,他总感觉有时候天明大叔和老张说话另有深意。江林也是,按说他是通过刘大夫才认识了天明大叔和老张,作为后辈跟前辈说话应该是敬重才对,但徐龙祥总感觉他跟天明大叔他们更像是朋友和同伴。

"我今天要去槎水收药材,你不是槎水人吗?我们一起去,正好你也回家看看。"江林打断徐龙祥的思绪。

"噢,那我得问问张伯啊,这两天正好活少,应该没什么问题。"徐龙祥有些兴奋,毕竟他很久没回家了,很想回家看看家人,和江林在一起,一路上也不寂寞。说罢,徐龙祥向张伯请了假,便和江林跑出了店外。

花开两朵,各表一枝。自从一年前青草镇的国民党军队被重挫之后,吴邸宪想要升职的念头落空,还因此得罪了王朝,要不是安庆府专员范永生从中调解,王朝差点要拿枪毙了他。王泉也自然被撤了秘书长的职务,被同僚冷嘲热讽。这一年,吴邸宪和王泉攒足了劲要找红军报仇,在他们的策划下,潜山县政府加紧了对红军和共产党人的搜查追捕,宁可错杀一千,绝不放过一个。国民党政府原本就纵兵强取豪夺,这下更是肆无忌惮了,政府官员也从中大捞油水,如今整个潜山哀鸿遍野、民不聊生,百姓敢怒不敢言。

而那场战斗极大地鼓舞了红军的士气,他们干脆趁热打铁,壮大队伍,又帮助劳苦人民打击乡绅恶霸,在当地群众中发展了不少拥护共产党的进步青年。时间一长,大家纷纷觉得红军才是真心为人民的军队,徐龙祥也这样认为。

徐龙祥和江林途经杜埠来到了槎水。今天镇上好像有大事发生,熙熙攘攘的人群向镇西头移动着,江林带着徐龙祥挤到人群前面,只见几个精神抖擞的年轻人和一群挑着扁担的农民走在前方,振臂高呼:"我们要吃饭!我们要减租!"

江林和徐龙祥跟着他们,一路走到镇西边的一座青瓦白墙、飞檐反宇的宅院前,这正是槎水镇上不可一世的豪绅地主储潼的家。

人群里三层外三层地围在门口,一群农民盯着那扇紧闭的大门振臂高呼。不一会儿,储潼的管家匆忙跑过来安抚大家:"大家不要急,有什么事好商量,好商量。"

带头的一个年轻人让队伍安静下来，义正词严地对管家说："这里的兄弟们，一年到头勤恳劳作，可你们不断提高田租，强迫他们缴纳苛捐杂税。交不上租，你们就殴打他们。到了秋收，储潼可以获得五成以上多则八成的收成，而他们一年到头饿着肚子，有的人还丧了命，这是什么道理？我们要减租，我们要减租！让储潼出来！"

"对！凭什么我们就要被你们随意宰割！让储潼出来！"大家激动地喊着。

管家见状，急忙跑进了宅子，把储潼请了出来。

"你们这帮刁民！平日里全靠我给你们一条生路，你们反过来抢我的粮！告诉你们，想都别想！一会儿镇还乡队过来，你们一个都别想跑！"大门口的储潼一身绸缎，因为胖，又走得急了，这会儿还气喘吁吁，两手一挥，恶狠狠地喊着。

"什么叫你的粮？那是我们大家辛辛苦苦种的粮！"农民们喊着。

"我们只想要一个公平，只想拿回属于自己的东西！辛苦付出到头来一无所获，剥削别人的却能坐享其成，这是什么世道？红军来了，这天该变了，你仰仗的还乡队，这会儿怕是顾不上你！"领头人的几句话，似有千斤重，砸在储潼和管家的心上。

"老爷，这帮刁民是万不敢跟您作对的。他们背后有人撑腰，您听，刚刚他们说红军。这红军最近气焰很盛，被他们盯上了只能放点血。附近镇上几个反抗的老爷都被他们抄了家，我们千万别惹他们啊。"管家急得皱起眉，劝着储潼。

"哼！你们等着！"储潼不服气，却也不敢继续与大家僵持，只能忍痛吩咐管家，"开仓，放粮！"储潼是个典型的唯利是图的小人，一点点利益都要去抢占，他开仓放粮足可见出红军的到来给了他多大的压力。

大家听见他这么说，纷纷高呼，满心欢喜地去挑粮。

徐龙祥正惊叹着，以前见到这种场面只是为那些农民高兴，如今看到自己家乡不可一世的地主也向红军低了头，才明白红军的力量竟然如此强大。忽然他听见江林在一旁说道："人人都是平等的。没有人一生下来就是要被卖去做苦力、被压迫、被榨干的。储潼这样的地主和贪官污吏勾结，喝着劳工的血,丝毫不把劳工当人看,这种人就是人民的敌人。国民政府明知百姓过得苦不堪言,却毫无作为,甚至还来踩上一脚,这样的政府迟早完蛋。"

徐龙祥的心中一震,想起以前江林跟他说过,有一个组织为了百姓吃饱穿暖、为了人民不再受剥削压迫、为了中国不再受西方列强欺凌而奋斗,那就是中国共产党。他们领导的红军,就是为了建立一个公平的社会而浴血战斗。

"江林,你真的只是刘大夫身边的学徒吗?"徐龙祥轻声问道。

"当然不是,我还是你哥。"

果然是江林一贯的作风,没个正经样子,徐龙祥瞪了他一眼,也为自己的怀疑感到好笑。

晚上,徐龙祥回到家中,躺在床上,耳朵里却仿佛还是农民们振臂高呼的声音。

(五)

一日,徐龙祥像往常一样裁着布料,抬头看见王泉带人闯了进来。话说王泉因前次龙井关国民党军队的失败被撤了秘书长一职后半年,又被储来高调入到潜山县自卫大队担任第一小队的队长。

"王队长,欢迎您大驾光临,您要买布还是做衣服?"徐龙祥迎上前招呼着。

"我问你,刚刚是不是有可疑的人进来过?告诉你,我们正在抓捕特务,你最好实话实说,要不然有你好果子吃。"王泉斜着眼威胁徐龙祥。王泉得到消息,今天将有红军情报员到潜山县城传递消息,他一早就派人探查,确定了几个可疑的目标。自从一年前青草镇国民党军队被歼那事发生后,他和吴邸宪都需要有一个机会翻身,两个人一合计,即使抓不到人,也得让别人都知道他们是做了事的,便亲自带了一队人前来搜查。奈何红军情报员非常机警,他们跟丢了,只能确定大概的方向,正是裁缝店所在片区。他们只能挨家挨户搜人。

"没有啊,我一直在这里呢,要是有人进来我会看到的。再说,特务怎会来裁缝店呢?"徐龙祥装作害怕地回答,心里却迅速地思索着。

刚刚店里的确来了人。江林带着一位客人来取缝补的衣服,取货单和包裹上的布条对不上,徐龙祥已经将客人带到了楼上,江林说要去县里药铺进药,此时天明大叔和老张正在接待客人。这个时候,王泉他们跑过来说抓特务,是巧合还是……

"要是特务真跑进来了,你就是他的同伙,我们要仔细搜搜。"王泉在店里环顾一圈龇着龅牙说道,随即带着人就要往楼上闯。

徐龙祥一看,急忙上前挡住:"王队长,楼上是我们住的地方,真的没有什么特务。放的都是刚给客人做好的衣服,各位大哥手下留情。"

"让开!"王泉的一个手下过来推搡着徐龙祥,徐龙祥借机摔在木楼梯上,砸出重重的一声。徐龙祥面对对手的凶恶并没有害怕,反而高声喊道:"你们搜查就搜查,干吗打人?""搜查"二字说得格外重。

楼上会客厅听到楼下喊声,三个人警觉地站起来,相互对视。

脚步声离门口越来越近,又在门口停下。"快开门! 自卫大队搜查特务,扰乱公务者,一律按帮凶处置!"王泉凶狠的声音从门外传来。

徐龙祥的心怦怦跳着,他不知道里面是什么情况,他也不想看到天明大叔和老张出事。

会客厅的门突然打开,老张走了出来:"不知王队长大驾,有失远迎,二位快进来喝杯茶。"

王泉翻着大白眼冷哼一声,大摇大摆地走了进去。"徐掌柜,王某有公务在身,茶就不喝了。抓捕特务,为党国尽忠,人人有责,希望徐掌柜配合。"

徐天明此时在桌前正画着衣服样图,他退到门前,冲王泉拱了拱手:"那是自然,王队长辛苦,您请便。"

这间房子一览无余,没什么能藏人的地方。王泉挥了挥手,他手下的人在房间里四处翻动,试图找出什么。王泉漫不经心地四处看着,突然,他盯着桌旁的书柜,像是想起来什么似的,他立马招呼人上前搬开书柜。

老张赶紧制止:"王队长,这书柜刚刚都翻过了。"

王泉弯起嘴角冷笑,一字一句地逼退老张:"是都翻过了,可是这柜子后面放的是什么,我们可都不知道。来人,给我搬开!"

"咚"的一声,一个大麻袋沉闷地砸在地上。王泉的眼中放光,连忙上前查看。看清东西之后,他的脸瞬间垮了下来,原来袋子里是两匹丝绸。

老张赶紧装作心疼地上前抱起麻袋,拍拍上面的灰。徐天明这时走了过来,装作不好意思地对王泉他们说:"说来惭愧,小店就这两匹丝绸是镇店之宝,这丝绸名贵,不敢轻易示人,又担心被贼人惦记,就想了这么一个方法藏着,让王队长见笑了。不过今天在这么多兄弟面前已经漏了出来,我再藏着自然不合适,老张,包起来送到王队长府上。"

"这怎么好意思?徐掌柜真是客气。"王泉一听,瞬间又是满脸堆笑,心想这家裁缝店一向会做事,怎么看也不是通匪之人。

"王队长为了大家尽心尽力,整日操劳,跟您的辛苦相比,为您献上两匹丝绸算什么。"徐天明拱手恭维着。

"徐掌柜果然识大体,那我就恭敬不如从命了。有你这样的老板,你这个店一定生意兴隆。既然没发现可疑之处,那我们就撤吧。"王泉满意地看着徐天明,带人离去。

徐天明和老张连忙送王泉下楼。

"徐掌柜,别送了,我们还要去下一家查看。"王泉冲他们摆摆手便离开了,徐天明和老张这才松了一口气。

刚才,徐龙祥看到屋里只有两个人时,心已提到嗓子眼,等看到书柜后面的丝绸时,一口气松了下来。他的视线不经意间飘过窗台,心又悬了起来。人一定是从窗子出去的,徐龙祥想起天明大叔让他每三天擦一次窗台,看来是为了掩盖跳窗的足迹,原来他们早就做好了随时脱身的准备。那位客人和天明大叔他们肯定有事瞒着自己,但他顾不了这么多了,现在他们不出事最重要。

徐天明和老张对徐龙祥刚才故意高声隐秘报信及阻挡在楼梯口的胆量既惊讶又高兴,心里有亲手种下的种子终于开花结果的欣慰。

原来,那位客人果真是红军情报员,他传来消息,根据上级命令,红二十五军即日前去鄂皖边界大别山区支援,潜山独立师掩护红军西退。他来的时候就察觉到有人跟在身后,便兜了几个圈子将县自卫大队的人甩了,没想到反而让王泉他们误打误撞堵在店里。幸好徐龙祥高声喊叫,他当下就从后窗翻了出去,借着窗外那棵大树迅速闪入夹道里,并从夹道出去混入人群中。徐龙祥用自己的智慧,为他们争取了时间,从而让他们脱离了困境。

徐天明对老张说:"是时候告诉他了,去药铺把江林也叫来吧。"老张点了点头,便出去寻人。

人齐之后,老张向徐龙祥讲述了他们的故事。

"原来你们都是红军。"徐龙祥看着眼前这些熟悉的人,心中并无讶异,反而有着心中猜测终于被证实的释然。

"重新认识一下,鄂豫皖革命根据地黄柏山区情报员,江林。"江林一改往常的自由散漫,郑重其事地对徐龙祥说。

徐龙祥瞬间想通了很多事,便问江林:"这么说,我们以前收药材遇到的那些恶霸和红军,都是你故意带我去的?"

"以前遇到的红军,确实是我得知他们的行动后特意带你去的。百闻不如一见,只有让你亲眼看到我们做的事情,看到我们的作风,才能让你明白,共产党和红军才是真心实意想让老百姓过上好日子的人,才能在你心里埋下一颗革命的种子。至于那些恃强凌弱的东西,之所以能遇到他们,只是因为他们每天都在做这些欺压百姓的事。"江林不加掩饰地和盘托出,他真挚地看着徐龙祥的眼睛,一字一句地说着,"我知道你是个明是非、识善恶的人。当年,我父亲只因交给国民党军队的粮食少了些,就被他们打断了腿,他们将我家洗劫一空,抓了哥哥去充军,母亲为了护着我逃跑,被活活打死。那时我就知道,国家风雨飘摇,没有人能置身事外。龙祥,加入我们的队伍吧。"

江林的话如同一声惊雷,令徐龙祥心中一震。他浑身的血液都沸腾起来,热浪卷过身上每一个毛孔。

"龙祥,你有知识,有胆识,做事也机警。我们的组织需要你这样的年轻人,我们国家的未来更要靠你们。"老张期待地看着他说道。

"我……我……"徐龙祥开口,声音激动沙哑,仿佛有什么东西哽在喉咙里。

徐天明看着窗外,沉默地抽了几口烟,良久,他缓慢地开口:"龙祥,你是我们徐家最机灵懂事的孩子,作为叔叔,我只希望你和族里的孩子们平安长大,一生无忧。作为共产党员,我又十分盼着有你这样的革命种子。这个国家总要有人去奉献,我、老张、江林,还有千千万万个同志,我们面临的是刀山火海,是虎豹豺狼,我们只能前进,没有退路,早已将自己的生死置之度外,只希望能让我们的亲人朋友、子孙后代远离苦难。"接着,他转过身看着徐龙祥,"龙祥,这不是一个轻而易举的决定。我们的队伍是平等的,不会强制任何一个人加入,可一旦加入之后,决不许做逃兵。不论你做什么样的选择,都要慎之又慎,我们也都尊重你的选择。"

"天明大叔,我愿意!"徐龙祥终于平复了内心的激动,将想说的话完整地说了出来。国民党政府腐朽无能,国民党军队所到之处鸡飞狗跳,而共产党和红军拿劳苦人民当亲人,全心全意地帮他们摆脱压迫,所以才有这么多像江林一样的年轻人愿意放下锄头、书本,加入共产党的队伍,和他们一起为了全中国人民的幸福生活而奋斗。这样的队伍,不正是国家和人民的希望?为了让老百姓过上好日子而战斗,为了国家的未来而战斗,这是多么伟大的理想和事业!有志者,正当以此为己任!

"这段时间我看到了红军为大家做的一切,我分得清谁是百姓的希望。江哥说得对,这乱世没有人能置身事外,我也要像你们一样,为我们的未来出一分力!"徐龙祥坚定地说道。

"好!我没有看错你。"徐天明欣慰地说。徐天明与老张、江林相视一笑,接着严肃认真地宣布:"徐龙祥同志,你正式成为鄂豫皖根据地桐怀潜地区情报员。从今天起,你的任务就是在情报传递时进行站岗放哨。"

"是!保证完成任务!"

从那以后,徐龙祥便正式从事情报工作,开始了他波澜壮阔的革命生涯。随着桐怀潜地区红军队伍的壮大,情报工作也越来越多。1934年起,徐龙祥开始以货郎的身份在黄柏山区、天堂、青草和野寨一带走家串户,为红军收集和传递情报。

第三章

（一）

从 1930 年末开始,短短三年的时间内,国民党先后对鄂豫皖革命根据地发动了五次"围剿"。面对敌人疯狂而残酷的"围剿",驻扎在潜山县鹞落坪一带的红二十五军英勇抗击,进行了艰苦的斗争,以血肉之躯阻挡着敌人前进的步伐,一次又一次地粉碎了敌人的妄念。然而,在这些战斗中,鄂豫皖革命根据地也受到重创,红二十五军损失严重。1934 年 11 月,中共鄂豫皖省委根据中共中央指示,决定率领红二十五军主力踏上漫漫长征路,向京汉铁路以西进行战略转移,并指示省委常委、中共皖西北道委书记高敬亭率领红二十五军第八十二师留在皖西,组建新的中共鄂豫皖边区领导机关,继续坚持根据地斗争。

红二十五军主力撤离大别山后,国民党趁机调动五十多个团的兵力在鄂豫皖地区对红军和游击队围追堵截,对革命群众更是掳掠强夺、无恶不作,试图彻底熄灭革命的火焰。十多万正规军和地方自卫大队如蝗虫过境一般扫荡着鄂豫皖根据地,许多地方变为废墟和无人区,广袤的根据地支离破碎,被敌人不断压缩和撕裂。在这种形势下,皖西南敌势嚣张,潜山县政府和自卫大队也对当地共产党员及拥护共产党的进步青年进行无情的迫害。

这个冬天异常寒冷,整日狂风怒号,大雪纷飞。年关将至,往年这个时候,潜山县城的街上挤满了置办年货的人,处处张灯结彩,各家店铺的伙计卖力吆喝着。如今,杀戮、血腥和恐惧如同阴霾一般笼罩着这片土地,只有县自卫大队在城中扫荡巡逻。北风呼啸地卷过空荡荡的街,扬起几片落叶打着旋,偶尔有人挑着担子路过,也是行色匆匆。徐天明的裁缝店也没什么人来做衣服,大门紧闭。

楼上，徐天明、老张和徐龙祥相顾无言地坐着。自徐龙祥开始情报收集工作以来，他们三个逐渐形成了明确的分工。徐天明直接对接皖西南红军，传达上级的指示和安排。老张以裁缝的身份长期驻守在潜山县城，留意县城里反动派的动态。徐龙祥则以货郎的身份在桐怀潜地区走街串巷，对接隐匿在不同地方的游击队。三人许久未见，但此时谁也没有心情寒暄，尽管炉中的火焰跳动，手中的茶杯也冒着氤氲热气，却难驱心中的寒意。

"大家也都知道了，红二十五军主力已经配合中央红军北上。现在，根据地兵力不足，敌我力量悬殊，留守军队将在皖西南四处转战。县城这边，自卫大队就是敌人的爪牙，肆意屠杀我们的同志。我们当前的任务，就是探清他们的行踪，建立起留守红军和桐怀潜游击队之间的联系，动用一切力量，誓死保卫革命根据地，决不能让火种熄灭在国民党的炮火下。"徐天明坚定有力的声音打破了沉默，将高敬亭书记的指令传递给大家。

"明白。"老张和徐龙祥郑重地点了点头。

"最近都有什么消息？你们各自说说吧。老张，你先说一下县城的情况。"徐天明询问道。

"最近县自卫大队疯了一般四处抓人，逮捕了我们不少的同志，甚至连普通百姓都受到牵连。"老张气上心头却不敢发出大的声响，只轻轻地拍了拍桌子，接着说道，"副大队长余周举放出话，要在过年之前'清剿'我党。王泉最近也盯得紧，我们要小心些，我已经告诉老刘和江林，最近少来这边。"听闻县城的形势不妙，气氛一时沉重下来。

"这多半是安庆那边的授意。"徐天明沉思片刻。

余周举在潜山是一个有头有脸的人物，虽然只是一个副队长，却在县自卫大队里说一不二，连储来高和吴邸宪都要礼让他三分，王泉对他更是恭维有加。说到底，都是因为他有靠山。余周举的靠山不是别人，正是他的亲生父亲余意弥。

余意弥曾任安徽省政务厅厅长、代理省长，如今虽然已经从这些位子上退了下来，余威仍不可小觑。他年轻时高中状元，在前清为官。辛亥革命爆发后，余意弥十分识时顺势，积极拥护民主革命，先后在潜山、怀宁、南陵和芜湖任知县，在任期间主持修公路，澄清贪污，彻查地方学产，解决蝗灾，修撰地方史志,又以强硬的态度压下了芜湖外侨违章购地的气焰,维护了国家主权,在这些地方受到百姓的拥护和爱戴。后来,北伐军打进安徽,他拥戴蒋介石有功,随后赴省政府任职,主管财政。余意弥与省政府那些贪官污吏相比,倒算得上一个做实事的官,再加上手腕强硬,在省里颇有威望。

也正是这种士大夫的清高,使得余意弥十分厌恶共产党,在他眼里,读书求仕才是正道,为官才有资格参与政治。他极力反对鼓动工人和农民妄谈政治,认为这是痴人说梦,这些胆敢挑战正统权威的人都是社会败类。他是个坚定的反共分子,对一切拥护共产党的人都要赶尽杀绝,即便是他的亲人,也毫不留情地痛下杀手。在他的安排下,余周举出任潜山县自卫大队副大队长,以便配合国民党在桐怀潜山区铲除红军。

"黄柏山区有什么动静?"徐天明又问道。

"我们的便衣队、游击队、农会会员、党政干部及家属,已有上百人惨遭杀害。"徐龙祥的语气低沉,握着杯子的手紧了紧,手背青筋凸起。

"安庆那位老先生的确是个极大的麻烦。此人不除,黄柏山区难有宁日。"徐天明手指轻点着杯壁,沉声道。

思考片刻之后,徐天明安排大家下一步的行动:"我这就去石牌镇走一趟,让老刘和江林他们打听一下省城的消息。龙祥,你回槎水,快过年了,别让村里人起疑,年前务必找机会到油坊街一趟,如果年前有任务,我会在店里给你设置暗号。老张,你试试能不能从王泉嘴里套出点什么。"

说完,他们立刻行动起来。徐天明起身后将杯中的水缓慢地倒入火炉,"嘶"的一声,青烟飘出,原本灼热的火苗挣扎着闪烁了几下,最终无力地熄灭了。

(二)

翌日清晨,街上仍是一片寂静。老张拿着扫帚,不紧不慢地扫着店前的雪水,在晨光中将店门大开,拿着鸡毛掸子在店中清理布匹上的灰尘,洒水扫地。保安队巡逻路过,不禁向店里多看了几眼。老张忙碌一个上午,将店铺收拾得整洁如新。做完这些之后,他取出一件快要完工的男式长袍,板板正正地平铺在案台上,穿针引线,开始缝制。

老张半低着头,手中的针不急不躁地在衣服上穿梭。余光瞥见一个人走了进来,老张仍是聚精会神地盯着衣服,嘴角却微微勾起:鱼儿果然上钩了。

来者正是王泉。自从红军主力撤出皖西,余周举因协助国民党"围剿"剩余红军而出尽了风头,而王泉的第一小队因为近几年没什么功绩,平日里没少被人嘲笑吃白饭。眼看自己慢慢被边缘化,王泉赶紧向余周举示好,近来两个人走得很近。王泉整日在县城里溜达,想要抓住共产党情报员的蛛丝马迹,好帮余周举完成"清剿",让他替自己在省府美言几句。

早晨,王泉正要去余周举那里寒暄,刚好碰见自卫大队那帮小子巡逻回来,聊着今天的见闻,说裁缝铺的老头不知怎么想的,街上都没几个人,他还有模有样地开门做起了生意。直觉让王泉感到事有蹊跷,以今年的形势,裁缝店营业也没什么生意,周边商铺都歇业了,就他一家大摇大摆地开门,莫非为了给共党传递消息?他又想,若裁缝店真是共党据点,应该不会在这个节骨眼上有异常表现,从而暴露自己。据手下探子的观察,最近城中各哨点一切正常,没有可疑的人进城,裁缝店也没来什么生面孔。想来想去,还是自己亲自去查验一番才放心。

王泉在店里打量一番,没发现什么可疑之处。老张装作刚看到他的样子,惊讶道:"王队长,您怎么有空光临小店?快请坐,我去给您倒杯茶。"

王泉的脸上挂着虚伪的笑意,龅牙明显地露了出来,说道:"整个县城一共没几家店开门营业,看来张师傅这里生意兴隆啊。"

"王队长,您别拿我说笑了。您也看到了,哪有什么生意。大过年的,我一个孤身的外地人,没有地方可去。平日在这铺子里待习惯了,就拿这里当我家了。眼下这形势,少挣几个钱不要紧,保命才重要。可毕竟过年了,也得给家里打扫干净。今天难得晴天,我想把这些布晾晒晾晒,以免受潮发霉,影响来年的生意。"老张一边端过来一杯茶,一边笑着说。

裁缝铺自从开业以来,王泉每逢年底也会在这里做几身新衣服。的确,每次都是这老头一个人在,那个小伙计和店老板都是潜山人,回家过年也不稀奇。王泉心里盘算着。

"这倒是,张师傅是一个明白人。外面虽然乱,只要安分守己做个良民,安稳活着倒不成问题。"王泉接过茶喝了两口,在店里走动两步,话中有话地瞥了老张一眼。

"那是自然。"老张恭顺地答着,接着又愁容满面地问道,"不过话说回来,咱们县上这段时间出了什么大事?自卫大队以前从来没有这样一日三巡逻,搞得大家人心惶惶的。我们这些商贩也不知什么时候才能开门营业。"

王泉不在意地摆了摆手,说:"等等看,说不定等年后就没事了。"

"上个月小店新进了一批布料,本来想着做一件样衣,趁年底把料子销出去。哪想到局势瞬息万变,不知年后这生意还能不能做,样衣也迟迟未做好。今天您来得巧,干脆我照着您的尺寸把衣服做了,改日送到您府上,就当您过年的新衣。"

王泉一听,脸上瞬间又挂着笑:"张师傅有心了。不过你也别太担心,县上没什么大事,不就是'清剿'共党吗?"

老张佯装吃惊地说:"县上的共党势力已经让政府紧张到这个程度了?难怪余副大队长和手下的兄弟们最近如此辛苦。想来王队长最近也是公务繁忙吧?"

听到这话,王泉免不了想起余周举目中无人的样子。区区一个自卫大队副大队长,现在人人都巴结他,自己反被别人嘲笑冷落。虽然知道他心里看不起自己,但自己也不得不向他低头示好。还不是因为他命好,有个在省城做过大官的父亲。上次他们一起喝酒,余周举喝多了,不小心透露出自己赶着清理共产党的真实意图。王泉冷笑一声,嘲讽道:"县上其实很安全,只是咱们余副大队长孝顺,搞出这么大的动作,好让父亲回潜山过一个安心年。不知道实情的,还以为我们自卫大队的其他人是吃干饭的呢。"

看着王泉的情绪被成功挑起,老张也套到了想要的消息,他安抚着王泉:"您二位是各司其职。再说,您这么多年对潜山的贡献,大家都看在眼里,谁敢看轻您啊?"

接着老张又拿起尺子在王泉身上量着,之后恭恭敬敬将喜笑颜开的王泉送到店外。此刻的王泉似乎找到了自尊,双手靠在背后,挺着胸膛,略带笑容的眼睛透着一丝阴冷、一丝奸诈。

原来,是余意弥要回潜山老家过年。这可真是个好机会,老张看着王泉的背影想。

(三)

省城安庆,一座二层的别墅门口站着哨兵,客厅里的壁炉里燃着簇簇火焰,房间暖得恰到好处,留声机里的黑胶唱片悠悠地转着,慵懒的西洋乐充斥着每个角落。余意弥端坐在真皮沙发上,手握着电话听筒,聚精会神地听着。

他身着绸缎长袍,稍显圆润的脸上架着一副金丝镶边的眼镜,下巴上蓄着山羊胡,虽然胡须和头发都已花白,但看上去依然精神抖擞,身上有几分儒家气息。如果不是那鹰隼一样的目光暴露出一丝狠辣,谁看了都会将他当成一位儒雅睿智的长者。不知那头说了什么,电话挂断后,余意弥赞赏地点了点头,眼角渐渐地浮起笑意:"好!好啊!我儿果然不负所望。如此,我便能安心返乡,拜见列祖列宗了。"

余意弥心情愉悦地迈着四方步踱进书房,在书桌上铺开一张宣纸,又从笔架上选了一支上好狼毫。一旁的老管家听完,知道这是余周举打来的电话,也大概猜出发生了什么,一边磨墨一边说:"难得您这么高兴,是余副大队长剿匪立功了吧?果然是虎父无犬子。"

"周举说,潜山的共党几近清除,剩下一些四处逃窜的残兵败将,已不成气候。你安排一下,夜间启程。切记不要走漏风声。"余意弥叮嘱着,手中挥毫泼墨,落成笔锋凌厉的行书——锦城虽云乐,不如早还家。

余意弥的老家在潜山官庄乡。余姓是当地大姓,乾隆皇帝曾御赐余氏宗祠"五世同堂"和"七叶衍祥"匾额。余意弥自幼受儒学影响,光宗耀祖的思想早已深植于心。这些年来,他先是勤勉学习,从政后又在仕途上一路高升,已是余氏家族极为显赫的人物,退休之后,愈加盼望着荣归故里,拜祖祭祀。

然而,余意弥不敢轻易地离开省城。他一直提倡"清剿",在省内各地组织团防，斥巨资为他们购置枪支弹药，打压红军。尤其是在潜山，他联合自己的弟弟和儿子，对共产党及爱党人士赶尽杀绝。余意弥知道，自己一旦离开省政府的保护，就很有可能被共产党盯上，因此，退休后也未曾离开安庆。

如今，儿子争气，实现了他多年的愿望。他也可以安心回家住几天，重要的是要拜拜祖宗，在父母的坟前烧烧纸。自己能有今天，也是因为祖宗的保佑。余意弥一手捋着胡须，一手拿起宣纸，他盯着刚写好的字，心中无比痛快。

午夜时分，两辆老爷车早早地候在大门外。余意弥的手上沾满了共产党人的血，一向小心谨慎，为了防止路上出意外，他特意选在半夜出发，还带了一辆车护送。不一会儿，余意弥挂着一根黄花梨木拐杖走出门来，老管家提着行李跟在他身后。余意弥的脚步微微跟跄，他前些年遭遇车祸时伤到了腿，留下了后遗症，在家休养至今，虽有好转，腿却无法恢复到正常人的状态。门口的两个哨兵敬完礼，一个上前接过行李放在车上，一个为余意弥拉开了车门。余意弥冲管家摆摆手，随后上了车。

两辆车一前一后地消失在夜幕中，老管家也转身回去。黑暗中，没人注意到远处藏匿在树后的身影。

绯红的云霞渐渐从天边泛起，天色一点一点地亮了起来。江林拎着两盒阿胶来到余意弥府邸前。门口的哨兵看到江林往这边走来，连忙制止："站住！干什么的！知道这是什么地方吗？不想死的赶紧走。"

江林佯装害怕，小心翼翼地向哨兵询问："大哥，我不是故意要闯进来的。请问这里是余府吗？我来送您家前日预定的东西。"

哨兵一看，原来是个小伙计，便叫了老管家过来。

"什么东西？家里这些杂事都是我操办，我怎么不知道？"老管家拎了拎江林手中的阿胶。

"这是用上等驴皮熬制的，能补血滋阴，延年益寿。是王军座在我们益寿堂订的，说是要送到这个地址。"江林仔细地回答道。

"哪个王军座？"老管家仔细思索着，觉得这个王军座有些耳熟，又想不起到底是谁。

"王军座的名讳我一个小伙计也不知道。不过他说，他受过您家提携，年前因为公务在身不便看望恩人，正月初六，亲自上门拜访。"江林说着早就计划好的说辞。

余意弥为官多年，提携了不少人，每到年底，登门送礼的人络绎不绝。余意弥的腿脚不好，这阿胶可是出名的好东西，王军座能想到这一点，也是用心之人，老管家想到这里，对江林也客气了几分："谢谢小兄弟，也麻烦你替我捎个话给王军座，他的心意余府领了，我家老爷初六不在，王军座公务要紧，不必亲自登门。"

"好的，老伯，我见到他了，一定把话带到。那我去下一家送东西了。"江林向老管家告辞，心中暗暗地想，初六不在？看昨天晚上的架势，余意弥这次是出了一趟远门，现在能肯定的是，至少正月初六之前回不来。

老管家拎着阿胶走进余宅，口中喃喃道："哎？怎么想不起来这个王军座了呢？罢了罢了，受老爷恩惠的人这么多，我也不能每个都认识。"

（四）

很快，江林将余意弥离开安庆的消息带回了石牌镇。今天是小年腊月廿四，离大年初六还有十多天，余意弥难得离开省城这么长的时间。一番商议后，他们一致认为，趁着余意弥失去大批国民党军队的保护，这段时间正是干掉余意弥的好时机。徐天明决定先到潜山跟老张交换消息，再将情报传给留守岳西的红二十五军，老刘和江林则继续打听余意弥的行程。

大地已经沉睡，到处都是黑漆漆的一片，寒风在山间呼啸着，吹在身上格外刺骨。徐天明顾不上寒冷，连夜出发赶回了潜山。与此同时，徐龙祥按照先前的计划，赶在小年夜回到了良冲村。

徐龙祥走在熟悉的乡村小路上，心里却暗暗吃惊。小年是一个大日子，这天要祭灶王爷，还要接祖。往年这个时候，村里热闹非凡，家家户户点上煤油灯，村里灯火通明。大家在桌上摆好饭菜，斟几杯酒，各家都会炸圆子，意味着年年岁岁全家团圆。男人们则到外面烧几刀草纸，燃几炷香，放上鞭炮，磕几个头，接祖完毕，回到家中，晚饭才正式开始。

徐龙祥进村后一个人都没遇上，只有路口散着黄纸的余烬。如今家家户户大门紧闭,微弱的灯光努力地透过窗子,偶尔院子里传来阵阵犬吠,才显得村里有一丝人气。徐龙祥上次回来是八月十五,一进村就开始不断跟人寒暄着,弟弟和妹妹跑着来迎接他,路上叽叽喳喳地说个没完。那时红军主力还没有离开皖西南,国民党军队还不敢这么猖狂。短短几个月,皖西南形势剧变,这个小山村平静的生活也被打破,徐龙祥的心底升起一阵悲凉。

这混乱的社会如同暗流汹涌的海湾,狂风吹过,在海面上卷起巨大的漩涡,它无情地撕扯着周围的人,试图将他们吞没。那些在远处观看的人们驶着自己的船,从未察觉到漩涡越来越大,直到有一天,他们的舟楫被卷入打散,才发现原以为牢固稳定的船身早被腐蚀得千疮百孔,他们想要逃离,却只能无力地坠入漩涡,被下面的暗流吞噬。只有风停,漩涡才能消失,徐龙祥的内心高声呼喊着,他和身边的同志们甘愿以自己的身躯阻挡风浪,待到风平浪静时,剩下的人们联起手来建造一艘新的船舰,重新扬帆起航。

咚咚咚,徐家屋门被敲响。

"你们的大姐来了。"徐龙祥之前没有告诉家人要回来,徐父以为徐竹花吃完饭来陪他过小年,便对徐洪波和徐荷香说。三个人正在吃饭,徐洪波放下筷子一路小跑去开门。

"大哥?"徐洪波惊讶地看着门外冻得满脸通红的徐龙祥。这下,屋里的两个人也都围了过来。

"爸,洪波,荷香,我回来过年了。"徐龙祥的眼角带笑,看着许久未见的亲人,心里暖洋洋的。

"快进来!洪波,给你大哥拿碗筷。"徐父连忙拉着他进屋。

忙碌过后,一家人围在桌前。"我就说嘛,再多的生意,还能连年都不过了?"徐父早就盼着儿子回家,此时额头和嘴角两旁深深的皱纹里都蓄满笑意。徐父接着又担忧地说道:"不过,现在的日子不太平,年后你好好跟着天明大叔待在县城,少到处跑。家里一切都好,你不用挂记。"

"爸,你放心吧。我在县城铺子里安全得很,最近村里没事吧?"徐龙祥笑着问。

"唉,油坊街储木匠家的儿子平日经常去山里,前两天被镇还乡队抓走了,怀疑他给共产党送信。还乡队当着村里人的面直接打断了他一条腿,大家都被吓坏了。你也得当心点,少跑动。"徐父深深地叹了一口气,徐龙祥现在经常在外跑动,他很是担心。

徐龙祥不想父亲太忧心,赶紧岔开话:"洪波的书读得怎么样?小妹在家乖吗?你们两个没惹爸生气吧?"

兄妹俩听了赶紧摇头,徐父看着他们,笑着说:"洪波的书读得很不错,你姐夫总跟我夸他,说他是个做学问的好苗子。荷香也机灵懂事,不怎么让你姐姐操心,我看你姐姐倒是把她宠得有些脾气了。"

"弟弟现在是咱们家的文曲星。荷香年纪最小,我们这些哥哥姐姐多宠宠她也是应该的。"徐龙祥一边说着,一边从随身包袱里取出四件新衣服,"奖励你们在家表现这么好,等天暖和了就能穿了。这两件是姐姐和姐夫的,拿去收好。"

徐洪波和徐荷香兴奋地接过来,在身上比量:"真好看!大哥真好,我有新衣服啦!"

徐龙祥又拿出一个单独放着的包裹,递到徐父手上:"爸,我托我们店里张师傅给你做了一件棉袄,你身上这件都穿了好几年,换上新的,暖和。"

徐父接过衣服,又是高兴,又是心疼儿子:"你给我做什么衣服,我常年做工,穿旧的磨坏了不心疼。你挣钱不容易,多给自己攒一些。"

徐父小心地摸了摸衣服,看着整整齐齐的针脚,不由得夸赞:"张师傅的手艺真好啊。"

"那是,在县城里,好多人都找张师傅做衣服呢。这不,我这次还带了几件张师傅做好的衣服,过两天我得送去油坊街的店里,人家要去拿。"徐龙祥趁机告诉家人自己过段时间要去油坊街,果然不出他所料,徐父没有阻拦,只是叮嘱了两句,让他注意安全。

(五)

徐天明回到潜山后,跟老张相互交流了消息,确定了余意弥离开安庆是为了回老家过年。余意弥乘车,肯定比自己来得快,但余意弥回来后势必会先到县城找余周举,此时余周举还在城内,因此他们应该要过几天才回官庄老家。县自卫大队弹药装备不少,而且周围的国民党军队也方便赶来支援,潜山县城不是动手的好地方,还是在官庄动手比较稳妥。于是,徐天明决定在县城多留几天,探个究竟。

此时的余意弥,已经秘密地住进了余周举家。虽然余周举前段时间已经对潜山的红军和共产党员进行了"清剿",但出于谨慎,余意弥到潜山后并没有急着离开,而是派了县自卫大队的一小队人马先到官庄,以年底巡查为由,排除回家路上的一切阻碍。

大年廿九,先行队上报一切正常。

"父亲,我的手下已经到了官庄,一切正常,未见乱党余孽。"余周举收到消息便回家向余意弥汇报。

余意弥闻声放下手中的书,从书桌前站起,捋着胡子激动地说:"好……好啊!在外十多年,如今终于能荣归故里!既然这样,今晚就启程。"

午夜时分,县自卫大队大院里燃起火把,像一只只藏匿在黑暗中的眼睛,两百余人的队伍整装待发。一会儿,长长的队伍分为两列从大院里慢跑出来,队伍的前面和后面都是拿着火把背着枪的士兵,中间是四匹大马,前方左侧是余周举,前方右侧是储来高,二人意气风发,后方左侧是吴邸宪,此刻吴邸宪显得格外谦恭,似在父母面前的小孩子一般,后方右侧是余意弥,他穿着呢子大衣,戴着礼帽,显得神采奕奕。只见余意弥的前方有一个牵马的,个子不高,一路小跑,眼睛还时不时向左上方斜看着余意弥,那笑容似乎是刻在脸上一般,始终保持着,此人正是王泉。徐天明他们昼夜不舍地盯着,终于等到了余意弥的行动。

他们已经上路,明日傍晚应该就能到官庄。徐天明估算着时间,可以先出发回槎水,借着大年初一拜年的机会,将余意弥的去向告诉徐龙祥,让他去天堂镇联系上红二十五军的情报员,这条线也是徐龙祥过去两年常联系的一条线。

与此同时,高敬亭正带领部队在皖西南四处转战。余意弥抵达官庄的这天,也就是1935年2月3日,正是大年三十,高敬亭率领红军到达凉亭坳。凉亭坳是皖鄂两省的边陲,是皖西南通往鄂东南的古驿道,这里地形险峻,南北两山衔接,构成马鞍形大坳,东西有一条山中大道。除夕夜,万家团圆,家家户户燃起爆竹,试图驱散厄运、动荡和不安,期盼着宁静的生活早日到来。屋外寒风呼啸,红军战士们围坐在破落的祠堂里,燃起一个火堆,烧了几壶热水,柴堆偶尔跳出几颗火星,火光跳动着,努力驱散大家身上的严寒。

一个面容清瘦、身形颀长的人缓缓开口:"同志们,今天是除夕,明天就是新的一年。我知道,在座的各位,已经多年没回家陪着亲人过年了。敌人对我们穷追不舍、赶尽杀绝,今年我们只能这样凑合一下了,等到胜利那天,我们回家安心地过个好年。"这人正是高敬亭。他的眉心微微皱着,眼窝较深,眼角刻着两丝皱纹,不说话时嘴角微微向下。

高敬亭看了一眼周围的战友们,继续说:"都说辞旧迎新,我们的队伍也需要适应当下的情形,重新编制。我军主力北上长征后,剩余部队分散在根据地各个地方,调动起来有所不便。现在,各部在敌军的重创下伤亡严重,我们应该根据现实情况,重整军队,发展地方武装。今天我们开个会,大家各抒己见,说说自己的想法。"

大家七嘴八舌地讨论着,谁都不知道这场会议将在历史的书卷上画下一笔。最终,会议做出了两项重要决议:一是将皖西红二一八团和鄂东北独立团合编,重组红二十八军,下设第八十二师,辖二四四团三个战斗营和一个特务营。同时,为了提高队伍的震慑力和近战能力,调集队伍中的骁勇善战者组成了三百余人的军直属手枪团,集全军之力,保证他们每人有一把驳壳手枪和一柄大刀,作战时可凶猛突击,给敌军以强大的心理震慑,将其意志力迅速打垮。红二十八军共一千四百余人,高敬亭任军政治委员,没有设军长和参谋长。二是发展地方武装,壮大队伍。会议决定成立四路游击师,在潜山、太湖、霍山、英山四县交界处加快游击根据地的建设。

另一边,官庄余宅内,灯火通明。余意弥的旧宅是一座雕梁画栋的三进青砖院子,第一进门屋被勤务兵占用,若有意外,可保护余意弥撤离。第二进为厅堂,此时张灯结彩,正对门的桌子上摆满了珍馐美馔,温好的酒飘着清香。第三进为余意弥的起居室,屋内古玩字画众多。余意弥、余周举等人围坐在厅堂的餐桌上,屋内暖烘烘的,一派热闹景象。

"爸,您在外操劳多年,如今终于能在家好好地过个年。我敬您一杯,祝您身体健康,万事如意。"余周举满上一杯酒,躬身向余意弥敬酒。

"这次平定皖西南共军,你立下了汗马功劳。你的副大队长也有些年头了,等到年后再做出一点成绩,该往上走一走了。"余意弥对余周举的"清剿"行动很是满意。他又举起酒杯,向全桌人示意:"共军如今不成气候,皖西南也将重回平静。为了党国,为了我们安然的生活,大家共饮一杯。"

宅院内,歌舞升平,肴核既尽,杯盘狼藉。宅院外,自卫大队扛起钢枪,四处巡逻。同一片天地,同一个夜晚,有人在玉盘珍馐间醉生梦死,有人在寒冷困顿中挣扎求生;有人得以阖家团聚,共享这难得的团圆时刻,有人却不得不日夜奔波,一寸一寸地铺砌着明天的路;有人架起枪炮,对准了手无寸铁的同胞,有人从烈火中重生,为同胞带来希望。

(六)

清晨的第一缕阳光洒向大地,万象更新,新的一年开始了。

去村里长辈家拜年时,徐龙祥从徐天明那里接到了去天堂镇送信的任务。第二天一早,徐龙祥挑着货担穿过逆水大山进入天堂镇,天堂镇有一个专门从事中药材经营的药店,这里便是徐龙祥与红二十八军(以前为红二十五军)情报员杨晓风的联络处。杨晓风是这个药店的伙计,需要经常在外采购药材。杨晓风正是利用这个身份掩护他的情报员工作。红二十八军行踪隐蔽,天堂镇只有杨晓风才知道红二十八军的位置。

约莫中午时分,徐龙祥挑着货担走近药店,他瞟了一眼药店上方卧室的窗户,发现窗户外的木板上放着两盆蜡梅花,徐龙祥的心中一沉,径直走过药店门口。这是他和杨晓风约定的联络暗号,不放任何花表示杨晓风在药店内,一切安全,一盆蜡梅花表示杨晓风已出门在外,两盆蜡梅花表示周边环境情况复杂或者杨晓风有特殊情况,不便于接头。徐龙祥猜测此刻杨晓风或者药店已经被国民党盯上,但是时间紧急,需要把余意弥父子回官庄过年的消息尽快传送给红二十八军,这可怎么办?

这时徐龙祥突然计上心头,想到了他经常联络的情报员储德尚。储德尚是天堂镇上专门联系岳西游击队的情报员,他在清茗茶馆工作。这家茶馆已经开了十余年,每年春节都会有三天闭门,从除夕夜至正月初三晚上,不接待客人，却给来往的车夫、乞丐们留一个偏门，给他们一个容身之地和一口热水。当地人都知道茶馆的习俗，觉得老板心善，平时便纷纷照顾茶馆生意。时间一久，这家茶馆在当地颇有名气。

徐龙祥挑着货担走到偏门，口中喊道："鸡肫皮换针，日用品玩具啰。"他在偏门外连续喊了三遍，然后放下货担停了一分钟后，又站在那儿喊了三遍。

突然走出一个男人，中等身材，约莫三十五岁，他对徐龙祥说道："小货郎，有红头绳吗？给我女儿买一条。"此人正是储德尚。

"有，你要多少？"

"一米。"

"好，屋外太冷，进来喝口水吧。"说完储德尚带着徐龙祥从偏门进入院子，然后从后门进入厅内，厅内此刻正好没有其他人。

"过年好啊，储叔。"徐龙祥这才放心打招呼。

"小堂，过年好，你一定是有重要的事情吧。"储德尚拍着和自己差不多高的徐龙祥的肩膀，农村的孩子长得快，尤其在那个年代，十六岁的年龄看上去已经完全像个大人了。小堂是徐龙祥的代号，这也是徐龙祥作为情报人员自我保护的一种方式。他需要联系不同游击队的情报人员，在每一个对接的情报人员那里，他的名字都不一样。为什么此刻徐龙祥叫小堂，也许与天堂镇的地名有关吧，这样好记，不会出差错。

"储叔，情况紧急，有没有办法把一份情报送到红二十八军那儿？"徐龙祥眉头紧锁，眼睛不时瞟着门外问道。

"难呐，我平常没有接触过红二十八军的人啊。"储德尚摇了摇头，但沉思片刻后，储德尚突然眼睛放光地说道，"岳西游击队李队长曾经和我提到过一次红二十八军，他一定有办法把情报传过去。"

"可是李队长他们在冶山，现在国民党军卡住了通往冶山的唯一通道干营，干营那里有一座地势险要的山，通往冶山的路便在这座山的半山腰，有三个士兵在此处检查盘问。如果从别的地方绕，要增加两天路程啊。"储德尚补充道。

"那我们要试一试，这次情报紧急又重要，时间不允许我们从别的地方绕了。"徐龙祥说道。

商量后他们决定立马行动,储德尚穿上棉袄,戴上了一顶破旧的毡帽,锁上了后院的偏门,便和徐龙祥走向了干营。储德尚走在前面,徐龙祥挑着货担跟在后面。在干营半山腰的山路上果然看见前方有三个背着枪的士兵,这离天堂镇很近,如果听到鸣枪,天堂镇的还乡队半个小时就能赶到。因此,储德尚和徐龙祥万万不能开枪或让敌人开枪。

看到有敌人在盘查,储德尚低声叮嘱:"我们都以卖小货为由,万一敌人胡搅蛮缠发现了什么,你要充分利用山势险要这个优点,一定要想办法尽量过去,不要管我,情报重要。"

"知道了。"徐龙祥心领神会,微微地向储德尚点了点头。

"站住,干什么的?"一个士兵举起枪对着他们大声吆喝道。

"卖货郎,我们回冶山过年呢。"储德尚答道。

"过来,要搜查。"另一个士兵喊道。

储德尚和徐龙祥早有准备,一前一后不慌不忙地向他们走去。储德尚说道:"我们都是冶山的农民,忙到现在才回家。"

"少废话,举起手,搜身!"那个举枪的士兵喊道。

"好,好,好。"储德尚举起手,徐龙祥也放下货担,站在原地举起手。有两个国民党兵在搜储德尚的身,另一个国民党兵搜徐龙祥的身,搜完后,他们又检查了货担里的东西。他们除了在徐龙祥身上搜到一块银圆外,什么也没有搜到。这银圆是徐龙祥故意放在口袋里让他们搜到的,以方便顺利通过。

"就这一点钱?"一个士兵掂一掂手里刚搜出来的银圆,眼睛瞪着徐龙祥问道。

"老总,就这点,您看,这大过年的,正好孝敬你们,给你们买点酒喝吧。"徐龙祥一点也不害怕,满脸笑意地对他们说。

"算你小子懂事,走吧。"拿钱的士兵把钱揣到口袋里,露出满足的笑容对徐龙祥喊道。

"谢谢老总。"徐龙祥飞快向他们鞠了个躬,挑起货担就往前走。储德尚刚被搜完,见状也鞠了一躬并连连道谢,但他仍旧站在路边,让徐龙祥从他身边走过,他则在徐龙祥的后面。这样,徐龙祥的前面有一个士兵,储德尚的后面有两个士兵。

"停下,这货担箱的里面还没看呢,不许走!"突然,最后面的一个士兵举起枪喊道。

说时迟那时快,储德尚一个飞身直接扑向后面的两个士兵,因山区道路窄,下面就是悬崖,储德尚和他后面两个士兵瞬间滚下悬崖。见此,徐龙祥迅速甩下货担,一个箭步向前,把前面的士兵推下了悬崖。看着储德尚向山下翻滚的身体和石头上的血迹,他惊恐地喊着"储叔",随即蹲下闷声抽泣。此刻,他真正理解了储德尚刚才所说的话:"你要充分利用山势险要这个优点,一定要想办法尽量过去,不要管我,情报重要。"多么可敬的同志,他随时做好了牺牲的准备。此时此刻,徐龙祥只觉得心中一阵阵地痛,空旷的山谷飘荡着无尽的悲伤。他强压住自己内心的痛苦,踉踉跄跄地站起来,抬起胳膊用手袖抹了一把眼泪,然后弯下腰从货担最里面取出了藏好的手枪。他知道他必须坚强,他要把情报送出去,他要成功,他要对得起死去的战友。

他深知此地不能久留,随即挑起货担快步向前走去,边走边抽泣着。天黑时分,他终于找到了岳西游击队,向李队长汇报了情况。李队长对自己情报员储德尚的牺牲非常悲痛,连夜启程前往红二十八军军部送消息。

红二十八军自成立以来,一直和国民党地方武装进行周旋,此时红二十八军正在鄂东的英山一带与国民党军队陷入激战,李队长也不知道红二十八军的具体位置。所幸李队长与红二十八军之间有着特殊的暗号,他一边躲避战火,一边按照红军留下的暗号前进,辗转了几个地方,终于在两天后联系上了红二十八军的情报兵。

2月8日,红二十八军接到余意弥在官庄的消息时,刚刚结束一场战斗,正在行军途中。国民党军队如同在英山东侧围起的一堵墙,如果硬要突破,红军难免要伤筋动骨,恐怕也会惊动潜山、霍山、英山的国民党地方武装。高政委与其他部队领导商议了一下,决定命黄柏游击队先到官庄附近的大麦尖,观察情况,并抽调特务营转道官庄,绕路避开国民党军队,前往大麦尖与黄柏游击队一起行动,抓捕余意弥和余周举父子。

李队长将红二十八军的指示传达给徐龙祥,徐龙祥随即马不停蹄地赶回槎水,将行动消息传递给了黄柏游击队。这一时期潜山的游击队整编成两个游击队,第一游击队是野寨游击队,靠近潜山县城梅城;第二游击队是黄柏游击队,由几年前的黄柏游击队和青草游击队整编而成,驻扎在槎水镇,靠近安庆府。雪水和着泥土,山间小路泥泞不堪,想着马上就要行动了,徐龙祥脚下生风,片刻不停地奔波在山间,终于赶在2月10日将消息传达到黄柏游击队。2月11日夜间,红二十八军特务营到达大麦尖与黄柏游击队会合,2月12日拂晓,战士们赶到官庄。

余周举带回官庄的自卫队员虽然不少,但大多数人不驻守在余宅,而是分散在官庄周围巡逻,余宅仅留有十几人站岗放哨。这些天来,为了避免惊动余意弥,潜山的组织并未有过任何行动。余意弥等人果然渐渐放松了警惕,尤其是他们听说国民党军队正在英山一带"围剿"红二十八军后,心里犹如一块石头落了地,英山离官庄路途遥远,红军不可能突破重围,立刻出现在官庄。余意弥认为自己安全得很,便和家族宗亲不断走动,拜祖祭祀,招待亲友,每天都有不少人进出余宅,一直平安无事。余意弥和自卫大队也渐渐松懈下来了,2月8日余意弥吩咐储来高、吴邸宪和王泉带着一小部分人马先回潜山县城梅城。

特务营营长敏锐地察觉到自卫大队的疲态,便决定这次抓捕行动要尽量减少红军伤亡,不强攻,而是智取。营长带了特务营里最沉稳淡定、反应敏捷的几个战士,喊上黄柏游击队的几个高手带路,一行人大摇大摆地从村口向余宅走去。其余人分成四队埋伏在巡逻的自卫大队附近,等余宅哨声一响,就冲上去将自卫大队控制住,切断余意弥的援兵。

"站住! 干什么的!"自卫大队发现了营长一行人,高声呵斥。

"这是国民党军第二军王军座,从六安前往安庆途中经过此地,听说余厅长回乡了,特地前来给厅长拜年。"营长身边的士兵面不改色,话又说得中气十足,举手投足间也是威风凛凛,自卫大队不敢得罪,犹犹豫豫地让开了路。

红军队伍里的一名战士上前跟自卫大队寒暄:"兄弟们站岗,辛苦了啊,一会儿让咱们军座给余厅长美言几句,给大家奖赏奖赏。"

"那可要谢谢王军座了。"自卫大队的巡逻兵连忙道谢,心里的怀疑也打消了几分。

一行人来到余宅门口,报上王军长的名号,畅通无阻地走了进去。留在余宅的自卫大队队员基本都在门房,余意弥的卧室门口只有两个人站岗。红军战士一进大门,便迅速控制住了自卫大队,趁他们还没反应过来,三个红军战士就冲入了余意弥的卧室,将还在榻上酣睡的余意弥逮了起来,余周举也被红军从旁边卧室里拖了过来。

"大胆乱贼!竟然敢闯入我的府邸!"余意弥渐渐清醒过来,眼看红军顷刻间占领了宅邸,自卫队毫无缚鸡之力地抱头蹲在一边,他愤怒地大喊。一旁的余周举也是愤恨不已,却没有父亲这样的胆子,此时只敢瞪着双眼,不敢出声。

余意弥还在吼叫着,如同困兽一般做着最后的、无力的挣扎:"早就该将你们这些乱贼赶尽杀绝!我就知道,有你们在一日,天下就不会太平!"

营长走到他面前,看着这个残害了众多战友的刽子手,强忍着心中的怒火,开口说:"余意弥,你早年也是中过秀才,懂得道理的人。你们所谓的政府,高位者贪污腐败,发动战乱,低位者欺压百姓,征收苛捐杂税,把多少人逼得家破人亡,这些你都看不到吗?多年来,你一直鼓动安徽各地对我们的同志进行'清剿',连杀害自己的胞侄都毫不眨眼,黑白不分,毫无人性。你们父子二人手上沾了多少人的血,还数得清吗!"

余意弥苍白的头发凌乱地散落在脑后,一脸疲态,却挡不住他阴鸷的目光。他冷哼一声:"你们这些黄口小儿胆敢妄谈政治,可笑!一群大字不识的乡野村夫,还异想天开。今天落在你们手里算我倒霉,我灭了你们那么多人,于党国我也算尽忠了!"

营长知道,与这种固执迂腐的人多说无益,便绑了余氏父子二人准备撤退。

一声清脆的哨声扰乱了凌晨的寂静,自卫大队队员纷纷愣住,埋伏的红军战士趁机群起而攻,在他们愣神的时候冲散了他们的队伍,迅速卸了他们的武器。这次行动红军战士打了一场漂亮的仗,无一人受伤。

余意弥被抓的消息很快就传到了省城安庆,国民党安徽省政府连忙调遣兵力追赶红军,试图营救余意弥。红军战士们押着余意弥等人前去与高政委的主力部队会合,察觉到后方有敌军追击,再加上余氏父子气焰嚣张,负隅顽抗,拖慢了行军速度,营长当即决定,枪决余意弥,以绝后患。

部队在山上的一处断崖前停下。这里地势较高,一侧是巨石,一侧是灌木丛,中间是平地,背后是悬崖,来往经过的人都能注意到这里。营长看了看周围,吩咐战士将余意弥带过来。

余意弥依然一副不屑的模样,颤抖的腿却出卖了他恐惧的内心。营长说:"余老先生,我们红军不会冤杀任何一个人,对有改过觉悟的敌人也会宽大处理,但你残害了我们那么多同志,至今仍无悔过之意,你这样的人,我们留不得!"

余意弥颤抖着声音,咬牙切齿地说:"我这辈子诗书满腹,官运亨通,所作所为对得住党国,只恨我没能将你们这些乱贼消灭干净!"

"余老先生,天下是百姓的天下,谁能带领百姓过上好日子,百姓才会拥护谁。水能载舟亦能覆舟的道理,你不会不懂吧?你口中所谓的正统,将来必会被取而代之,下辈子做人,擦亮眼睛吧!"

一声枪响,惊得树上覆雪散落。余意弥死了,余周举的靠山没有了,他如同被抽了丝的木偶,瘫坐在地上。红军加快了前进的脚步,甩掉追军,与大部队成功会合。余周举本来就是依附余意弥,他自己在国民党那里就是一个不入流的角色,余意弥一死,他心里的防线瞬间崩塌,红军便将他关入狱中。

余意弥的死震慑了皖西南各地受余意弥扶持的自卫大队和还乡队,这些地方武装的气焰渐弱,为皖西南红军队伍和人民武装的逐渐壮大创造了有利的条件。

第四章

（一）

红二十八军在处决余意弥后士气大涨,随即成立了中共皖西特委,设立以鹞落坪为中心的大本营,领导鄂豫皖根据地开展游击战争。在随后的数月内进行游击战斗十余次,每次都大获全胜,革命的力量不断发展。转眼来到1936年,国民党政府终于意识到,这支看上去孤守鄂豫皖的红军队伍不容小觑。蒋介石电告鄂豫皖国民党军总司令卫立煌,责令部署"清剿"计划。鄂豫皖的国民党军采取分片划区的手段对红军进行围追堵截,接连派出六十余个团的兵力,对鄂豫皖根据地发动"清剿"。同时国民党还对根据地进行经济封锁,禁止将粮、油、盐、布、医药等物资运进封锁区,并大建碉堡,以图困死红军。

针对国民党的这些举动,高政委决定将红二十八军主力部队以营为单位分散,深入敌后,开展游击斗争,使部队既具有相当高的机动性、灵活性,又有一定的作战能力。同时红军有计划地从部队抽调骨干放到地方,以乡为单位发展游击队,对付敌人地方武装,组织发动群众,建立和发展游击根据地,支援和配合主力部队行动。短短几个月,游击队遍布鄂豫皖边区,率领群众打土豪、除恶霸、分粮食,逐步控制地方政权,并为红军探敌情、送情报、安置伤病员、筹集给养,成为红军作战的重要支柱。在各地游击队的配合之下,红军既不与敌军展开大规模的正面冲突,又不单单进行影响力很弱的小股游击战,作战地区由山区发展到平原,由原来在敌人包围圈内兜圈子发展到深入敌后。鄂豫皖边区游击战争开展得如火如荼,屡战屡胜。

在桐怀潜游击战争中,徐天明的情报站发挥了不可磨灭的重要作用,一次次任务中,徐龙祥也得到了极大的磨炼,当初的少年已经长大,成为一名可以独当一面的红军战士。前段时间红军重挫国民党军,加之黄柏游击队刚刚在黄柏山区剿灭了一支流寇,潜山的局面短暂地平静下来,徐龙祥也难得有了几天的闲暇时光。

春分时节烟雨空蒙,纵目天涯,浅黛春山处处纱。徐龙祥撑了一把油纸伞,走在淅淅沥沥的小雨中。姐姐先前身体抱恙,晚上咳嗽不止,吃了几服药没见好转,平时又忙着照顾弟弟妹妹,就没太把自己的病放在心上。最近,姐夫储境因为颇有学识而被任命为槎水镇副镇长,从私塾先生变成了一方官员。储境刚上任不久,瞧着什么都新鲜,每日忙于交际应酬,还有一堆事务要学习处理,也没时间照顾姐姐。徐龙祥一直惦记着姐姐的病,趁着这两天没有任务,便去石牌镇找刘大夫开几服药。

临近中午时分,徐龙祥到了刘大夫的药铺,他收起伞拍了拍挂在肩上的雨丝,将纸伞放在门口,走进药店。店里有人来看病,刘大夫正拿着一杆秤,在药柜前称着药,几个抽屉敞开着,柜台上放着几箩新晒好的草药,甘苦混着芳香,在整个房间里弥漫。

"刘大夫,您忙着呢?"徐龙祥走进店门,向刘大夫打着招呼。

刘大夫抬眼一看是徐龙祥,以为他是来传递情报的。刘大夫一边将手中的药放在黄纸上,一边对徐龙祥说:"您稍加歇息,我先给前面这位先生抓完药,马上给您瞧病。"

徐龙祥坐在一边,等病人走后才上前。刘大夫低头整理着桌面,一边将诊脉时用的垫手枕摆好,一边低声问道:"是有什么新消息吗?"

"不,这次是我私人的事。"徐龙祥连忙解释。

刘大夫舒了一口气,恢复到正常音调:"怎么了龙祥?最近太累,身体不舒服吗?"

徐龙祥向刘大夫仔细说了姐姐的病症和日常饮食作息,刘大夫听后大致判断出徐竹花的情况,便对徐龙祥说:"龙祥,你姐姐的病主要是劳热咳嗽,现在还不严重,但是容易发展成顽症,影响生活。普通药方见效慢,我给她重新配一服,加上点补肺补脾的生怀山药和解毒的牛蒡子,服上四剂应该能见好。"

"谢谢刘大夫!"徐龙祥连声道谢。天明大叔说过,刘大夫自幼学医,医术高超,在江南的时候将很多红军从鬼门关拉了回来。有了他开的药方,姐姐一定可以很快好起来。

刘大夫笑呵呵地冲他摆摆手，开始给徐竹花抓药。

"刘大夫，江林哥呢？这一会儿也没见他出来，是有新任务出去了吗？"不见江林的身影，徐龙祥好奇地问道。

"他啊，在后院忙正事呢！正好你来了，快去看看。中午留下来，吃完饭再走。"刘大夫指指后院，神秘地笑着。

"那我去后院看看江林哥。"徐龙祥笑着向后院走去。

江林坐在书桌前，手握钢笔，小心地在纸上写着什么。他正专心写着字，加上背对门口，丝毫没有注意到身后有人进来。

"江林哥，写什么呢？这么认真。"徐龙祥站在江林斜后方看了一会儿。

江林吓了一跳，赶紧扣过手中的纸，回头看来人是谁。徐龙祥趁机将纸抽过来，转身往旁边一闪。

"你吓死我了！哎，还没干呢，你慢点，别给我弄脏了！"看到是徐龙祥，江林放下心来，也不起身跟他抢了。

徐龙祥翻开看了两眼，愣了一下，他回头看了看江林，只见江林斜身靠在椅子上，冲他点了点头。他这才回过神来，认真地整理了一下纸上的褶皱。

只见纸的最上方写着几个整整齐齐的大字——"入党申请书"，再往下，落着几大段方正敦厚的字迹，称不上隽秀，但可以看出每一笔每一画都写得认真虔诚。"敬爱的党组织，我志愿加入中国共产党，因为她是中国工人阶级的先锋队，她是全国各族人民利益的忠诚代表。我于1929年8月参加了革命工作，七年来，在党组织的培养教育下，我通过一系列的革命运动和实际工作得到了锻炼，认识到了中国共产党是先进的、正确的……我想以一个党员的身份严格要求自己，为党和广大人民群众的利益贡献自己的一切，甚至生命。请党组织考验我。江林。"

"哥，你决定入党？"徐龙祥的目光扫过纸末几行，最后落到力透纸背的"江林"二字，他将入党申请书工工整整地放回了桌上，靠在桌边，沉默了几秒，问道。

"是，我一直期盼着入党。你知道共产党是什么吗？共产党就是太阳，只有追逐阳光才能离开黑暗,我也想当一束阳光。"云消雾散,光从门口漫进来,衬得江林光彩照人。

"我们现在不是已经在为党工作吗?"

"是,但我们还可以更进一步,将我们的工作变成为之奋斗终身的信仰。信仰的力量是强大的,它能支撑人完成超越自身极限的事情。革命的道路上充满荆棘和困难,我想我需要这种力量支撑我走下去,我也愿意接受党组织的约束和考验。龙祥,你也可以的,有空了你好好想想这些。"

午饭过后,徐龙祥提着药辞别了刘大夫和江林,一路上,他都在想着江林跟他说过的话。在随后的一段时间里,徐龙祥回想着这些年身边的好人和坏人,回想着这些年自己做过的事,在回忆过往经历的同时也思考着自己的未来。

(二)

自从红二十八军以营为单位分散到各地后,高政委指示部队可以从打击地方反动势力入手,从而粉碎国民党对红二十八军的"清剿"。

高政委到太湖县时,听当地情报人员汇报,在店前河有一股国民党地方武装,自称为野猪队,有一百余人,配有土枪和步枪,经常强抢民众的粮食和财产,如果有人稍加反抗,轻者打伤打残,重者直接丧命。当地人民深受其害,提起野猪队个个都恨得咬牙切齿,但他们势力大,只能默默忍受欺凌。野猪队以前是太湖一带的土匪,他们的枪法非常熟练,又官匪勾结,遭到攻击后还能得到潜山县自卫大队的增援,因此非常嚣张。

这股土匪武装是红军在当地建立游击根据地的绊脚石,必须尽快歼灭。若调太湖战斗营前去歼敌,部队则需要绕过花亭湖,行军时间长。而潜山战斗营驻扎在水吼乡旁边的天龙关,从天龙关至店前河没有湖泊河流阻挡,急行军半天就可到达。高政委看着地图,决定派潜山战斗营两天后到店前河消灭野猪队,并命情报员立刻传递消息。潜山战斗营成立后,徐天明负责向上对接红二十八军,而徐龙祥则负责向下对接潜山战斗营、潜山与岳西的游击队。岳西是今年元旦才从潜山划出部分山区乡镇成立的,过去徐龙祥一直和这一带的游击队对接。

　　一天,徐龙祥正在给做衣服的老张打下手,江林来到了裁缝店。徐龙祥先看到了他,抬头打了个招呼:"江林哥。"

　　江林笑嘻嘻地来到案台前:"张伯,龙祥。我来找徐掌柜,他在吗?"

　　老张一边穿针一边说:"徐掌柜出去了,一会儿回来。龙祥,你先带着江林到楼上等等吧。"

　　到楼上还未坐定,江林用肩膀拱了徐龙祥一下,语气骄傲地问他:"哎,你猜我这次来做什么事?"

　　徐龙祥正在给他倒茶,回头白了他一眼:"我哪晓得你要做什么? 来,先喝茶吧。"

　　江林接过茶水一饮而尽,抹抹嘴角,也不再卖关子:"我是来请徐掌柜为我写入党推荐信的。"

　　"你是说让天明大叔做你的入党介绍人?"徐龙祥稍微有些惊讶,随即点了点头。

　　"徐掌柜是老党员了,多年来又是我的直接领导,找他当介绍人是最合适的。对了,我看你到时候也可以找徐掌柜做介绍人啊。"江林打趣着说道。

　　两人你一句我一句地聊着,一会儿就等到了刚从外面回来的徐天明。徐天明来到楼上,看他的神情,像有任务要宣布。徐龙祥将一把椅子送上前让他坐下,倒了杯茶,问道:"天明大叔,你有什么事要安排吗?"

　　徐天明点点头,示意徐龙祥和江林也坐下。他刚刚接到红二十八军发来的指令,要求他们速与潜山战斗营联系,务必让战斗营于两日后到达店前河,做好战斗准备,歼灭店前河野猪队。野寨游击队守在潜山县城附近,若县自卫大队出动支援野猪队,野寨游击队便负责拖住他们。另外,山路崎岖,还需要潜山情报处派人跟着战斗营走一趟,为战斗营引路。

　　徐天明喝了一口茶,看着徐龙祥说道:"上级命令潜山战斗营两日后抵达店前河消灭国民党地方武装野猪队,龙祥,你去传达命令。另外从战斗营驻地到店前河多为山路,战斗营对路线不熟悉,你带着他们走一趟。为了防止潜山自卫大队前去支援野猪队,还要告诉黄柏游击队和野寨游击队,埋伏在县城周边,若城中有异动,黄柏游击队和野寨游击队要拖住援军,给战斗营争取时间。"

"明白,我马上出发。"徐龙祥答道。

徐天明看到江林也在,担心江林有消息要告诉他们,便问道:"江林,你那边可是有什么情况?"

"石牌镇一切正常。徐掌柜,我这次来是为了私事,想请您做我的入党介绍人,为我写一封入党推荐信。这是我的入党申请书,请您过目。"江林端正身体庄重地回答,随即从胸前的口袋里小心翼翼地取出入党申请书,双手递给徐天明。

徐天明看到江林积极主动地向党组织靠拢,心里十分高兴。他接过申请书仔细地读着,抬头对他说:"江林同志,你加入革命队伍多年,如今想要加入党组织,以更加严格的标准要求自己,这是好事。我也希望能有越来越多像你一样的年轻同志加入党组织,壮大我们的队伍。一会儿我就给你写推荐信。"

徐龙祥听了这番话若有所思,心里似乎有什么东西暗中涌动。江林则认真诚恳地向徐天明道谢。

徐天明将江林的入党申请书归还,转身坐在书桌前开始为他写推荐信,并告诉江林这两天因潜山战斗营要攻打店前河野猪队,他暂时不要回石牌镇,可能有重要的事情需要他办理。

徐龙祥立刻下楼收拾东西,这次为了赶时间,他并没有挑货担。他要先去黄柏山区通知黄柏游击队,然后折返去野人寨对接野寨游击队,再去水吼乡对接潜山战斗营的情报人员。

(三)

当天傍晚徐龙祥便把消息传达给了驻扎在槎水的黄柏游击队,然后,他连夜折返到县城,第二天一早便挑起货担向野人寨和水吼乡出发。

野人寨和水吼乡相连,距离潜山县城约二十里路,面朝潜水河,背靠天龙关,临近天柱山,境内地形复杂多变,高低落差大。天龙关两边山势险峻,峡谷幽深,地貌形似一条上天飞龙,红二十八军潜山战斗营正是看中了它凶险的地势，驻扎在这里。

野人寨通向水吼乡的大路只有一条，其他的都是小山路。说是大路，其实也只有一驾马车的宽度，沿着它向上走，待看到路两边各架着一个竹子搭建的岗亭时，就快进入镇子。

刚进镇子时，路边还是两片荒地，往里走上一二里地，逐渐热闹起来。一座座土砖楼依地势而建，高高低低地坐落在山间，小商小贩随便找个拐角就能撑开自己的摊位。徐龙祥来到一个三岔路口，其中两条小路夹着一座木楼，另一条路则在木楼前向山上盘着。他从货担里拿出三根一样长的竹竿，悄悄扔在木楼的脚下，然后若无其事地走到木楼对面坐下，放下担子，喊着："鸡胗皮换针，日用品玩具啰。"

等了一会儿，一个身穿粗布大褂的胖子听见徐龙祥的叫卖声，走了过来。他翻了翻徐龙祥的货担，拿出一支钢笔问："这个怎么卖？"

徐龙祥说："你的眼光真好，这支笔是从上海带过来的，是好货，但这笔只换不卖。"

"哦？拿什么换？"那人又问。

"你看着换，只要合适，我就跟您换。"徐龙祥没有明确回答，反而将问题又推了回去。"我拿怀表跟你换，行不行？"那人从胸前口袋里拿出一只古铜色老怀表。徐龙祥拎了拎，问道："你这表现在几点了？"

"上午十点。"

"那你的表不太准，慢了十分钟。"

"差十分钟，给你调好。"

"行，那你先给调着，好了以后我把钢笔给你包起来。"

两人达成一致，胖子便开始调表，徐龙祥坐在一旁等他调好。胖子眼睛盯着手中的表，余光扫过徐龙祥，低声说道："潜山战斗营情报员，王胖子。"

徐龙祥扔在木楼脚下的竹竿另有深意，他在向潜山战斗营的情报员传递自己的位置信息。三根一样长，说明他就在附近；三根不一样长，代表需要沿着木楼旁的路往山上走走才能找到他；有竹竿却不见人，说明可能被人盯上了，有暴露身份的危险，当天下午到晚上直接到镇子东面的竹林路上见。而刚刚他和王胖子的对话也暗藏玄机，"上午十点""差十分钟"，都是徐龙祥与潜山战斗营之间确定身份的暗号。

徐龙祥见胖子对上了所有暗号,环顾四周,见没人盯着他们,稍微放下了心。徐龙祥同样低声说:"太湖店前河有一股国民党地方武装野猪队,最近很是猖狂,百姓深受其害。野猪队是当地土匪组成的,高政委派你们潜山战斗营前去剿匪。山路崎岖,我会带你们到店前河。"

"明白。潜山战斗营保证完成任务。"胖子回复道。

"那你前面带路吧,我在稍远处跟着,以免引人注意。"徐龙祥收拾着东西,准备跟随胖子去战斗营驻地,给他们带路。

胖子犹豫了一下,为难地说:"小同志,你应该知道,出于安全考虑,战斗营驻地是不允许人随便进入的。"

徐龙祥觉得胖子的担忧是有道理的,但考虑到自己的任务,他思考片刻后,抬头跟胖子说:"是我疏忽了,要不这样吧,你先回营地,我在山水交汇处等你。"

胖子听到徐龙祥这样说,心中松了一口气:"谢谢小同志理解。那辛苦你了,到时我带战斗营去找你,我们再一起出发去店前河。啊,对了,行动时间是什么时候?"

徐龙祥却深深地看了胖子一眼,没有说话。胖子怎么会这么回答呢?徐龙祥的话里藏了另一句暗号——山水交汇处,与之相对应的,是山南水北。如果是潜山战斗营的情报人员怎么会对这句暗号毫无反应?是胖子没反应过来,还是胖子这个人就有问题?徐龙祥决定再试探一下。

胖子看徐龙祥没反应,只当他没听见,于是又说了一遍:"小同志,你还没告诉我行动时间。"

徐龙祥装作刚回过神来一样,惊讶问道:"啊?您说什么?哦,行动时间和往常惯例一样,战斗营里的江情报员知道。对了,江情报员这次怎么没来?"

"他呀,去执行别的任务了。小同志,那我什么时候带营队去找你?"胖子见徐龙祥没有明确地告诉他行动时间,便又旁敲侧击地问了一遍。

这下,徐龙祥心中笃定,眼前的胖子根本不是潜山战斗营的情报员,而是国民党军队的特务,潜山战斗营里压根就没有江情报员。另外,徐龙祥推测,真正的战斗营情报员此时应该是安全的,没有落入敌人手中,若情报员已被敌人控制,胖子显然不会只得知部分的暗号,至于这部分暗号的泄露可能是前几次对接过程中被混入街边人群的特务学习模仿了。看来,特务有意识要打入游击队情报人员内部探查秘密。徐龙祥不动声色,决定给特务假情报,他凑到胖子耳边,低声说:"三天后,我们一起出发。"徐龙祥故意将行动时间说晚了两天。

胖子终于打听出了潜山战斗营的行动时间,又见徐龙祥并未对自己的身份表露出怀疑,心中窃喜。

徐龙祥将胖子的神色尽收眼底,看出他此时深信不疑,便顺着往下说:"既然这样,你早点归队吧,我在这里守一会儿,以免被敌人跟踪。"

胖子想了想,借此机会正好可以暗中跟踪徐龙祥,运气好的话还能捣毁徐龙祥所在的情报站,便起身向徐龙祥告别。殊不知,徐龙祥早已识破了他的身份。

(四)

送走了假情报员,徐龙祥挑起担子,准备改一下暗号,与真正的潜山战斗营情报员换个时间和地点见面。

他已经走出了几步,转念一想,自己刚刚与国民党情报员打过照面,他们已经识破了自己的身份,并且破解了暗号,如果这个时候去改暗号,继续联系潜山战斗营的情报员,搞不好会暴露部队行踪。不如直接离开,换个人来送消息,真正的情报员看到自己不在,就会到镇子东面的竹林路等消息。张伯常年在潜山,也不宜出面送信,容易暴露情报站。江林这两天还在店里,他平日在潜山活动不多,由他去送信不容易引起敌人注意。

想到这里,徐龙祥脚步一转,改了方向,没有去管之前留下的记号。他转过街角的时候果然看到王胖子在后面悄悄地跟踪自己。徐龙祥在水吼乡街上故意兜了几圈,直到将对方甩开,赶紧从山间小路回到潜山县城请江林帮忙传递消息。国民党情报员发现自己把徐龙祥跟丢了,懊恼地跺了一脚,他眼睛转了转,又跑到徐龙祥留记号的地方看了看,发现没有变动,以为徐龙祥没有怀疑他的身份，便放心地去跟国民党军队汇报情况了。

徐龙祥回到店里时，天明大叔、老张和江林都在店里。

"天明大叔，我在水吼乡遇到了冒充潜山战斗营情报员的国民党特务，顺势给了他们一个假消息，告诉他们三天后去店前河消灭野猪队。他们已经见过我了，我不方便再接着给战斗营传递消息，就先回来了。"徐龙祥向徐天明汇报情况。

"真正的情报员同志有危险吗？"徐天明沉思。

徐龙祥摇摇头，说："据我判断，没有危险。国民党并没有抓到真正的情报员同志，只是破译了我们的部分接头暗号。接下来，我想请求让江林去水吼乡一趟，将战斗营带到天龙关正西、潜水另一侧的梅仓村，这一段路比较好走，江林完全可以为战斗营指路。过了梅仓的路就只有我熟悉了，我明天上午十点在梅仓等着战斗营。"徐龙祥向大家详细解释着自己心中所想。徐天明认可地点了点头，接着问江林："江林，你可以吗？"

"徐掌柜，这件事您就放心交给我。龙祥，就按照你的计划，我去给战斗营送信，你在梅仓隐藏好。"江林表示义不容辞。待徐龙祥将接头暗号和地点告诉江林后，江林便出发了。

江林按照徐龙祥的嘱咐，没有走大路，而是直接从山间小路来到水吼乡后方，找到了通往山上的小路口。果不其然，真正的战斗营情报员已经在此等候。江林按照徐龙祥交代的暗号与情报员接头，双方确认身份后，江林便跟着情报员到了天龙关，待战斗营整理好装备后，江林带着大家一路西行，渡过潜水，与等在梅仓的徐龙祥会合。

"咕——咕咕，咕——咕咕。"江林在山林间模仿着鸟叫声。

"啾啾啾——啾，啾啾啾——啾。"不远处传来呼应的声音。

江林示意战斗营的战士们按兵不动，自己上前与对方碰面。草丛簌簌地响着，一会儿从中走出一个人影，江林定睛一看，正是徐龙祥。

接下来，徐龙祥带着大家穿梭在崇山峻岭之间，一路上山路蜿蜒，崎岖不平，若不是有人带路，多半会迷失在山间。战斗营一路急行军，第二天清晨便来到了店前河，准备消灭野猪队。

另一边，国民党军队听王胖子说红军要消灭店前河野猪队，便想着唱上一出空城计,先将野猪队调走,等红军到了店前河,再让野猪队掉头回来,同时派一个团的兵力前去支援,从外部包围红军,来个反杀。国民党军队派王胖子送信给野猪队,要求他们配合行动。但王胖子的时间怎么也赶不上战斗营的计划时间,第二天清晨,王胖子才从县城出发准备送信给店前河野猪队,殊不知战斗营已经进入阵地。

战斗营营长命令战士们悄悄占据半山坡,从四面围住山坳,方便发动攻击,又让徐龙祥和江林撤到外围,避免在战斗中受伤,同时也让他们留意窜逃的土匪,及时通知战士们追捕。

野猪队除了两个哨兵在站岗,其他人还在睡梦之中。战斗营营长瞄准时机,命令狙击手打死了两个哨兵,同时一声令下,让大家先向匪营掷手榴弹,然后持枪冲向匪营。轰隆隆!轰隆隆!一连串手榴弹爆炸的声音在小山谷响起,一时间小山谷浓烟滚滚、喊声震天。

野猪队本就是一帮土匪,惯于昼伏夜出。手榴弹在营房里爆炸,大多敌人立刻丧生在睡梦中。侥幸活下的人连衣服都来不及穿,就仓皇地拿起枪往外冲。红军战斗营占据了有利位置,加上在长期战斗中经受磨炼,无论是战术策略还是战斗力都高于野猪队几个档次。不一会儿,野猪队便败下阵来,被红军打得毫无招架之力。

营长命令将失去招架能力的野猪队围住,缴了他们的枪,清点俘虏的人数。点完一圈,却发现野猪队队长不见了,营长亲自带领一队人马追去。

(五)

按照战斗营的部署,徐龙祥和江林留在红军包围圈外面。他们守在山坡上,藏在两块大石头组成的夹缝中。忽然,附近的芒草丛中传来窸窸窣窣的声音,他们转头看去。芒草丛中走出来九个人,手里都拿着长枪,为首的正是野猪队队长,他们趁乱从一个密道逃出红军的包围圈,正要去找救兵。此时他们也发现了徐龙祥和江林,随即开枪便射。

徐龙祥和江林迅速飞身翻过石头,扑倒在地上,翻滚着分散开。敌人步步逼近,江林向一个石头后飞跃过去,飞跃中连开两枪,击毙一名敌人。

趁敌人慌乱之际,徐龙祥和江林一前一后跑向树林寻找掩体,子弹仿佛擦着耳朵一样呼啸而过。就在刚进树林时,江林突然停滞了一下,徐龙祥察觉到异样,回头看着江林。两人对视一眼,江林的嘴角渐渐溢出几滴血,接着大股血水不断涌出。徐龙祥心中一惊,向江林身上看去,只见他右腹部被子弹打中,鲜血将他的衣服浸湿了。

徐龙祥连忙上前,想要将江林拉到树后,却没能来得及,又是一声枪响,江林的血溅在徐龙祥脸上。徐龙祥的大脑一片空白,手像是没有了力气,耳边"嗡"的一声长鸣,脸上的血灼烧着,他努力睁大眼睛想要看看江林的情况,眼前却只有一片猩红。江林重重地摔倒在地上,颤抖着。徐龙祥缓过神来,"啪"的一枪射杀了一名土匪,并趁机奋力将江林拖到树后靠着。以树作为掩护,他咬着牙让自己沉下气来,扣动扳机,打死了最近的两个敌人。剩下的五个人还在向他们逼近,徐龙祥看着虚弱的江林,想着一定要让江林活下去,暗下决心做好了牺牲的准备,要与敌人决一死战。他正准备飞身向一旁扑过去,将敌人引向其他方向,只听几声枪响,敌人应声倒下。战友们出现在敌人后方,向着他们的方向跑来,帽子上的红色星星格外显眼,徐龙祥放下手枪,松了口气,有种劫后余生的感觉。原来是潜山战斗营的战士们,他们发现野猪队队长逃离以后即刻追了上来,但无奈野猪队的人太熟悉环境,巧妙地避开了他们的视线,直到刚刚战斗营的战士们被他们的枪声引到树林附近,才发现了追赶目标,战士们立刻击毙了逃窜出来的野猪队队长和队员。

徐龙祥撕下自己的衣服摁在江林伤口处止血,不断去擦江林脸上的血,却怎么也擦不干净,语带哭声喊着:"江林哥,你撑住,我们这就回石牌镇找刘大夫!"

江林的口中满是鲜血,此刻他努力地想要出声,却已经说不出话来。江林这些年跟着刘大夫见过许多受伤的战士,他知道自己的情况,只轻轻地冲徐龙祥摇了摇头,颤抖着指了指自己胸前。徐龙祥紧握江林的肩膀,咬着牙,满眼血丝,豆大的泪珠不受控制地砸了下来,他胡乱擦着眼睛,伸手从江林胸前的口袋里取出东西,拿给江林。江林虚弱地捏了捏徐龙祥递过来的东西,嘴角弯了一下,却倒灌进喉咙几股鲜血,呛得咳了起来。江林感到自己坚持不住了，努力将手中的东西推给徐龙祥。

徐龙祥这才发现，原来江林放在口袋里的是他写的那份入党申请书。此时，纸上已经血迹斑斑。徐龙祥明白江林心中所想，带着一丝隐忍的哭腔说："哥，你放心，我会交给组织的。你坚持住，我这就带你回去，你还要成为一名党员呢，一定不能有事啊。"

江林轻轻地握了握徐龙祥的手，仿佛在安慰他，然后抬起眼睛，看了看天上的太阳，真好啊，即使有乌云，也挡不住阳光透过缝隙照下来，照在身上暖暖的。这个世界，这个国家，只要有太阳在，黑暗终将离去，人们的生活终将充满光明。

江林握着徐龙祥的手，攥着自己的入党申请书，嘴角含笑，慢慢地闭上了眼睛。

"哥！"徐龙祥悲痛地大声呼喊着，也无法让怀中的兄长再次睁开眼睛。与江林哥从相识相知到情同手足，江林哥的笑容、江林哥的调侃、江林哥认真地书写入党申请书……往日的那一幕幕，如云彩，似梦境，怕片刻会失去，却又无力到心疼。

红二十八军潜山战斗营顺利歼灭太湖县店前河的地方武装野猪队，俘获百余人，缴枪百余支。战斗后，徐龙祥在前面带路，引领着战斗营返回潜山。

中午时分，在一个山腰的小道上，徐龙祥远远地看见一个胖子正向这边走来，定睛一看，那人正是国民党特务王胖子。徐龙祥天生机警，眼观六路、耳听八方，总是能快速地发现情况。徐龙祥立马让后面的部队隐蔽，他和另一名红军战士猫着腰向前躲入路边的树林里。

王胖子哼着小曲快步前进，心中盘算着快点把信息传送给店前河野猪队，根本没有发现前面的徐龙祥。突然间，树丛里跳出两人，拿枪指着他喊道："举起手，不要动。"王胖子瞧了一眼右后方，发现正是昨天见面的那个共军情报员。他不愧是国民党特务，迅速判断出自己已被对方识破了身份，难以活命了。他一个飞跃并拔出手枪，就在此时，"砰砰"两声枪响，他应声倒入路旁的灌木丛中，一枪命中头部，一枪命中胸部，王胖子立即毙命。

一切尘埃落定，回到裁缝店的徐龙祥把自己关在二楼的待客厅，看着那扇窗户，不吃不喝不说话。他脑中不停地闪现和江林相处的点点滴滴，耳边不断响起江林对他说过的话。

"共产党和红军才是真心实意想让老百姓过上好日子的人。"

"国家风雨飘摇，没有人能置身事外。"

"我一直期盼着入党。你知道共产党是什么吗？共产党就是太阳，只有追逐阳光才能离开黑暗，我也想当一束阳光。"

…………

两天后，徐龙祥打开房门，满脸憔悴，眼神却清澈坚定。徐天明和老张对江林的牺牲感到很痛心，也担心徐龙祥伤心过度，一直关注着房内的徐龙祥，看到他出来，立马端着水上前。徐龙祥接过水喝了两口，对他们说："天明大叔，张伯，你们放心，我没事的。我不会消沉下去，今后，我会带着江林哥的遗愿继续走下去。"

从事情报工作以来，徐龙祥逐渐认识到了共产党的伟大，也从心底里愿意追随共产党，为革命事业贡献自己的力量。他也曾多次直面生死，对那些为了革命事业而牺牲的同志们充满敬佩。但直到江林牺牲了，他才真正清晰地认识到，共产党解放人民、解放社会的伟大革命事业不可避免地要用鲜血铺就，每一个共产党员都甘愿为之奉献生命，至此，他才真正领悟到信仰的强大。徐龙祥的心理完成了蜕变，他已经成长为一名真正的、坚定的、追随中国共产党的战士。

从那以后，徐龙祥不管走到哪儿，都会将那封被鲜血浸染的入党申请书带在身上。这份申请书就像熊熊燃烧的火把，点燃了他要加入中国共产党的决心，照亮了他前进的方向。以后，他要带着江林的那封入党申请书一起战斗，等待有一天将两封申请书一起郑重庄严地交给党组织。

第五章

（一）

> 风雨潇潇孤舟摇，稻穗半卷残叶飘。
> 纵使丰年亦受饥，布衣无处避征徭。
> 枪声霹雳惊日月，东瀛纷至踏山河。
> 将士无惧洒忠血，但问行路将何方。

潜山县城，自卫大队照例在街上巡视着，只是比起两年前松懈了很多。自从余意弥父子失势，自卫大队被红军重重地打击，他们不再像以前那样打了鸡血似的针对共产党，再加上外面纷纷传着日本人快要打过来了，自卫大队里人心惶惶，也无心巡逻。裁缝铺二楼，徐龙祥、徐天明以及老张站在窗前，将一队巡逻士兵无精打采的样子尽收眼底。

徐天明若有所思地说："西安事变后，蒋介石虽然背信弃义，派兵到我们鄂豫皖地区又一次发动围攻，但共同抗日已是大势所趋，自卫大队最近也消停了不少。"1936年12月，西安事变和平解决，抗日民族统一战线初步形成。只是，国民党内部的声音依然达不成一致，总有人想在集中力量对付日本侵略者之前将共产党铲除，以至于国民政府一边在明面上认同共同抗日，一边又在暗地里对各地红军发动围攻。鄂豫皖地区，红二十八军与各地游击队密切配合，共同抵抗了国民党军队一次又一次的进攻，狠狠地打击了敌人的嚣张气势。

"当前的局面，看着像是一团迷雾，扑朔迷离，其实也只有一条路能走，那就是一致抗日。"老张说着，将手里的烟抖了抖，掸去烟灰。

徐龙祥接着冷静地分析道："论兵力装备，我们不如他们；论军队凝聚力和发动群众力量，他们不如我们。外敌当前，不想当亡国奴的人心里都清楚，跟日本求和是不可能的，双方合作抗日才是唯一的出路。"说到这里，他又低头沉思片刻,紧接着抬头问:"天明大叔,我们情报站对黄柏山区这一带十分熟悉,也因此截获了不少情报,在执行任务时多次化险为夷。但跟日本人的电台相比,我们不占上风。如果有一天日本人打到这里,组织上肯定会派专业的情报兵负责情报任务。我们呢?到时候有没有机会上战场杀敌?"

徐天明和老张看向徐龙祥。眼前的少年长大了,个子已经超过了他们,经过几年的风吹雨打,他的皮肤已经成了黄铜色,袖口下的肌肤依稀可见几处歪歪扭扭的疤痕,有的已经长出粉色肉芽。他身上的稚气抹去,眉宇微蹙,更显沉稳。徐龙祥本来就是聪慧的孩子,对局势看得清楚,江林牺牲后,他仿佛浴火重生,整个人都沉静下来,做事更加勇敢果断,无惧生死,盼望着有一天能像红军战士一样浴血沙场。徐天明欣慰于他的成长,也心疼这成长的代价。

"龙祥,没记错的话,你今年十八岁了吧?"徐天明慈祥地问道。

"是,大叔。"

徐天明点点头说:"嗯,你已经是一个大人了,也是一个成熟的革命战士了。在工作上,我们坚决服从组织的安排。如果有一天真需要你上阵杀敌,你会怕死吗?"

"我不怕死,只怕自己不能多消灭一些敌人。"

"好!不愧是在我党引领下成长起来的少年。"徐天明由衷地赞赏,随后又语重心长地说,"但有一点你要记住,所有为了革命事业冲锋陷阵的人,并不是不珍惜自己的生命,而是我们这些人的牺牲,可以让民族和人民更好地活着。"

"嗯,我记住了!"徐龙祥坚定地点点头。

国内形势正如他们判断的一样,不久后,日本于7月7日发动了卢沟桥事变。宛平城的枪声掀开了中华民族全面抗战的序幕,随后,中共中央将《中国共产党为公布国共合作宣言》送交国民党,8月,国民政府军事委员会正式将红军改编为国民革命军第八路军,即八路军。9月,蒋介石发表《对中国共产党宣言的谈话》,承认中国共产党的合法地位,标志着第二次国共合作正式形成。10月,在南方地区的红军游击队改编为国民革命军新编第四军,即新四军。中华民族生死存亡之际,全国上下齐心协力,形成了抗日民族统一战线。同时共产党领导的各地先进青年组成中华民族解放先锋队，各地民间也纷纷创建了抗敌后援会等抗日组织。

在党组织的安排下，徐天明情报站的每个人也有了新的任务。徐天明作为资深情报人员，依然负责皖西南地区的情报工作。国共合作后，党的活动范围扩大，党的队伍也逐渐壮大起来，老张主要负责当地的党组织发展和思想教育工作。徐龙祥本身就是进步青年，又常年在黄柏山区传递情报，对黄柏山区的人和物都很熟悉，当仁不让地担任了潜山县中华民族解放先锋队黄柏支队（前身为黄柏游击队）的副队长，他加入了潜山抗敌后援会，成为其中的重要一员。

黄柏支队里都是二十出头的青年，年纪大一点的比徐龙祥年长几岁，小一点的才十五六岁，有不少人都是刚加入革命队伍。徐龙祥和队长商议之后，决定先练兵，打枪和近身搏战都得学会。

练兵的日子说省心又不省心。省心的是，队员们都是满腔热血，操练起来毫不含糊。不省心的是，日本人其实离潜山还远，一直训练却没有实战的机会，血气方刚的小伙子们难免沉不住气。一日，徐龙祥刚回到队里，发现练兵场上空无一人。宿舍那边传来一阵哭喊声："畜生不如的日本人！我要去杀了你们！"

他闻声走到宿舍，只见队员们围着一个人，纷纷拦着他不让离开。徐龙祥一看，中间哭喊的人正是赵小虎，也是他们的队员。赵小虎年纪不大，才十五岁，人如其名，虎头虎脑的，在队里是个开心果。赵小虎以前在山上拿弹弓打鸟，弹无虚发，可打靶时，很难命中目标。

"怎么回事？"徐龙祥蹙眉，随便抓了一个队员问道。

"小虎的一家人都在南京，没跑出来，都死了。"听到队员的低声回答后，徐龙祥的心里一沉。

12月13日，日本侵略者在南京大肆屠杀手无寸铁的居民。南京城里惨绝人寰，江边堆满了残肢头颅，浓烟染黑了城墙青砖，每一寸土地都淌着人血。赵小虎的哥哥嫂嫂在南京做生意，子女都很小，哥嫂照应不过来，原本计划着将全家一起接到南京去，但赵小虎趁家人不注意报名参加了中华民族解放先锋队，父母拿他没办法，只能任他留在潜山。结果，一家六口在这场屠城中无一幸免,家里只剩下赵小虎一个人。

徐龙祥看着失去理智的赵小虎,突然懂了天明大叔曾经告诫自己的话。眼看着赵小虎红了眼睛往外冲,徐龙祥一狠心,上前抓住赵小虎的衣领,一把将他推翻在地。"杀日本人,你去哪儿杀?拿什么杀?用弹弓石子吗!"徐龙祥在赵小虎的耳边怒喊,想要将他的理智拉回来。

赵小虎被吼得一愣,想着副队长的问题自己竟然一个都回答不上来,这样还怎么给家人报仇,更是又急又恨地哭了起来。

徐龙祥看着坐在地上痛哭的赵小虎,目光又扫过周围默不作声的队员们,知道大家的心里都不好受,叹了口气,苦口婆心地说:"我们总有一天会碰上日本人。你们肯定也都听说了,日本人手里有机枪、大炮、装甲车甚至飞机,正规军的装备都赶不上他们,更别提我们这种县队、乡队。拿肉身跟日本人的枪炮硬碰硬,只能是送死!"

看着大家逐渐沉静下来,看来大家将他的话听进去了,徐龙祥的语气缓下来:"日本人欺我国民孱弱,让无数家庭生离死别,这样的血海深仇当然要报,但你们记住,如果有一天我们要打仗,那绝对不是为了送死,而是为了活着,为了我们的亲人活着,为了我们的子孙后代有尊严地活着。蛮干是不可取的,对待敌人要讲方法、讲策略,这也是为什么我们现在每天都要训练。日本人有好装备,我们没有,可同样都是两只手一个脑袋,我们的身体素质不能比他们差。我们现在能做的,就是听从党组织的安排,好好地训练。记住你们现在的愤怒,等有一天见到了日本鬼子,从他们的身上讨回来。"

徐龙祥震撼有力的话像石头一样砸在每个人的心上,大家的斗志被激发起来,对平时的训练也更加投入,都攒着劲等着杀鬼子。

南京的沦陷让潜山的百姓们陷入了紧张和担忧,潜山离南京并不远,日军随时可能打过来。日升月落,1938年在人们的不安中悄然而至。

(二)

可能是因为人们心中的寒意无法驱散,这个冬天显得格外的冷。凛冽的寒风怒号着穿过山谷,像是要将人撕碎一样。良冲村的徐家院子里,徐龙祥和徐父无言地站在寒风中,脸冻得紫红,厚棉衣和絮棉手套也挡不住冷风直往身上钻。徐龙祥端着一盆刚拌好的糨糊,拿着刷子到盆里沾了沾,然后把刷子递给徐父,递出后又迅速将糨糊放进怀里捂着,以免被冷风吹凉后没了黏性。徐父接过刷子把糨糊刷到墙上,将春联展平按在上面。

徐父看着贴好的春联,搓了搓手。鲜艳的红纸给院子添了些喜庆,上面隽秀的字是徐洪波写的。之前是国内革命战争,现在又是日本人在家门外虎视眈眈,仔细算起来,近几年竟然没过上一个安心年。战争让多少人家破人亡,徐父心里无限感慨,好在自己家里还算太平,竹花一直帮衬着家里,女婿储境又在镇上做副镇长,龙祥在外闯荡多年,做事也有分寸,洪波书读得好,荷香活泼伶俐,看着全家平安无虞,徐父的心里才稍微有点过年的感觉。

忙活完了,父子两人回屋取暖。屋里火炉正旺,徐龙祥摘下手套烤着火,寒意渐渐褪去。自从加入中华民族解放先锋队,徐龙祥犹如在刀头舐血,他看着厨房里忙碌着的姐姐,帮着给锅笼里添火的妹妹,正在打扫卫生的弟弟,还有在大厅里洗磨子的父亲,心里感到难得的轻松。也不知道这种全家团圆的日子还有多少,徐龙祥看着鬓间已有白发的父亲,担心地说:"爸,年后你就别再出去做工了吧。外面太乱了,日本人占领了南京,保不准哪天就会来到我们这边。现在外面的活也不多了,你在家里,全家互相有个照应,我也能放心。"

徐父也担心这个独自在外的孩子,他叹了一口气,对徐龙祥说:"世道虽然乱,但日子还得继续过啊。你不用太担心我,我以后不走远就是。倒是你,接下来是怎么打算的?"

"我还是要回去跟着天明大叔的。再说,县城里消息灵通,真有什么风吹草动,也能早点知道,早点做准备。"徐龙祥毫不犹豫地回答。

徐父猜到他会这么说,便对他说:"我在外头做工时看见不少小伙子要参军打仗。你们年轻人有血性,打仗杀敌是义举,但哪个做父母的都不想让自己的孩子冒死。你要回去我不拦着,你这么大了,在外面又这么多年,做事要有分寸,把安全放在第一。"

虽然徐父没把话说得直白,但徐龙祥能明白父亲的意思和担忧。知子莫如父,徐父知道徐龙祥肯定会有从军救国的念头,担心他的安危,却不知他早就走上了更加艰辛的路。

"爸,要是有一天日本人打到了家门口,你们就往岳西山里跑。那里面山高路险,又有红军,日本人不敢轻易进去。"徐龙祥叮嘱。国共刚合作不久,两党的友好关系尚不稳定,为了自己和战友们的安全,他现在还不能暴露身份,不能告诉家人自己在干什么,只能根据组织对局势的判断,尽可能地给家人指一条生路。

正在这时,储境拎着两瓶酒推开院门走了进来,听到徐龙祥所说,便接过话:"弟弟,你就放心吧!日本人到了我们潜山自然有军队对付他们。就算军队不敌,我这个副镇长肯定会提前得知消息,到时候,先安排咱们家人撤离还不是理所应当的事。"

储境当上槎水镇的副镇长,心里很是得意。自从上任后尝到了当官的滋味,明里暗里捞了不少好处,储境的心气和欲望越来越膨胀。以前做私塾先生虽然受人尊敬,不过只有一个好听的名头罢了,跟副镇长相比,私塾先生真的不算什么了。

"姐夫坐,烤烤火吧。我去厨房帮姐姐。"徐龙祥不能接受储境的观念,淡淡地客气了两句就走了,不想跟他多说。储境毫无察觉,转头向岳父炫耀自己拿来的两瓶好酒。

一家人热热闹闹地吃了团圆饭,在弟弟妹妹的缠磨下,徐龙祥又带着他们在院子里放了一挂爆竹,这年就算是过完了,徐龙祥初一清晨便离开家回到了支队。跟以往比,这个年过得有些冷清仓促,但想起赵小虎,想起南京城里被残害的无辜百姓,徐家能够全家团圆,徐龙祥就已经很知足了。父亲和姐姐殷切的叮嘱还在耳边响着,弟弟妹妹满眼的不舍还在眼前浮现着,但他只能将对家人的愧疚埋在心里,再次回到战斗岗位上。不曾想,之后的形势急转直下,那竟是徐龙祥和家人们的最后一个团圆年。

日军在东部一带大肆进攻,八路军、新四军奋力抵抗,然而还是抵抗不住敌人的飞机大炮。1938年春,苦苦坚守在鄂豫皖根据地三年的红二十八军改编为新四军第四支队,高敬亭任第四支队司令。按照党中央的指示,第四支队东进皖中,阻止日军由东部向内陆入侵的脚步。徐龙祥所在的先锋队则配合民间抗日组织和驻守皖西南的国民党军队,与日军奋战到底。

5月，合肥沦陷，如同之前入侵城池时一样，日军重复着烧杀抢掠的暴行。合肥失守，等于安徽省府安庆的北大门被打开，城中人心惶惶，百姓们纷纷逃亡。日本人想要从合肥一路攻入武汉，安庆是必经之路。

6月，日军的飞机在安庆上空盘旋轰鸣，军舰在长江上横行，炸弹和大炮轮番轰炸着民房和军事设施，满城都是残砖断瓦，眼看国民党的军队抵不住日军铁蹄，安庆下面各县的抗日组织行动起来，时刻准备冲锋陷阵。6月12日，安庆沦陷，日军开始侵占周围的县镇。

潜山县城是大别山的外围重地，又是安庆通往武汉的屏障，黄柏山区作为潜山的大后方，步行半天便可直达安庆府，退回山区便是崇山峻岭。日本人想要直取武汉，必然先要控制潜山，要控制潜山就必须先占领黄柏山区。从安庆到潜山的公路只有一条，仅两三米宽，这正是日军的必经之路。国民党第二十七集团军司令杨森紧急派出一一三师下属的一个团到源潭镇横山岭开挖战壕、修筑工事，扼守公路，准备迎击日军。潜山党委紧急召集县里的各类抗日组织开会安排工作，协助友军作战。

徐龙祥和队长从潜山县城领完任务回队，两人一路无声，面色凝重。他们刚到队部，大家便一窝蜂地围了上来，个个都眼巴巴地看着他们，眼神中带着催促。赵小虎最为急切，眼睛直勾勾地盯着队长。队长看着大家，一字一句地说道："有任务了。"

短短四个字却有千斤重。自从日军开始进攻安庆，大家就做好了上战场的准备，只是这一天真的来到时，还是心里一惊。

"安庆丢了，日本军队马上就到潜山。国民党军队已经在横山岭设好了埋伏，现在，所有人分成两队立刻出发赶到源潭，一队跟着徐龙祥疏散老百姓，带他们撤到黄柏山区；另一队跟着我，与总队和抗日自卫团一起在外围游击作战，护送伤员，为友军解除后顾之忧。"队长语气果断，迅速安排着。

潜山抗日自卫团是有名的文人张牧野及其兄弟带头组建的。张氏兄弟原来在外从事文学、绘画和教育工作，日军打进安徽后，他们毅然赶回家乡，弃笔从戎。故土有难，许多像他们一样的爱国人士，纷纷抛下在外光鲜的身份，投身于保家卫国的洪流中。

"是！"队员们齐声响应，即刻出发。

六月正值黄梅天,潜山最近阴雨连绵。大家深一脚浅一脚地踩在泥泞的山路上,溅起的泥水染湿了草鞋。

一个队员甩着脚上的泥水,小声念叨着:"这鬼天气!听说日本鬼子都穿着皮鞋,我们打死几个鬼子,也弄双皮鞋穿穿。"

"还没见过日本鬼子,心里还真有些打怵。"另一个队员小声应和着。

"怕什么,他们还能比我们多两条胳膊?"赵小虎嘟囔着。

徐龙祥走在队伍最后面,上前赶了两步,拍了拍赵小虎的后脑勺:"一点儿都不怕?"

"不怕!"赵小虎拨浪鼓似的摇着脑袋,好像生怕徐龙祥不信。

"好小子!你说得没错,都是肉身凡胎的人,怕他们做什么?不过也不能大意,战场上子弹不长眼。我们手里没有重武器,正面对敌不占优势,碰到日军都机灵点,他们对山里不熟悉,我们正好能耗着他们,给友军争取时间。"徐龙祥一边给大家鼓气,安抚人心,一边又怕大家太过于激进,嘱咐着大家。

终于走到源潭,向国民党军团长报到后,大家顾不得片刻休息,立刻按先前的安排行动起来。

"龙祥,乡亲们交给你了,一切小心。"队长郑重地嘱托徐龙祥。

合肥、安庆二城的守军接连败退,形势十分危急,两人其实心里都不知道接下来会发生什么,能不能活着下战场,此刻,他们唯一能够确定的就是自己战斗的决心和对战友的信任。

"保证让乡亲们一个不落地进山。队长,你们也要当心。"徐龙祥点了点头。二人无须多言,各自出发。

(三)

源潭镇上人心惶惶,家家户户都在慌乱地收拾东西。年幼的孩子们被这局面吓得哭喊起来,大人们又急又心烦地训斥着,鸡鸭鹅在街上尖叫着扑腾着,乱作一团。徐龙祥他们看到这幅场景,赶紧冲入人群,组织撤离秩序。

"乡亲们,我们是县先锋队的,大家赶快都去镇口集合,我们马上带大家到山里躲一躲。"一位队员大声喊道。

"这个时候别管钱财了,人平安比什么都重要!"

"大爷,背木箱子干什么?现在是逃命,等打跑了日军,大伙还会回来的!"

他们的声音淹没在喧嚣的人群中,大家一门心思地往外搬东西,没人理会他们。

"副队长,这哪是撤离,都赶上搬家了。照这个搬法,还没出镇子日军就到了。"队员们好不容易挤出人群重新会合,看着身边提着大包小包匆匆而过的人们,无奈地说。

徐龙祥皱了皱眉,心里也是着急。他四下望了望,发现不远处的路边有一个被人遗忘的铜盆,便示意队员们先到前面拦住胡乱冲撞的人群,自己跑去捡了盆子,顺手从路边抄起一根木棍,爬上了一处显眼的院墙。

"咚咚咚!"盆底被敲击着,发出震耳的声音。

熙攘的人群暂时停了下来,乡亲们纷纷回头向声音源头看过去。徐龙祥个子不高,声音却很洪亮。

"乡亲们,都听我说!日军马上就要打过来了,我们是县先锋队的,来带大家到山里避难。日军有飞机、汽车,说到就到,你们带着大包小包的东西,怎么跑得过日军?房子没了可以再盖,东西没了可以再买,人没了,所有的一切都没有了!战士们已经在横山岭准备跟日军拼命,我们赶紧撤走,别让他们分心!不光镇上,周边村子的人也要撤出去,大家早出发一步,也是给别人腾出救命的时间。"

乡亲们望着徐龙祥,都呆呆地没有动。徐龙祥见状,一声令下:"所有人把手里的大件放下,轻装上阵!现在,快点看看自家人在不在,别落下老人和小孩,人齐的,赶紧到镇口集合。有需要帮助的,赶紧告诉先锋队!队里留下三个人维持秩序,其余人马上进镇清理,一刻钟之后立即出发!"

人群中有几个年轻人放下了自己的行囊。大家见有人扔下了东西,也陆续将累赘的物品放下,还主动劝着不肯撒手的固执老人。一会儿,杂乱的人群恢复了秩序,向镇口方向移动。

撤离的百姓排成一条长龙,在山间缓缓地向前移动。徐龙祥将先锋队分成三组,插在队伍前头、中间和最后,方便路上出现险情时迅速疏散百姓。所幸他们行动及时,其他战友们又在横山岭附近重击敌人,拖住了敌人的脚步,一路上还算平安。

黄柏山区群山万壑,盘亘的山路崎岖曲折,枝繁叶茂的树木遮天蔽日,若非常年活动在此地,进山后难以摸清方向。这里地域大、地形复杂、易守难攻,日军不敢轻易进来,即便他们来了,游击队也能在山间游走伏击,保护百姓们的安全。队伍进入黄柏山区后,大家的心里都松了一口气。

午夜时分,山里漆黑如墨,淡淡的月光从天上洒下来,在山坡上投出几个人影,那正是在山上放哨的先锋队。百姓们已经在山洞里熟睡,先锋队分了几组轮流巡山放哨,不敢松懈。徐龙祥刚从山洞周边巡视了一圈,这会儿也睡不着,干脆在山坡上找了一个能远眺观望的地方,双手交叠放在脑袋后面,半躺着靠在石头上。远处漆黑一片,只能隐约看到层叠的山影。

源潭镇和槎水镇离得不远,要是日军冲破了横山岭,不出半天就能到槎水。不知道父亲这个时候在哪儿做工,是否回家,姐姐弟弟妹妹他们安不安全。家近在咫尺,自己却不能去保护他们,徐龙祥的心中五味杂陈。

身后的脚步声将徐龙祥从沉思中拉了回来。他转身一看,原来是赵小虎打着哈欠从下面的山洞里爬了上来。徐龙祥伸手拉了他一把,两人一起靠在石头上。

"副队长,该我放哨了,你回去睡吧。"赵小虎揉了揉眼睛,声音里还带着困意。

"我还不困,陪你一会儿。"徐龙祥看着远方,赵小虎也在一旁看着山下出神,两个人无言地坐了一阵。

"打走了日军就能回家了吧?副队长,你还有家人,可我没有家了。"赵小虎蜷起双腿,将下巴放在膝盖上,闷声地说道。

徐龙祥回过头来,心疼地拍了拍赵小虎的肩膀:"你有家,队里的哥哥们都是你的家人。"

赵小虎点了点头,没有出声。徐龙祥看他情绪低落,两眼无神,便让他再去休息一会儿。

"我可以的,我不困。"赵小虎摇摇脑袋,逞强着不肯离开。他嘴里虽这么说,却又打了几个哈欠。

"行了,有我盯着呢,放心睡吧。"徐龙祥微笑地看着他。

"我真不困,我得站岗了……"赵小虎还在挣扎,声音已经渐渐弱了下去,靠在石头上眯起了眼睛。徐龙祥笑着给他盖上了衣服。

(四)

拂晓时分,沉闷的轰鸣声从天空中传过来,将哨兵们从昏沉的困意中惊醒,他们抬头看着,想要弄清楚发生了什么。徐龙祥用手搓了搓脸,让自己清醒过来,又推了推身边熟睡的赵小虎,示意他仔细听这声音从哪里传来的。

声音越来越响,几个人警觉地四下探看。山洞里也逐渐有人被惊醒,扒在洞口向外瞧着。赵小虎突然扯了扯徐龙祥的胳膊,惊恐地看着远处,大喊一声:"是飞机!"

徐龙祥顺着他的目光看过去,三架印着日本国旗的飞机从远处山头后面冒了出来,呼啸着朝这边飞来,人们一时陷入慌乱。

"日本人的飞机来了!我们被发现了!"

"快跑啊!"

徐龙祥见状,一边将赵小虎推到旁边的林子里,让他快到山洞维持秩序,不要让人出来,一边大喊:"快找掩护,待着别动!"

山上的队员们纷纷回过神来,四下找着遮蔽物。徐龙祥已经在山林里藏好,看见一个队员手足无措地站在山坡上,便飞身上前将他扑下,拖着他滚到一旁的树下,训斥道:"傻站着干什么!给日军当活靶子吗?"

所有的人都噤声看着天上,心都提到嗓子眼了。

"轰隆隆——"飞机并没有飞向这边,而是飞掠高河埠上空,转而向西。这些飞机不是冲他们来的,而是要到横山岭。

前线战争一触即发。徐龙祥他们跑回山洞,安抚着大家的情绪,又在百姓中选了几个年轻人加入放哨报信的队伍中,确保能在敌人来时迅速察觉,及时带领大家转移。徐龙祥和战友们则分散在山间各处,藏匿在杂草树林之中,观察着情况。

　　日本侵略军坂井支队沿合安公路直达高河埠,兵分两路,分别向潜山城东北余家井及东南的怀宁县公岭、小市方向扑来,意欲围攻潜山。开向余家井的日军行进横山岭时遭到伏击,国民党官兵们埋伏在连夜挖通的战壕内,从山上向下扫射,视野开阔,又能避开敌人的子弹,死死地将日本鬼子压在山脚下,动弹不得。鬼子的炮兵在山下一字排开,一颗颗炮弹划破长空,扑向山上的阵地,想要快速将阵地炸碎,但国民党官兵们躲在战壕内,与他们僵持着,一等到敌人填炮弹的间隙就狠狠地反击。日军步兵联队持续几次想要冲上来,都被国民党官兵密集的枪弹打退,几轮冲锋下来伤亡严重。日军指挥官坂井在远处的指挥车上站着,手拿着望远镜,眼看步兵联队久攻不下,气愤地向安庆府内日军总部发了电报,请求出动飞机。

　　支援坂井支队的日军飞机正是徐龙祥看到的那三架。此时,飞机已经呼啸着抵达横山岭上空。坂井看到飞机来了,脸上浮起凶狠的笑,狠狠地对通信兵说:"告诉他们,马上把山上的人消灭干净!"

　　日军飞机在天上盘旋着,收到指令后,不断地掷下炮弹,在地上炸出一个个大坑。顿时,横山岭上硝烟翻腾,山头仿佛都被削平了,尘土伴着鲜血、残肢在山间扬起,整座山被罩上了一层迷雾。战壕内的官兵们被炸得满脸焦黑,两耳嗡鸣,大家甩甩脸上的土赶紧补修工事。

　　在飞机持续轰炸的掩护下,坂井支队向前推进了十多米,山上射下来的枪弹也弱了下去。坂井看到国民党军队势弱,想要结束战斗,便让飞机停止轰炸,命冲锋队上前清扫阵地。没想到,轰炸的声音刚在山间停息,一阵"哒哒哒"的枪声从四面八方传来,官兵们又出现在战壕里,将冲在前面的日本鬼子打成了筛子。后面的日本兵见状,纷纷后退,退回了山脚。

　　"混蛋!"坂井看着撤回来的士兵,气得大骂。他一把揪住通信兵的领子,指着山上对通信兵大喊:"告诉空中作战队,不惜一切代价,炸掉他们!"

　　"是!"通信兵赶紧向飞机喊话。

　　高高盘旋的飞机下降高度,又是一番狂轰滥炸。官兵伤亡渐渐增加,剩下的人依然躲在战壕里,一有时机就顽强还击。飞机携带的炸弹耗尽后,日本兵还是趴在山脚处攻不上来。坂井早已失去耐心,这会儿气急败坏地挥着军刀,要炮兵掩护突击队再次冲上高地。

"司令官,敌人占据高地,强攻只会增加伤亡。"坂井支队的中佐上前制止,凝重地说道。

"可恶!把地图拿出来,寻找进攻路线!"坂井虽然气愤,但也没有被冲昏头脑,中佐说得有道理,中国人太过顽强,僵持下去没有意义,还是尽快改变进攻路线,拿下这个关口。虽然暂停了进攻,他心里依然憋着气,一拳砸到车上。

几个指挥官聚在一起看着地图,很快,坂井戴着白手套的手指在地图上游走着,画出一条弯曲的线。几人定睛一看,沿这条路出发,可从万人岭经松茂冲、时思寺到高楼、老岭头,随后到横山岭守军背面包抄。

"这条路能直插他们的后背,他们现在的攻势已经陷入疲态,如果我们前后夹击,一定能一举歼灭山上那些人。诸君觉得呢?"坂井仔细地分析着,提出兵分两路的建议。

"司令官的计划明智。只是,我们对这一带山路很不熟悉,如果有当地人带路,会节省不少时间。"

"这个好说,路上随便抓个人,让他为我们带路。"

坂井支队下令停止一切进攻,留下一半人退到山脚下休整,佯装放弃进攻,另一半人却出发绕行。国民党官兵趁机歇了一口气,清点着伤员和武器。经过日本鬼子的不间断轰炸,修筑的工事已被毁成断壁残垣,战壕里有人哀号着,身上涌着鲜血,更多的人歪歪斜斜地倒在地上,失去了生命。官兵赶紧修补工事,一部分人将伤员运到后山,县先锋队和抗日自卫团冲上来将他们抬下去急救。与此同时,黄柏山区的徐龙祥他们听见轰鸣的炮弹声停了下来,久久不再继续,左等右等也没有人来传送前线消息,便兵分两路,由徐龙祥带着一队人到横山岭探看,赵小虎带着另一队人留在山里。

前行的日本军队在万人岭抓到一个由怀宁来的匠人,威胁他带路去横山岭后方。匠人被日军手里的枪吓破了胆,领着他们抄小道从背面上了山。轰隆隆的炮火声再次响彻山谷,徐龙祥他们一惊,加快了前进的脚步。

战场上,国民党军队与日军在正面酣战之际,另一路日军悄悄地出现在了后方,切断了国民党军队后退的路,也阻断了国民党军队与外围抗日组织的联系。他们腹背受敌,弹尽粮绝,最终不敌日军猛烈的夹击。先锋队和自卫团听到厮杀声赶到横山岭时,日军已经攻上了山,十几门大炮在山下一字排开。先锋队和自卫团没有重武器,土枪在日军的钢枪大炮面前毫无抵挡之力,敌我力量太过悬殊,他们只能眼睁睁地看着日本鬼子冲上高地。横山岭失守,上千官兵壮烈牺牲,已无人可以拦住日本鬼子的铁蹄。山头立着的日本军旗就像插在心口的刺刀,无奈此时没有反击之力,先锋队和自卫团从侧面撤了下来,去县上通报消息。

另一边,徐龙祥等人还往横山岭赶。行至横山岭前面的一个小山包时,他们在树林里发现了几个人躺在山坡上,奄奄一息。他们小心地上前查看,那几个人有的满脸是血,有的断了腿,有的身中多枪,弹孔处还往外冒着血,身上能勉强看出穿的是军装。

徐龙祥注意到他们帽子的样式,原来这几个人正是从横山岭撤下的官兵。

"兄弟们,我们是潜山县中华民族解放先锋队的,你们这是从横山岭下来的?前面怎么样了?"徐龙祥一边招呼队里几个人给他们包扎,一边焦急地询问。

官兵一听说遇到了友军,放下了心理防线,再回想阵地上尸横遍野,多少弟兄死无全尸,忍不住放声痛哭:"我们是第二十七集团军第一一三师的,横山岭没守住啊,我们有愧!我们上千的兄弟们都死在了那群日本畜生的手里。"

在日军疯狂的围攻下,横山岭阵地上的工事尽毁,国民党军队被冲得四分五裂,几乎全部倒在日军的炮火下,只有少数人侥幸逃了出来。

徐龙祥的心中一惊,日军一旦攻下横山岭,就能迅速沿公路到达潜山,看来潜山马上保不住了。

"前面还有没有撤下来的人?"徐龙祥仍旧保持着冷静追问。

"我们团逃出来的就我们几个人。哦,对了,打起来的时候,到后方运送伤员的友军应该还没被日本人发现。除了你们,我们路上再没看见其他人了。"一个伤势不重的士兵仔细回想着当时的情况。

"你们接下来准备怎么办?"

"去找师部,我们的电台被日本人炸毁了,跟师部失去了联系,现在,他们可能还不知道横山岭已经丢了。"一位通信兵意识到战场上的消息还没来得及传递出去,很是担忧。

"一会儿我带你们先回驻地,边养伤边想怎么联系你们师部的事情。"徐龙祥看他们现在虚弱的样子也走不了多远,便派了几个人先护送他们撤到黄柏山区。

先锋队的队员们上前将他们扶起来,突然,伤势最重的那个人咳血不止,大喘着气倒在地上,嘴里发出"唔唔"的声音。

"兄弟,睁开眼别睡!起来啊!"大家纷纷围在他身边,有的想要止血,有的轻声呼喊,想要让他清醒起来,但他最终还是闭上了眼睛。

徐龙祥用自己的衣袖擦了擦他脸上的血,又帮他把军帽戴正,大家一起向他敬了一个军礼。

"让他入土为安吧。"徐龙祥深深地叹了一口气。

一会儿,树林中多了一座坟头,无碑无字,孤零零地守着这片山林。徐龙祥思绪纷杂,战争让多少人失去了生命,很多人连名字都没有留下,更有人连完整的尸首都没有,就这样永远地消失。下一个倒下的人可能就是自己的战友,也可能就是自己。但即使知道前方九死一生,为了身后的家人朋友,为了父老乡亲,他们也得义无反顾地冲上去。如果注定要用血肉筑起城墙阻挡敌人,那他们甘愿成为其中的一个人。

"副队长,我们现在还去横山岭吗?"队伍里一个年轻的小伙子问道。

"回黄柏,按友军兄弟所说,队长他们现在还没有危险,与其漫山遍野地找他们,不如回去保护好乡亲们,队长一定会来找我们的。"徐龙祥果断地做出决定。一行人带着受伤的士兵穿梭在林间山路,回到了黄柏山区。

国民党军队的司令得知横山岭失守后,又紧急调军队前往潜山县城梅城,然而军队在前期大大小小的战役中损失严重,本就左支右绌,两天后,日军多个支队联合进攻,官兵们打红了眼,还是没能扛过日军的飞机大炮。最终,日本鬼子还是占领了潜山县城,国民党军队和吴邸宪领导的潜山县政府退至野人寨。中华民族解放先锋队黄柏支队队长带着一队人马退回黄柏山区,找到了徐龙祥,他们整队休养,等待反击的机会。

第六章

（一）

潜山县城梅城的西侧紧邻潜水。潜水自西北向东南绕过梅城，在怀宁石牌镇汇入皖河。皖河穿过石牌镇，转道向东北方向流去，于安庆西郊汇入长江。此时正是梅雨时节，连降暴雨，潜水与皖河的水位猛增。

横山岭失守后，潜山驻防的国民党第二十七集团军杨森部第一四六师和第一四七师退至潜水西岸。坂井支队占领梅城后试图追击，被湍急的潜水挡住去路。潜水西岸多山区，国民党军队趁机在梅城西北野人寨、古河州及西南桃花铺、石牌镇一线排兵布阵，第一四六师派出两个团到梅城对面的山上，作为阻击日本侵略者的第一线。

深夜时分，雨已经哗啦啦地下了将近一天，仍丝毫不见转弱之意，潜水湍急的水流让人望而生畏。

西岸，官兵已经在高低起伏的山地上挖好了防御工事，官兵们正蹲在战壕边上的防炮洞内擦拭枪支，分配弹药，紧靠着互相取暖。几门榴弹炮在战壕后面的草木丛中排成一条线，侦察连藏在山间观察着对面的举动，气氛紧张，憋着一口气的官兵随时准备反攻。

而东岸梅城内，日军营地的地面被冲刷得沟壑纵横，雨水顺势汇集，渗流进军帐，军帐内已是一片泥泞，加之帐篷顶也禁不住雨水长时间的浸泡，开始滴滴答答地落下水珠。日本兵骂骂咧咧地往外舀着水，情绪逐渐烦躁。

由于各种抱怨不绝于耳，于是几个联队长纷纷到坂井的指挥部请战。

坂井虽然认为国民党军队已被他的部队打残，撤到对岸的那些残兵构不成威胁，但向来谨慎的他非常理智，知道自己及部下对潜山一带还不熟悉，此时冒雨前进恐有不妥。于是坂井安抚着大家："诸君不要着急。潜水现在水势湍急，对岸又有中国军队伏击，不宜贸然前进。各队在城内休整一番,等水面平稳之后,再行出击。"

"司令官,士兵们的营帐已经被淹,情绪不佳,这雨一直没有停下来的意思,后续补给也滞留在路上,迟迟未到。再等下去,我们担心军心涣散。"第十三联队队长山田仍旧坚持请战。

"这样吧,我随你们去军营,亲自慰问战士们。"坂井的手指轻叩桌面,还是觉得没到进攻的时机,打算先将士兵们的情绪稳定下来。

一行人开着车向营地出发。日军营地就在昔日潜山县自卫大队的院子里。日军从安庆攻过来时,县自卫大队已经被收编,如今跟随国民党军队一起撤到了潜山城外。

坂井走进营地大院,刚进门就被房顶上流下来的雨水溅了一腿泥。他皱着眉头看了看营地泥泞不堪的样子,又看到士兵们由于夜不能寐,缺少粮食补给,个个无精打采。他低声地咒骂道:"混蛋!要不是这该死的雨,我们早就能消灭对面那群人,怎么还会在这穷乡僻壤受罪?"

坂井沉思了片刻,随即调转了方向,冒着雨大步地向梅城西边的高地走去。参谋一看,立马招呼警卫队跟上,自己和几个联队队长也打着伞追了上去。坂井的皮靴踩在高地的石头上,发出吱呀吱呀的声响,他眯了眯眼睛看着起伏的潜水,对身后的参谋伸出手:"望远镜。"

他原本打算等雨停了,水面稳了再过河,只是士兵们现在已经躁动不安,速战速决才是更好的选择。他透过望远镜看着对岸,黑漆漆的一片,不见一点灯火。

"第十三联队、第四十七联队昨日与中国军队激战,伤亡情况如何?"他将望远镜拿在手中,转头看向两位联队长。

"回司令官,第十三联队阵亡近八百人,重伤二百余人,现在还有三分之二的兵力,仍能与中国军队一战。"第十三联队的队长看坂井有所动摇,眼神里都透着激动,敬了个军礼回答道。

"回司令官,第四十七联队阵亡五百余人,重伤三百余人,还有两千多人可以继续战斗!"

两个联队长立刻汇报着自己队伍的情况,他们对视一眼,看来坂井少将准备进攻了。

"他们竟折损我部上千勇士。炮兵联队准备好了吗?"听到手下的伤亡颇为严重,坂井用力握了握手中的望远镜,眼睛里也含着恨意。

"司令官,炮兵联队在城门下设好了战线,炮火已就位,士兵在营地随时待命。"参谋回复道。

坂井放下望远镜并递给参谋,一只手摸着腰间的军刀刀鞘,另一只手按在刀柄上轻点手指。黑暗中,坂井冷森森的声音响起:"传令下去,准备橡皮船和竹筏等渡河工具,一小时后,炮兵联队先攻,掩护第十三联队和第四十七联队渡河,不惜一切代价,消灭对岸的中国军队!"

收到军令后,日本军队立马行动起来。一辆辆军车拉着渡河物品开到梅城西郊,守在潜水岸边的巡逻兵列着队将橡皮船从车上搬下来,开始充气。营地的步兵联队也抬着枪炮向岸边前进。一时间,潜水东岸火光簇簇,早就密切关注着对岸情况的国民党军队几乎是瞬间就注意到了。

侦察连慢慢移到山脚,靠近岸边,好将日军的举动看得更清楚一点。黑暗中暗影绰绰,却隐隐能看到船只,侦察兵立刻回山上防炮洞里向指挥官汇报。

"长官!小鬼子已经开始准备渡河船只了,一部分步兵也到了梅城西郊的岸边,他们可能要强攻。"侦察兵身上的树枝杂叶都来不及整理,气喘吁吁地向长官汇报。

此时两个团长和众下属正拿着蜡烛看地图。听到侦察兵的话,一团长手中一晃,滚烫的蜡油被甩了出来,滴在手背上,他甚至没有感觉到。现在两团联合作战,一团长为总指挥,他看看身边的二团长,二团长也冲他点了点头。

"各位,师座既然让我们两团打头阵,那我们就要像猛虎一样,就算咬不死小鬼子,也得狠狠啃下他们的肉来!"一团长声音洪亮,声音铿锵有力。

"是!"前战失利,各位营长都心有不甘,坚定地回答。

"各营按照计划进入阵地,信号弹一亮,都给我狠狠地打!通知潜山县自卫大队做好准备。通信兵给师部发电报汇报情况。"一团长沉稳地安排着军务。

身处第一线,就要不惜一切代价拖住敌人前进的脚步,为后面的队伍争取有利条件。大家心里都清楚自己身上责任重大,也没想过能活着退出战场。一团长的心中升起一丝对生死的淡然和对官兵们的浓浓不舍,安排完军务之后,他郑重地摘下军帽,向大家深深地抱拳说道:"拜托各位了!"

在国民党军队侧面接近后山的战壕内,还有两百多人也看到了对岸的火光,这队人马正是由储来高带领的县自卫大队。自卫大队里虽然人人都摸过两回枪,与红军对峙过,但他们中的大多数人是穷苦百姓出身,进自卫大队就是为了混口饭吃,没接受过正规训练,以前也都是小打小闹。现在要和日军的洋枪大炮正面对阵,国民党军队便将他们安置在主力队伍侧后方,一方面是考虑到他们的作战能力不强,另一方面是因为他们都是当地人,对山上比较熟悉,一旦鬼子不走寻常路从别处围过来,自卫大队也能在一旁策应。

储来高趴在战壕边上,举着望远镜想看清日军在搞什么鬼。他身边窝在战壕里的正是王泉,王泉耸着肩搓着手,只顾得让自己身上暖和一些,对梅城那边发生了什么并不在意。但毕竟大队长都没闲着,王泉也得做出一副焦急关心的样子,他时不时地抬头看两眼,语气中带着担忧地问道:"大队长,对面的小鬼子搞什么呢?"

"看着像是要渡河啊。"储来高紧皱眉头。

这时,命令也到了自卫大队,储来高对身边的王泉说:"王泉,你赶紧告诉弟兄们,起来准备打鬼子了。咱们虽然在侧翼,但是不能让人看扁了!"

储来高此人虽绝非善类,此前为了升官做了不少龌龊的事情,还在国共对峙中残害了不少共产党员和红军战士,但他心里还是有民族大义的。国难当头,储来高绝不会做逃兵汉奸,也能暂时放下成见,同潜山的共产党队伍和平相处。而王泉就不一样了,他最擅长的就是审时度势,迅速站到对自己最有利的阵营里,完全只考虑自己,国恨家仇在他那里都是云烟,只要子弹没打在自己身上,别人的生死与自己都没有关系。

从这段时间的战况来看,日军势不可挡,见识过了飞机大炮的厉害,王泉并不觉得凭这些国民党军队能击退对面的日军,他试图劝储来高放弃抵抗:"大队长,日本人的飞机大炮在横山岭都快把山削平了,我们根本打不过他们。我们面前就一条小小的潜水,这里的山势又缓,我们这次也不可能挡住他们啊。我们不如就在侧面蹲着,看情况不对赶紧往后山撤,别让兄弟们白白丧了命。"

储来高听见王泉说的话,立刻黑了脸:"王泉,你个狗东西想什么呢?日本人都打到家门口了,你让我们堂堂自卫大队当逃兵?我们要是干出这种事,以后都别在潜山待了,老百姓一人一口唾沫就能把我们淹死。"

"大队长,我也是为弟兄们着想。你看,要是国民党军队赢了,那在老百姓面前这军功章也有我们一份。要是他们输了,日本人也看不着咱们,大家还能回家当良民,象征性地负个伤挂个彩,老百姓也不能说什么。"王泉哈着腰,露着龅牙,满脸奸笑地看着大队长,他觉得自己想出了万全的好主意。

储来高一眼看穿王泉的小心思,气得踹了他一脚。平时他只觉得王泉左右逢源,到处溜须拍马,虚伪得令人讨厌,没想到他这人竟然一点底线都没有,在国难面前还敢这般算计,既想毫不出力,又想好处全收,用别人的命给自己铺路。这种人为了自己,怕是通敌卖国也做得出来。

储来高越想越气,指着被踹坐在地上的王泉破口大骂:"王泉,给老子听着,以前打着自卫大队的旗号,你没少捞好处,这些我都睁一只眼闭一只眼。现在不一样,这是打仗,老子带的队伍决不许出卖国贼!"

"你毕竟是半路来到我的队里,心里有其他想法情有可原。不过你记住,不管是谁干出了大逆不道的事,只要他还在我队里待一天,我就能清理门户。"储来高骂完以后还不解气,又威胁着王泉。

王泉觉得自己的好心被当驴肝肺,很是委屈,他也听出了储来高语气里的轻视之意,又心生恼怒,觉得这人假清高。但现在自己还是储来高的手下,他也不敢再惹储来高,便起身点头哈腰:"大队长教训得是,我糊涂,大敌当前,怎么能贪生怕死。我这就去告诉兄弟们做好战斗准备。"

储来高信不过他,亲自在战壕里巡视了一圈,顺便警告手下的队员们:"都给我听着,我们自卫大队拿着政府的俸禄,吃着公家的饭,敌人打过来就得保家卫国!你不上,死的就是你的父母和孩子!"

王泉半哈着腰,耷拉着脑袋,亦步亦趋地跟在他身后,悄悄地翻着白眼。这个储来高,以前在县上横行霸道,这时候装什么爱国爱民的好人,还敢嘲讽自己心思不正,等着吧,看谁能活下去。

（二）

　　凌晨，雾气蒙蒙，坂井一声令下，日军开始渡河。

　　"轰隆隆，轰隆隆……"

　　天空中划过一颗颗带火光的球，炮弹呼啸着从日军的大炮中冲出，直奔国民党军队的阵地。在大炮的掩护下，一艘艘橡皮艇被推进水中，探路的日本兵带上锤子、钢钉和绳索等工具，几人一组跳上船，向对岸划去。

　　官兵们按照之前制定好的计划，死死地躲在战壕里，身上已经落满了被炸飞的土，任凭日军接连不断地轰炸，也不露面，最大限度地保存实力，只等一团长一声令下再打日军一个措手不及。

　　河水湍急，河上的日本兵正拼尽全力控制船身。他们本来还心惊胆战，担心受到攻击，小命不保，直到过了河也没见对岸射出一颗子弹，认为自己的炮弹把中国军队消灭得差不多了，心情陡然放松。日本兵用锤子在岸上打着地桩，将绳索牢牢地固定住，绳索的另一头在出发前就系在了对岸，这样就能帮助后面的人过河时抓着绳子，不至于被洪水冲乱了方向。

　　这些日本兵干完活就在原地等待后面的部队。看着先行的士兵平安无事，日军大部队开始浩浩荡荡地向河对岸前进。潜水上拥挤地漂着皮艇和竹筏，日本兵接二连三地涌向岸边。

　　上岸的日本兵已经集结成队，日军的炮火也停了下来。这些日本兵端着枪，勾着身子向山上挺进。

　　一团长在高地紧盯着敌人的位置，手已经按在了扳机上，他一眼不眨，心中默默地数着："一百五十米……一百二十米……一百米……八十米……六十米……三！二！一！"

　　"嗖"的一声，信号弹拖着尾巴升起，山坡上瞬间恍如白昼，日本兵纷纷抬头。国民党军队收到信号，拉动手榴弹掷了出来，就在这时，信号弹的亮光也消失了，大地重归黑暗。砰砰砰，手榴弹在日军阵营炸开了花，冲在前面的小鬼子纷纷丧了命。后面的日本兵四处躲藏，但他们的眼睛还没适应光线变化，就像无头苍蝇一样。国民党军队丝毫不给他们反击的机会，手榴弹络绎不绝地投了出来,炸得鬼子们惨叫连天。

"团长,这波鬼子灭得差不多了!嘿嘿。"二营长眼见冲上来的日军死伤惨重,高兴地对身边的一团长说。

一团长脸上并无喜色,他忧心忡忡地说:"这只是鬼子的先遣队,现在高兴还太早。刚开始你也看见了,日本人那十几门大炮打得我们都抬不起头,后边还有他们的大部队没过来,一会儿少不了一场恶战。"

"团长,你放心,手榴弹没了上步枪,子弹打完了我们还有刺刀,不管他来多少人,我们绝不会后退一步!"二营长铿锵有力地答道。

坂井在对岸远远地看着山上火光连天,知道是先遣队遭到了中国军队的埋伏,但他并不慌乱,冷着脸,令步兵联队加速过河,炮兵继续轰炸。国民党军队忙着射击还在往山上涌的小鬼子,炮弹过来时,没来得及闪躲的人被炸得血肉模糊。一团长让大家找好掩护,自己的背紧靠着战壕,胡乱抹了一下脸上的土后,转身接着趴到战壕沿上继续看日军到哪儿了。

鬼子的大炮一出动,国民党军队这边火力被压制,渡河的速度就加快了,这一会儿一大群日军冲到了山脚下。坂井拿着望远镜,看到部队已经逼近中国军队的阵地,便下令让炮兵停止轰炸,以免伤了自己人。

国民党军队的官兵趁机又是一波手榴弹攻击,趁着山坡上的日军应接不暇,一团长下令出动榴弹炮。榴弹炮射程远,一般用作二线对一线的炮火支援,一团长早就算好了射程,将榴弹炮隐藏在后方,正是为了对付水上的鬼子们。唰唰唰,榴弹炮飞出炮筒,直奔潜水而来,漂在河上的日军无处躲藏,被炸得人仰船翻。还有许多日军在慌乱中掉入潜水,站不起身,只能被湍急的水流冲走。一时间,山坡上,潜水中,到处响着日军的哀号。

尽管中国军队的枪炮密集,但在一轮又一轮的冲锋下,也有日军冲上阵地。短兵相接,官兵们用步枪射击着,一次又一次将日军逼退。双方都有伤亡,但因中国军队占领高地,不需进攻,伤亡远小于日军。

一番胶着后,坂井下令暂停渡河,休息整顿后再前进。国民党军队也得到了短暂的喘息之机。

一团长趁着休战沿阵地走了一圈,探看队伍情况,回程的路走了还不到一半,忽然听见轰隆隆的炮弹声,接着就看见日军的炮弹像天女散花一样朝自己飞过来,原来是坂井看着士兵休整得差不多了,又一次下达进攻的命令,依然是大炮开路,步兵紧接着渡河。国民党军队的阵地这边炸起来的土落在人身上堆成了小丘,团长从土堆里爬出来,一边骂着日本人,一边带着战士们狠狠反攻,他们再一次在敌人炮火的间隙借助手榴弹、榴弹炮重击日军。

就这样一轮又一轮地进攻、反击,日军攻不过来,国民党军队也没有彻底击退日军,只能将日军击退在潜水边,双方僵持着。日过正午,双方渐渐都陷入疲态。坂井不得不叫停进攻,给部队多一点休整时间,又让炊事班给士兵们送来食物,给他们补充体力。

"团长,咱们现在伤亡还不算太重,武器弹药还能维持半天。"二营长趁休整的机会清点完物资和人数,回来向团长汇报。他从望远镜里看到对面的日军席地而坐,一个个都往嘴里送着吃的,忍不住骂起来:"这帮小崽子,老子还饿着肚子呢,小鬼子倒吃上了。"

"把弹药聚起来重新给大家分一下,手榴弹分给一营多一些,他们在最前面,其他各营留点底就行了。赶紧让县自卫大队过来一些人,把伤兵抬下去。"团长听到队伍损失不严重,稍微松了一口气。他看着对岸的日军,想到从昨晚到现在,大家只来得及吃了一顿饭,再硬的身体也扛不住这样的消耗,也该吃点东西补充体力了,便对二营长说:"另外,让炊事班给大家送饭,日军吃饱喝足了,我们也不能饿着肚子跟他们拼命。"

"是,团长!"二营长憨厚地笑着,跑去执行自己的任务了。

战场的侧后方,储来高的自卫大队虽然没有上第一战场,但也时刻紧盯着局面,随时准备上阵。反攻时,前线国民党军队将日军炸得在山里乱窜,有些日本兵跑到了自卫大队这边,储来高带人将这些散兵一一击毙,算下来也清理了几十人。除了两个队员被日军爆头而亡,自卫大队几乎毫发无损。倒是王泉,看着两人中枪倒地,一阵心悸,吓得不轻,腿脚也开始发软,临阵脱逃之心愈浓。

炊事班来给自卫大队送食物,顺便告知他们要协助护送伤兵,王泉一听,抢着要上:"大队长,护送伤兵这种事情让我带人去吧,一来您和众弟兄趁休战好好歇歇,吃个饭,再打起来的时候还得指望您稳坐局面呢。二来,也给我一个将功赎过的机会,我战前说的那些话实在太不应当了,他们为了保护我们潜山,死的死伤的伤,我也给他们尽一份力。"

王泉的嘴上说得恳切,其实是想借机逃跑。伤员要从山里送到设在野人寨的战地医院,野人寨那边一时半会儿还没有日军,比前线安全得多。到时候人多事杂,趁别人不注意往山野杂林里一藏,谁能找得到他?等避过风头,日军赢了,就扮良民回梅城,中国军队赢了,要是储来高容不下他,大不了就悄悄回到乡下老家,怎么着都比在战场丢了命强。

储来高狐疑地瞄了王泉一眼,虽然王泉说得天花乱坠,但储来高的心里并不信。不过要是就这么拒绝他,又怕他等一会儿在战场上耍什么小把戏。储来高想了想,点点头:"行,那你就带着第一支队去吧。"

王泉喜上眉梢,连忙招呼着手下人去抬伤兵了。储来高看王泉走了一段距离,顺手在队尾抓了一个脸熟的队员,悄悄地对他说:"给我盯着王泉,他要是敢逃跑,就给我押回来,情况紧急时可以毙了他。不过,如把他活着带回来,自然有赏。"第一支队的人本来对王泉就不太信服,大队长又说有赏,自然是尽心尽力地盯着王泉。

王泉刚带着人绕到后面进了山,前面阵地上又开始枪炮轰鸣。王泉听着身后震耳欲聋的厮杀声,心想,幸好自己聪明逃了出来。快到野人寨时,他们迎面撞上一队拿着步枪的人。山路狭窄,对面的人看到这边抬着担架,便停了下来,往边上靠了靠,示意他们先走。王泉大摇大摆地走在前面,目光扫过对面那些人,那些人身上都没有军服,又拿着枪往战线上跑,八成是共产党的游击队。

两队人马相互无言,错身而过。忽然,王泉像想起什么似的,回头看看对面领队的两人,觉得眼熟,又一下想不起来是谁了。王泉边走边摸脑袋,突然一顿,"呀"了一声,刚刚那不是城中裁缝铺的小伙计吗?怎么现在拿着枪跟这些人在一起?难道他是共产党?

那些人正是黄柏游击队,为首的两人正是队长和徐龙祥,徐龙祥其实早就认出了王泉。

日军的主力在梅城西郊渡河,也有少部分支队沿潜水上游和下游向外行军,避开主要兵力,另择渡河地点。野人寨这边安插的人不多,几支日本步兵大队陆续过来,试图将野人寨作为突破口,徐龙祥他们是按照新四军的指示前来支援的。

为配合正面战场作战,新四军的高司令率领部队在安合(安庆到合肥)、六合(六安到合肥)公路沿线抗击日本鬼子,截断他们的军需补给,牵制西犯之敌。梅城那边打起来以后,高司令从第二十七集团军那里得知日军正强渡潜水,整个第二十七集团军虽然在潜山待了一段时间,但对山里并不熟悉。为了配合国民党军队作战,高司令便命潜山、岳西两地的游击队过来支援,从侧面游击作战,牵制日军。前不久为抗日需要,高司令在潜山中华民族解放先锋队的基础上将黄柏游击队、野寨游击队、油坝游击队三支游击队整编成潜怀边区抗日游击大队,汪祝媚任游击大队大队长,实际仍然以三个游击队执行具体作战任务。高司令传密报给潜怀边区的抗日游击大队,在黄柏山区的徐龙祥接到任务后立刻与黄柏游击队队长带领队伍赶到了野人寨。

(三)

梅城西郊的阵地上,国民党军队正与日军酣战。野人寨这边的枪炮声也渐渐密集起来。

即使加上游击队,野人寨的兵力满打满算也就一个团,重武器不多,没有榴弹炮这种远程装备,还得分出人手保护战地医院。慢慢地,日军察觉到这里容易突破,便陆续向此地派兵,还拉来一门大炮。

日军像蝗虫一样,一波一波地穿过潜水涌了上来。国民党军队打得很吃力,他们现在的人数、武器都落后日军一大截,唯一的有利条件就是背靠大山,便于藏身。

黄柏游击队先是在国民党军队一侧吸引部分火力,但徐龙祥和队长很快就发现他们分担的那点火力只能算是杯水车薪。

"队长,这样下去不是办法啊,日军比我们多了一倍,就算小支队伍被引到这边,后面还有源源不断的日军。"徐龙祥弓着腰移动到队长身边,战场上的枪炮声太大,他大声地在队长耳边喊着。

"是啊！要是能断了鬼子过河的路线,哪怕就拖住对岸的鬼子一会儿,也能给他们争取一点时间把山脚下的这些人清理了。"队长一枪打死了一个朝这边开枪的日本兵,蹲下靠着战壕的壁,一边擦擦手心的汗,一边对徐龙祥说。

徐龙祥神秘一笑,小心地从战壕中探出头去,向潜水方向努了努嘴:"队长,你看到鬼子渡河主要靠的是什么吗?"

队长一看他这样子,知道他肯定是想出了办法:"一是船,二是水面上当导索的绳子。怎么,你有办法干掉他们?"

"没错。船嘛,我们没有大炮,炸起来费力。可这绳子是用木桩锚在地上的,这个离我们近啊。前两天雨水不停,潜水蓄了很多雨水,水位暴涨,正流得急呢,你说他们要是没了绳索,想过河是不是得费上一番功夫?"徐龙祥引导着队长跟着自己的思路往下想。

队长瞬间明白了,原来徐龙祥想要拔了日军的地桩,让他们在水上失去依靠,扰乱他们渡河的队形,这样不管是清理已经上岸的日军,还是趁乱攻击水面上的日军,都能让日军措手不及。

"就知道你的鬼主意多！只是,龙祥,那地桩打在河岸上,周围一点遮蔽物都没有,一览无余,人要是过去非得被打成筛子不可。要是想不出山,只能用手榴弹了。"队长仔细想着周围的地形,却仍有忧虑,让徐龙祥多带点手榴弹。

"队长,手榴弹省着点用,我自有办法。"徐龙祥笑着说道。

"就凭一把步枪,你能拔了鬼子的地桩?"队长不相信地看着徐龙祥。

"队长,看着吧,保证完成任务。"徐龙祥冲队长挑挑眉,接着招呼赵小虎等七八个人,直奔潜水入山口。

潜水往上游在野人寨这里蜿蜒入山,过了野人寨,两岸山峦重叠,水面宽窄也随地形而变,入山口处有接近二百米宽,到了山里有些地方就缩到五十米左右。日军不敢贸然进山,只能选择从潜水入山口这段稍平坦的地段渡河。

徐龙祥早就想好了,在潜水入山口的地方有一片生长旺盛的芒草丛,芒草足有一人多高,芒草丛的边缘到日军渡河的地方约莫二十米,这么近的距离,扔个拉钩便可以破坏鬼子插在地上的木桩,人只要躲在芒草丛里,就不用冒着枪林弹雨往前冲。赵小虎的枪法不行,可他扔拉钩和套环是一把好手,这里不正是让他大显身手的地方？他们在山上砍了一个钩形的树杈,用葛藤条系上,一个很好的拉钩就做成了。

"虎子,能套中吗？"徐龙祥拍拍赵小虎的头。

"怎么不能？副队长,你们就瞧着吧！"赵小虎又露出了笑容,信心十足。

徐龙祥带着其他人埋伏在芒草丛里,便于保护赵小虎。

日军丝毫没有注意到徐龙祥他们就在身边不远处的芒草丛里。赵小虎扔了两次都只差一点,第三次树杈勾正好套上木桩,赵小虎用力拉藤条,木桩向河下方倾斜,树杈勾拉住了渡河绳索,他迅速用力一拉,绳索就脱离了倾斜的木桩。绳索一头松掉,河面上的日军没有了支撑物,橡胶船歪歪斜斜地顺着湍急的水流打着转,撞在一起,不少人站不稳掉到河里,潜水上一片混乱。

赵小虎他们一看鬼子们手忙脚乱的样子,忍不住乐出了声。徐龙祥将大家聚在一起,问他们:"想不想干点更痛快的？"

"当然想了！"赵小虎不假思索地答道。其他人也纷纷点头:"副队长,你说吧,我们听你的！"

徐龙祥选人一起过来的时候,特意挑了两个投弹手,他们身上还带了十多枚手榴弹。徐龙祥冲他们嘿嘿一笑:"你们俩,再加一个枪打得准的,跟我往山里走。找个鬼子看不见的地方过河,接近鬼子侧身。到时候你们俩就把手里所有的手榴弹往人群里扔,越远越好,打他们一个措手不及,扔完了就往那边的山里跑,我们的目的就是扰乱鬼子军心。"

接着,他又嘱咐赵小虎:"小虎,你们几个就在这里,一边打枪一边往山上走,放几枪以后就别打了,去找队长。都机灵点,注意躲着点日本人的子弹,打不准不要紧,能吸引他们的注意力就行。"

一行人兵分两路,按照徐龙祥的计划成功搅乱了日军的步伐。一时间,河两岸、水面上,三处的日军都自顾不暇,更别说组织进攻了。国民党军队和共产党的游击队趁机猛攻,将已经过河的敌人打得落花流水,渐渐扭转了局面。

另一边,潜山自卫大队第一支队送完伤员返回梅城潜水西岸阵地。敌我双方正在交战,储来高一看他们回来了,立刻让他们投入战斗。储来高一眼就发现不见了王泉的身影,趁着给枪支换子弹的工夫,问了一句:"王泉人呢?"

第一支队的队员一边射击着敌人,一边喊着:"队长,王泉跑了!我们想把他带回来,他却朝我们开枪,打死了一个兄弟!"

原来,从战地医院出来后,王泉就一直磨磨蹭蹭地走在队尾,想着到了深山之后往林子里一躲,谁也找不到他。怎奈储来高早就猜到王泉有异心,安排了人盯着他。一行人动不动就回头喊王泉到前面走,王泉根本脱不了身,情急之下冲那个人开了枪。

储来高满眼阴郁,恨不得将王泉千刀万剐。哼!做逃兵不说,还敢对自己人开枪,这样的人以后必成大患!王泉就躲吧,看他还能躲到哪里去?他的底细自己知道得一清二楚,等打完仗了,再好好清理门户。

没有人知道,此时王泉已经投靠了日本人。王泉躲到山林之后,为防储来高派人追杀,他从上游渡河到了对岸的山里,漫无目的地在山里晃荡,想要找一个能遮风避雨待上几天的地方,哪知道他在山里分不清方向,越走越靠近日军突围的地方,刚好撞上了一队突围出来的日军。

日本人的枪口对着他,王泉吓得直接跪在地上,连连求饶:"各位太君,我是良民啊,求太君饶命!"

那队日本人鄙夷地看着王泉那没有骨气、跪地求饶的样子。日军队长嫌他烦,顺势就给手枪上了膛。王泉哆哆嗦嗦地高喊:"太君!我在潜山县城当过差,县城里的事我都熟,你们一定用得上我的!哦,对!打你们的除了国民党军队还有县自卫大队,还有共产党的游击大队,我认识他们,我知道他们在哪儿!"

日本队长收起枪,略带玩味地看着他:"哦?熟悉中国军队的潜山人?"

王泉连连磕头作揖:"是是是,我熟悉他们,如果太君需要,我一定能帮上太君。"

日本队长让人绑了王泉押回潜山,打算等这次战斗结束后带他去见坂井。

战斗一直持续到晚上,敌我双方依然胶着,只是这时候双方伤亡都有所加重。坂井的耐心被消耗殆尽,在指挥部里烦躁地摔着桌子上的文件:"为什么!为什么中国军队区区两个团能阻拦我们主力部队这么久!"

参谋捡起散落一地的文件夹,安抚着坂井:"司令官,中国军队不过是负隅顽抗,被我们的炮火轰炸了这么久,现在已经是强弩之末。我们的勇士跟他们纠缠了这么久,可能略有疲惫,不如让上级增派人手,一鼓作气,消灭那些中国军队。"

坂井喘着大气盯着参谋看了几眼,最后手一挥:"现在就致电上级,我要立刻将他们消灭!"

"是,司令官!"参谋向他鞠躬告退。

第二日早晨,坂井的援兵到达前线,带来了大量的武器弹药。而国民党军队各部都在不同的地方与日军交战,无法及时赶到潜山支援,第一四六师和第一四七师的弹药补给已经告急,官兵有心杀敌,却无力抵挡浩浩荡荡的日军,最终还是被日军攻破了潜水西岸,第二十七集团军杨森余部奉命向太湖、望江一线转移。

手下的士兵血染潜水岸,只剩下不足两成的人,一团长心中的恼怒、悲愤和愧疚交织,却只能下令撤退。潜山自卫大队那边也折损将半,储来高也挂了彩,一团长嘱咐他带队撤到野人寨方向,藏在周围的山里,保存实力。日本援军还没向野人寨出发,那边的国民党军队和游击大队还不知道梅城的战况,正一鼓作气与鬼子厮杀。储来高赶到时,官兵已将野人寨的日军全歼,正在清理战场。储来高将梅城战况告诉当地守军,指挥官决定立即整队前往太湖。指挥官知道徐龙祥他们出了大力,临行前给他们留下了一些缴获的枪支,又考虑到自卫大队和游击大队都是地方组织,没办法随军开拔,就让双方见了一面,以期未来共同抗日。

游击大队汪祝媚大队长自然是抱着抗日盟友的态度友好地对待自卫大队。储来高知道游击大队是共产党的队伍,抗战以前双方如同死敌,不过既然现在国共联合抗日,他也能暂时放下以前的恩怨,跟共产党人和平相处。

储来高他们平时都在县城里,对于在山区藏匿没什么经验,此时县城又回不去。队长和徐龙祥商量之后,决定邀请他们到黄柏山区暂行休整。自卫大队到了黄柏山区也是由当地几个乡镇政府以及还乡队负责接待和临时安顿。在此国共合作期间,黄柏游击队与自卫大队等国民党军的有关势力并无矛盾和冲突,双方都是以合作抗日为共同理念。

这是储来高第一次与徐龙祥相见,在黄柏山区相处的这段时间里两人还能互相保持着一定的接触,哪知这次见面和相处,日后竟给徐龙祥惹来了杀身之祸。

(四)

坂井支队西渡潜水、逼退国民党军后,得意于自己的战绩,想要乘胜追击,将杨森余部一网打尽。坂井派第十三联队第一大队向太湖方向进军,派第三大队向怀宁方向追击。大战之后,日军急需粮草,便派出骑兵第六联队到石牌镇抢粮。石牌镇的守军不敌日军,也退至太湖、望江。这下,太湖、望江二地集结了国民党军队大批人马,追击的日军不敢贸然深入,只能作罢,退回潜山。

坂井稳坐潜山县城梅城后,开始纵容士兵对平民百姓烧杀抢掠,还美其名曰这是对日本兵全力作战的嘉赏。街上到处都是整日烧不灭的火,一些普通人家的房子也被日本兵炸得摇摇欲坠,潜山县城笼罩在一片血腥和黑暗之中。裁缝店也被日本兵祸害得一片狼藉,好在他们只顾得抢财物,没对徐天明的身份起疑心。这天,石牌镇的刘大夫冒死来潜山汇报情况,与徐天明在裁缝店互通消息。

坂井坐在政府大楼里,紧紧盯着地图上野人寨的位置。他后来才知道,派去野人寨的几个分队,八百多人,竟然被五百多人的中国军队歼灭。明明前半段时间里日军占据上风,这等奇耻大辱,他一定要向中国军队讨回来。

这时,王泉被押了进来。那个日本队长向坂井敬了军礼:"报告司令官,这个就是说自己熟悉中国军队的潜山人。"

坂井回过神来,不屑地看着王泉,虽然王泉能为自己所用,但这种为了生存就对敌人奴颜媚骨的人,坂井打心底里看不起。不过,面子上还是要做做样子,坂井脸上堆起虚伪的笑,翘起了八字须,看着王泉说:"对待客人怎么能这么粗鲁,快让客人就座。"

日本队长给王泉搬了把椅子,王泉颤颤巍巍地坐下,双手紧撑着膝盖,上身前倾。坂井对日本队长挥挥手,示意他可以出去了。坂井装作友善地问王泉:"中国人,你叫什么名字?以前是干什么的?"

"小的……小的叫王泉,以前在县政府当过差。"王泉不敢说自己后来去了自卫大队,怕坂井把怒火发在自己身上。

"哦?县政府,原来是官员,那你对潜山各方面都很熟悉了?"坂井逼问道。

王泉头上冒出冷汗,小心地回答道:"小的就是个跑腿的职员,对潜山比较熟悉,太君,在治理潜山上,小的或许可以帮到您。"他边说边把腰压得更低。

"很好,我们就需要你这种聪明人的帮助。你放心,只要你对我们忠心,大日本帝国是不会亏待你的,等我们在潜山建立了政权,你就是县长的不二人选。"坂井眯着眼睛,语气中半是诱惑半是威胁。

"谢谢……谢谢太君!"王泉赶紧站起来冲坂井鞠躬。

坂井摆了摆手:"王泉君,你不用这么客气,你坐,既然你能认清形势,选择效忠我大日本帝国,以后我们就是朋友了。只不过……"

坂井故意将话说到一半,重新激起王泉的恐惧。

"太君,只不过什么?有事您尽管吩咐,小的能做到的一定尽心尽力。"王泉生怕坂井要了自己的命,赶紧表示忠心。

"只不过,王泉君要拿出诚意,让我看看你的实力,是否值得大日本帝国将你当作朋友。"坂井缓缓地说道。

王泉一听,日本人肯定是有事用得上自己,心想不管日本人提什么要求都答应下来,保命要紧,至于日本人安排的事情怎么做,办法总会有的。王泉恭敬地说:"太君想要小的做什么?"

"野人寨一战,大日本帝国的勇士本来占据上风,后来被中国军队围剿,英勇捐躯。你知道是哪支中国军队做的吗?"坂井尝试性地问了问王泉,他其实是想让王泉帮他探查此事,心里并没期望从王泉这里直接得到答案。

国民党军队到底谁在打仗,王泉不清楚,但偏偏那天他看到了徐龙祥,把这些事都安在共产党身上不就行了吗？

王泉在心里为自己的机智叫好，面上装作淡定："回太君，野人寨战斗时小的就在附近，对日本勇士赶尽杀绝的正是共产党，他们在潜山有支队伍，叫游击队。"

"共产党？游击队？都说共产党穷得叮当响，没几件像样的武器，他们竟然能将我的勇士们打成这样？"坂井眉头一皱，觉得非常不可思议。

"太君，您别看他们装备不行，但他们作战刁钻，打一枪换个地方，再加上他们对潜山一带比较熟悉，很会占据有利位置。"王泉努力地说服坂井。

"共产党的作战方式我倒是听说过，确实狡猾。游击队，这么说倒也很有可能是他们。王泉君，你是怎么知道的？"

"小的那天去亲戚家，经过野人寨附近的山上时，正好看见一群人拿着枪到前线去。领头的我认识，那个人就是共产党。"王泉可不敢说自己是从打鬼子的阵地上逃出来的，胡编了一个理由。

"你能找到他们吗？"坂井若有所思，想通过王泉查清共产党现在的位置。

徐龙祥他们去哪了，王泉当然不知道，但要是这么说，坂井怕是马上就能要了他的命。王泉转了转眼球，脑子里飞快地思考着，共产党，小伙计，裁缝铺！对了，裁缝铺的小伙计如果是共产党，那其他人就算不是共产党，也跟共产党脱不了干系，既然这样，倒不如给自己做一个挡箭牌。于是，王泉假装为难地说："共产党十分狡猾，随时更换驻地。不过我可以努力追踪他们，找出他们在哪儿。"

"王泉君，只要你能找到他们的线索，为我大日本勇士报仇，你的功劳我会记着的。"坂井满意地点点头。

王泉从政府大楼出来后，发现背后的冷汗涔涔，已然打湿了衣服。他大口大口地喘着气，咬咬牙，向裁缝铺走去，正好看见刘大夫从裁缝铺出来。王泉心中有疑，日本人刚占了梅城不久，城里正鸡犬不宁，哪还有人开门做生意，更没有人出门买东西。裁缝铺虽然关着店门，却从里面出来一个脸生的人，一定有猫腻。他找了一个角落猫着，监视着裁缝店的情况，等到天要黑了，终于看到徐天明从店里出来。

徐天明正要赶在宵禁前离开县城，将潜山日军的情况告诉太湖的情报员,让他们早做准备。王泉见状,偷偷跟在他身后。眼看徐天明出了城,王泉怕自己一个人制服不了徐天明,便立刻跟了上去,当着哨卡日本兵的面喝住了徐天明。

"徐掌柜!这么晚了出城干什么?"王泉一出声,引来了日本兵的注意。王泉把坂井给他的出入证亮了出来,日本兵一看,让开了路。

徐天明的心里一惊,不好,自己被王泉盯上了,竟然还毫无察觉。此时自卫大队随国民党军队出征,没想到王泉竟敢不顾军法私逃。从王泉刚刚一系列的举动来看,怕是他已经投靠了日本人。徐天明的脸上波澜不惊,回过头跟王泉寒暄:"这不是自卫大队的王队长吗?您怎么在城里?"

王泉的脸上青一阵白一阵,生怕日本人知道自己在自卫大队待过,急忙抢过话头:"徐掌柜,你不知道有宵禁吗?这个时间出城,有什么目的!"王泉又对身后的日本兵说:"你们这些检查哨卡的,仔细查过了吗?"

日本兵看他持有坂井特批的出入证,虽然不知道他是谁,但感觉得罪不起,听到王泉这么说,便上前来说:"长官,我们刚刚查过了。既然长官觉得可疑,那就再查一次吧。"

徐天明坦荡地将手中的东西交给日本兵,对王泉说:"原来王队长已经另谋高就。我等平民不像王队长,哪里都吃得开,城里这么乱,我还是到乡下避避风头。"

士兵们又仔细翻了一遍徐天明的行李,跟之前一样,只有几件随身衣物。搜身也没查出来什么。

"长官,确实没有可疑的东西。"日本兵跟王泉汇报。

"各位长官,既然没有问题,那我是不是能走了呢?"徐天明问王泉他们,脸上带着市井商人恭维的笑。

王泉心有不甘地摆了摆手,让徐天明走了。王泉看着徐天明的背影,越想越觉得不对,那个小伙计分明是共产党,裁缝铺的掌柜能是个普通人吗?而且,刚刚徐天明虽然脸上恭维着他们,眼神却是冷的。

"站住!"王泉大喊一声,同时上前拽住徐天明就要搜身。

徐天明背对着他狠狠咬了咬牙,转身时换上一副无辜不解的样子,仍旧恭敬地问:"王队长,怎么了?"

王泉恶狠狠地盯着他,对身后的日本兵说:"搜身就要彻彻底底,这大夏天的,谁还穿着板板正正的长外衣?把他的外衣脱下来!"

眼看日本兵走过来要他脱掉外衣,徐天明知道躲不过了,心一横,飞身将两个日本兵踹倒在地,转身就向潜水方向跑去。王泉见状,立马追上去,边追边喊:"快通知太君抓共党!"附近的日本兵闻声跑了出来,一看这情形,端起枪开始射击。徐天明身手矫健,竟躲过了几颗子弹,眼看到了潜水边,徐天明一跃就要往里跳。

就在这时,王泉冲了上来,猛地拽住徐天明,两人一起滚到地上。两人手上都用力扭着对方,一个要向潜水移动,另一个死死拖住。为了安全通过哨卡的检查,徐天明将枪藏到了城外树林里,此时身上没有武器,难以脱身。王泉也看出了这一点,知道徐天明奈何不了自己,便死不松手。徐天明看着日本兵要追上来了,手中一狠,扭过胳膊,用肘部猛击王泉腹部,王泉因疼痛松开了一只手,随后向自己腰部摸去。两人僵持着,几秒之后,"砰"的一声,徐天明胸口上染出一朵血花。原来,王泉身上带着枪。

徐天明倒在地上,口吐鲜血。王泉也躺在地上,猛地吸气,刚刚差点被徐天明勒死。日本兵围了上来,黑洞洞的枪口指着徐天明,日本参谋接到士兵的报告也赶了过来。

徐天明的衣服有夹层,不仔细翻根本无法察觉。夹层里带着的是三位同志的入党申请书,时局紧迫,这些还没来得及交给组织,徐天明不敢把申请书放在店里,出门时便随身带着。那上面署着名字,一定不能落在敌人手里。想到这里,徐天明用尽全身力气向潜水爬过去。

"都这样了还挣扎,你身上到底带了共产党的什么秘密?"王泉爬起来,恶狠狠地踩在徐天明背上。

徐天明的骨头咔嚓响,好像五脏六腑都错位了,他预感自己逃不出去了,提了一口气,颤颤巍巍地将手伸进怀里,摸进夹层,用力撕扯着纸上署名的位置。这些申请书他都按顺序叠得整整齐齐,署名在哪里他不用看就知道。他将撕下来的纸揉成团,猛地塞进嘴里咽了下去。

王泉一看,赶紧松开徐天明,将他翻了过来,扒下他的外衣。徐天明顺势翻身一滚,借着惯性一头栽入潜水,徐天明沉入水底,水面顿时翻涌着红色的涟漪。王泉和日本兵赶紧上前,想将徐天明的尸体捞上来,可惜潜水湍急,徐天明随着水流被冲向远方。

"就这么死了,便宜他了!"王泉狠狠地说。本来指望从徐天明身上得到一些关于潜山游击大队的消息,给坂井交差,没想到他先死了。王泉仔细翻着徐天明的衣服,发现了夹层里的东西,他看了两眼,心里暗喜,虽没找到潜山游击大队,但端了共党在潜山的一条线也算是能交差了。入党申请书,这可是铁证。

王泉拿着入党申请书与参谋一起去见坂井。参谋将潜水边发生的事告诉了坂井,坂井听后,也不好怨王泉没找到游击队,只能先安抚王泉:"王泉君机智多谋,识破了共党的伪装,辛苦了。"

"应该的!应该的!为皇军效劳是我的荣幸。"王泉谄媚地笑着。

"嗯,只是更要紧的是那支游击队,他们太善于利用地形攻击我们,不除掉他们,以后只怕会有更多的士兵在他们手上丧命。王泉君,这件事还得拜托你。"坂井嘴上说得客气,但他阴鸷的眼神警告着王泉,不要妄想糊弄了事。王泉打了一个寒战,连连答应。

又过了几天,杨森余部因损失过大,被上级命令调到湖北休整。太湖防务交给第二十一集团军韦云淞部,潜山周边又调来了第二十六军徐源泉部。国民党充足的兵力让坂井不敢小觑,皖西的抗日形势又有了新变化。

第七章

（一）

　　自从得知国民党在潜山、太湖一带安排了新的驻军，在梅城一战中遭到重创的坂井支队便稳稳地扎在城里整顿休养，暂敛锋芒，避免跟周围的中国军队起冲突。徐天明牺牲后，坂井更是加强了对梅城的防守，对出入哨卡的人严加盘查，设置了宵禁。梅城城内，王泉仗着日本人撑腰，大肆抓捕"中国军人"，只要是剃了平头、穿着绿色或灰色衣服的青壮年，一律被当成中国军人抓走，施加酷刑。一时间，梅城在潜山百姓心里如同鬼城，提之色变。

　　而城外月明星稀，黄柏山区一片静寂，月光从窗户流进室内倾泻满地，徐龙祥躺在床上却怎么也没办法静下心来，脑中思绪纷飞。徐龙祥和黄柏游击队最近一直待在山里，消息闭塞，还不知徐天明牺牲，只是听说日本人突然加强了对梅城的控制，十分担心徐天明的安危。特别是上一场仗打完以后，天明大叔再也没有过消息，因此他想要去县城周边打听一下情况。

　　"队长，县情报站已经快半个月没消息了，我想下山去县城一趟，打听打听城里情况。"徐龙祥在床上辗转半夜，终是侧起身来，对同屋的黄柏游击队队长说道。

　　队长此时正凑在蜡烛跟前缝补着磨坏的衣服，听到徐龙祥所说，停下手中的动作，若有所思地说："算起来，是有些日子了。不过日本人最近对县城看得太严，连进出都十分麻烦，你下山不一定能打探到消息，万一再被日本人盯上，那就更麻烦了。"

　　队长所说也是徐龙祥担心的，只是天明大叔杳无音讯，他心里实在不踏实。看着徐龙祥眉头微皱，眼睛盯着烛光有点愣神，队长想了想，上前拍了拍他说："要不这样，你明天先别急着下山。这个时候，没消息不一定是坏事。徐天明是老同志了，对敌斗争经验丰富，或许是他看最近情况不对，为了避免暴露,特意跟外面切断了联系。再等两天,两天后如果县城还没有来信,你就带个兄弟一起去一趟。"

徐龙祥听队长所说也有道理,便点了点头。

一天傍晚,游击队站岗的队员突然看见远处的山尖小路上有个黑影,他立马朝另一名站岗队员说道:"快看,有情况,那好像是个人!"他迅速把背着的枪移到胸前端了起来,猫着腰朝黑影那边走去,并躲到路边的草丛中。另一名站岗队员则隐蔽自己并端起枪,枪口对着黑影。

对面的人好像有什么急事一样,脚步匆匆地向山这边赶过来,天色本来也暗,他并没有察觉到前方有人。待双方距离缩短到能看清对方的脸时,躲在草丛里的游击队员突然闪出,用枪指着那人问道:"干什么的?"

那人正是石牌镇的刘大夫,来黄柏山区找徐龙祥。面对突然出现的持枪人员,刘大夫心里一惊,面上却丝毫不见慌张之色。"我是附近的郎中,你们是?"刘大夫不慌不忙地答道。

游击队员问道:"听你口音,不像山里人啊。"

"我是源潭的郎中,经常到黄柏山里采药。"刘大夫客气地回答,顺便也想摸清对方的底细,"你们是?"

"现在世道不太平,晚上别到处乱跑,赶紧回家去吧。"游击队员并不明说自己是做什么的。

黄柏山区持枪的只有三类人,游击队、还乡队和土匪,这么晚在山区的不会是还乡队。刘大夫以前听徐龙祥说过他带领的游击队活动片区有时在骑狮,有时在木岗,有时在黄柏。幸好这次游击队在木岗,也正是刘大夫寻找的第一站,寻找时间不算长,今天是他进入山区的第二天。他断定,对方多半是徐龙祥的游击队,于是试探性地说:"本来都是我的徒弟来采药,这次不知道怎么着,他出来好几天了还没回去,两位看样子是从山上来,不知路上有没有见到我的小徒弟,他叫徐龙祥。"

游击队员心里一惊,上下打量着刘大夫:"你到底是谁?"

"你们如果见过他,能不能和他说一声,就说江林在山下等他。"刘大夫为安全起见暂用江林的名义让他们传个话。

"那你等着,我回去问问有人看见你徒弟没有。"游击队员听说对方是找副队长,不知道这个人是否有重要事情,又不知道这个人的身份,暂且这么回答应付着,好腾出时间向副队长汇报。

询话的游击队员让另一名游击队员站好岗,确认没人跟着后快速走向指挥部。咚咚咚,一阵急切的敲门声在指挥部门口响起,屋内的两人转头看向房门。

"报告徐副队长,外面来了一个人,说他叫江林,要找您。"

"他年纪多大,在哪儿?"徐龙祥一听江林的名字,顿时站了起来,两三步冲到门前,打开了紧闭的房门,直觉告诉他来者多半是刘大夫,但还是要小心为上。

外面的游击队员被突然打开的门吓了一跳:"啊……看上去……有四十多岁吧,没说从哪来,就说您是他徒弟,他叫江林。"

队长此时也走到了门口,附在他耳边轻声说:"龙祥,快去看看。"

徐龙祥跟着队员来到山下,定睛一看,果然是刘大夫。徐龙祥对刘大夫的到来隐隐感到不对劲,刘大夫平时跟天明大叔联系较多,而黄柏山区的对接一直是天明大叔负责。徐龙祥快步跑向刘大夫,两人紧握双手,多年一起奋斗的战友久别重逢情更浓。他招呼着刘大夫:"刘伯,我们回屋说,您找到这里真不容易啊。"

徐龙祥带着刘大夫进入房间后,向队长介绍了刘大夫后便按捺不住心中的不安,问道:"刘伯,发生了什么大事吗?"

"我这次来有两件要事,第一件是坂井支队最近不断在潜山西翼河头铺一带骚动,意图向太湖进军。高司令指示,你们要及时报告县城鬼子的行动,方便上级谋划夺城。另外,第二十六军在西南侧的黄铺阻敌,游击队要随时准备好前去支援。"刘大夫先是交代完任务,然后沉默着,迟迟没有说另一件事。

徐龙祥忍不住发问:"那第二件事呢?"

刘大夫知道徐天明是徐龙祥敬重的长辈、领导,徐天明的牺牲将会对徐龙祥造成沉重的打击。刘大夫不忍心将这悲痛的消息告诉他们,他长叹一口气,攥了攥拳,终于将堵在喉咙里的话说了出来:"唉……潜山县城那边出事了。"

"到底怎么了?"徐龙祥心里咯噔一下。

刘大夫摇了摇头,他不敢看徐龙祥的眼睛,于是又缓缓低下头,沉重地说道:"几天前,你天明大叔被汉奸王泉出卖,牺牲了。"

刘大夫的话如同一声惊雷,队长和徐龙祥惊得直接站了起来。"什么?天明大叔……怎么会这样?他一向谨慎。"徐龙祥不敢相信自己的耳朵,瞪大了眼睛,紧紧地盯着刘大夫,希望刘大夫能告诉他这不是真的。

刘大夫感受到徐龙祥那灼人的目光,他叹着气摇了摇头,抬头直面徐龙祥说:"那天,我去了裁缝铺,跟徐天明同志汇报了石牌镇一带日军的情况,他们有向太湖挺进的意思,徐天明同志当时说要尽快联系太湖方面,让我先从县城离开,他随后行动。鬼子现在查得严,我们就一直将武器藏在城外山里。那天我走到藏武器的地方时,发现已经被人动过了,就赶紧折返回去,想赶在鬼子宵禁封城前通知徐天明同志。没想到,等我赶回去的时候,看见王泉和几个日本兵正围着徐天明同志要搜身,正当我庆幸徐天明同志挣脱他们跑走了,却看到他中了王泉的枪。为了不让小鬼子得到组织上的消息,徐天明同志跳入潜水牺牲了。"

刘大夫说完,想要安慰徐龙祥两句,又知道此时说什么也没有用,伸出的手顿了顿,无言地拍了拍徐龙祥的肩膀。

刘大夫的话打碎了徐龙祥心底最后一丝侥幸,他听着刘大夫讲述徐天明是怎么牺牲的,不知不觉间紧紧地握起了拳头。他手上的青筋暴起,重重地砸在桌子上,震得桌上的茶缸跳起,烛光也跟着闪了闪。徐龙祥咬着牙,怒气冲天:"王泉,这个杂种,我一定要亲手宰了他!"

"徐天明同志牺牲当天,我就让老张赶紧离开裁缝铺,跟随我到石牌镇暂时躲避。出于对老张安全的考虑,两天后组织决定,老张到皖西新四军军部工作,裁缝铺现在是关店了。"刘大夫说道。

徐天明的牺牲意味着潜山情报站被敌人击垮,但悲痛之余,他们必须商议接下来该怎么办。刘大夫站起来说:"徐天明同志牺牲了,我们都很痛心,当务之急,是潜山情报站现在没有人接管。组织上一时半会儿也派不下来人,让我们内部商量一下以后潜山的情报工作该怎么办。"

队长缓缓开口:"鬼子没来的时候,龙祥一直负责黄柏山区和潜山县城之间的情报工作。现在徐站长不在了,对这些工作最了解的,就是龙祥了吧?"

刘大夫点点头:"的确,龙祥是在徐天明同志身边成长起来的,早期在县里待着,后来又接管了黄柏山区的情报工作,与各地情报员也有接触。现在的情况,龙祥统领潜山的情报工作是最合适的。"

队长接着说道:"为了配合好你的工作,可以暂时将游击队杨山德派到梅城做驻点对接工作,由于王泉认识你,你暂时不宜过多去梅城。"

徐龙祥努力让自己从悲伤的情绪中走出来,他抬起头来,迎着大家关切的目光,清了清嗓子开口,却声音沙哑:"请转告上级组织,我一定会接管好天明同志的情报统领工作,在潜山紧紧地盯着敌人!"

天明同志不在了,老张也到了新的岗位。

刘大夫走后,徐龙祥一个人爬上了山坡,坐在了石头上。寂冷的月亮刺穿黑夜的空灵,恰似在诉说着悲伤;呼啸的山风吹得树木呜呜作响,宛如在表达着愤怒。

徐龙祥满眼血丝,他的脑海里闪现出过去的一幕幕。那个早春,他还是稚气的少年,是天明大叔带着他第一次入城;那时,他对共产党仅有一丝懵懂的认知,是天明大叔引导他跨入革命生涯;那天晚上,他因失去江林心情低落,是天明大叔安慰他、鼓励他。十二岁起就跟在天明大叔身边,他们相处的时间甚至比家人在一起的时间还多,从一开始在生活上的照顾,到后来在革命事业上的引导,天明大叔之于他,亦师亦友,是敬重的长辈也是革命的领路人,是他的后盾和精神支柱。不管面对多么凶狠的敌人,陷入何种凶险的境地,只要天明大叔在,徐龙祥就觉得有安全感。天明大叔是个经验丰富的老战士,徐龙祥从来没想过有一天他也会牺牲。可现在,天明大叔被王泉和日本人残忍地杀害了,徐龙祥只觉得心中的支柱轰然倒塌,整个人无依无靠。

没有时间留给他继续沉溺在悲伤中,当务之急是坚强起来,打击日本人和狗汉奸,保护人民和国土。徐龙祥拍了拍自己的脸,让自己打起精神来,天明大叔绝不想看到自己消沉的样子。天明大叔为了保护党组织、不暴露其他同志而牺牲,自己作为天明大叔一手培养出来的后辈,一定要从天明大叔手中接过接力棒,谨记革命任务,沿着他的脚步继续前进,与敌人斗争到底!

日军惨无人道的侵略行径固然可恨,汉奸苟且偷生卖国求荣的行为更加罪不可恕!王泉这个败类,以前帮着国民党残害了那么多共产党员和无辜百姓,现在又做了日本人面前摇尾乞怜的狗。此人对潜山太过熟悉,如果任由他在日本人面前乱咬一通,只怕对潜山的国民党军队和游击队均不利,无论如何,自己也要解决这个祸患,给天明大叔报仇!

(二)

储来高带着两百多人的自卫大队正在黄柏山区槎水镇休整。槎水镇腾出部分政府用房和附近的储氏祠堂给自卫大队使用,储来高就住在槎水镇政府。虽然说是休整,想要攀附储大队长的人可不少,周边各乡镇的官员们及还乡队队长们经常来拜访,这十几天,槎水镇政府门庭若市。

储境早就注意到了这个机会,他是槎水镇副镇长,又和储来高同姓,特别殷勤,几乎每天都向储来高汇报工作。当然汇报工作只是冠冕堂皇的借口而已,重要的是他每天都会带来烟酒或鸡鸭鱼肉。

这边徐龙祥也想到了储来高,他知道王泉是储来高的手下,储来高虽然杀过不少共产党员,但也算是个铁骨铮铮的汉子,他痛恨日本人和汉奸走狗。徐龙祥想把王泉叛变投靠日本人一事告诉储来高,看看储来高的想法。

刘大夫走后第二天,徐龙祥来到槎水镇找到储来高。

"储大队长,你知道吗?王泉现在投靠了日本人。"徐龙祥开门见山,丝毫不绕弯子。

"我前两天听手下说了,这个狗东西,在战场上为了逃命打死了我队里的兄弟,这下又给日本人当走狗,我真后悔当初没毙了他!"储来高的心里早有怒火,愤怒地说道。

"早就知道储大队长疾恶如仇,王泉不能留了,不论是对我们游击队还是你们自卫大队他都是个威胁。我打算去梅城解决此人,储大队长有什么办法能让我进去?"徐龙祥问道。

储来高转了转手中的水杯,谨慎地回答道:"鬼子现在重兵把守着梅城东侧的余井大河和西侧的潜水,大肆搜捕共产党,你现在去梅城,岂不是自投罗网?"

"所以我才来找储大队长,潜山的城防事务没有人比储大队长更清楚了,你一定知道怎么能躲过日本人的眼睛。"徐龙祥直直地盯着储来高的眼睛,一字一句地说,"我看得出,储大队长是个忠心爱国之人,王泉那畜生也是你的心头大恨,我们要携手解决掉这个后患。"

借徐龙祥之手解决王泉这个祸患正合储来高的心意,储来高把杯子一放,咧嘴一笑:"现在国共联合抗日,以前的恩怨就不提了,徐副队长有需要我帮忙的地方,我自然不能推辞。梅城东西两侧均是大河,南侧和西侧因靠近太湖,有重兵把守,这三个方向不好进入也不好撤退。从北面入城比较好,可以从余井大河上游乌石堰处渡河,这儿河道较宽、水较浅,又比较偏远,撤退时也能轻易从这儿到槎水或野人寨。你也知道,现在日本人在北面章法山和彭岭设了很多哨卡。你走到操茅屋找一个叫操业江的男人,他是我的人,他能带你进入梅城,也会帮你撤退,我马上给你写封信。"

储来高写了一封书信后又走到床边,从床底下掏出一个包袱递给徐龙祥:"这是我在战场上扒下来的一套日本大头兵军装,你可能会用得上。"

徐龙祥接过衣服和书信,诚恳地向储来高抱拳表示感谢:"多谢储大队长。"

储来高看着徐龙祥远去的背影陷入沉思,徐龙祥是个聪明磊落的人,是个好苗子,若他不是共产党的人,储来高都想好好培养他,但信仰不同,迟早殊途。储来高一直认为,外患迟早可解,到时候国共两党必然再起争端,只是现在还不到内斗的时候,对于徐龙祥,能帮就帮吧。

徐龙祥趁着天黑来到梅城外,按储来高所说来到操茅屋找到了操业江。操业江果然对这儿的地形、日本人的布兵与换防了如指掌,他带着徐龙祥趁着夜色七拐八拐便进入了梅城。

徐龙祥进城后便换上了日军的衣服,他不再躲躲藏藏,而是光明正大地走在街上。越是底气十足,越不会引起别人怀疑,一路走来碰到一些日本兵和伪军,竟没有一个人上来盘查徐龙祥。

徐龙祥打定主意要在王泉家里解决掉他,这样能让日本人晚一些发现,也给自己留出足够的撤退时间。他轻车熟路地在巷子里拐来拐去,路上经过了裁缝店,徐龙祥脚步不停,眼神却忍不住偷偷看了过去。裁缝店大门紧闭,招牌被砸烂了,只剩一半在杆子上挑着。

以前在裁缝店时,他和张伯每天都会把门前打扫得干干净净,每到晚上,二楼永远亮着温暖的光。这里曾经是他躲避风雨的港湾,是他追逐梦想的天堂,而今却被日本人和王泉毁了。徐龙祥回想当初,酸涩的泪珠湿润了眼睛,他深吸一口气,加快了步伐,直奔王泉家。

王泉家的大门上挂着锁,门口有一个日本兵守着。这是王泉担心共产党和国民党的人找他报仇,特意跟坂井提的要求,保护自己的安全。此时王泉还没回家,徐龙祥正好来个守株待兔。他小心地绕到院子侧面,四下观察了一番,确定没人注意后,纵身一跃,翻墙而入。墙虽然有三米高,但对于身手敏捷的徐龙祥来说不算什么难事。徐龙祥找到王泉的卧室,轻轻推门而入,藏在床尾的衣柜里,衣柜开了一条小缝,徐龙祥机警地盯着门口的方向,如同猎鹰在等待猎物。

过了一会儿,院子里传来开锁的声音,随即听到王泉惬意地哼着小曲的声音,手里提着一壶酒,被两个日本兵扶着,跟跟跄跄地走了进来,一看就没少喝。他一进客厅就歪倒在地上,靠着门边喝酒边撒酒疯。

"太君,你们放心,只要有我王泉在,潜山,我一定帮你们治理得井井有条,让这儿成为皇军的大本营。"

"不管是哪边的势力,我都不怕他们,我是皇军的人了,还有人敢跟皇军叫板吗?也不掂量掂量自己!"

日本兵从地上架起王泉,将他扶进卧室。徐龙祥屏息凝神,盯着他们的一举一动,准备在危急关头连同日本兵一起干掉。醉酒的人格外沉,两个日本兵并无耐心照顾一个酒鬼,他们把王泉随便往床上一扔就要离开。

"已经把他送回来了,完成了长官的命令。藤田君,我们走吧。"

"好,你回去吧,我还要守在门口。唉,堂堂帝国战士,竟然要在这里守着一个醉鬼!"奉命保护王泉的日本兵抱怨着向外走去。

王泉闹腾了好一阵才消停下来,徐龙祥看着,冷笑一声,喝了这顿酒,正好上路！徐龙祥按兵不动,直等到王泉开始打鼾,外面的日本兵也没动静时,他才轻轻推开衣橱门走了出来。

为了避免惊动日本兵,徐龙祥将枪收了起来,从腰间拿出一条盘着的麻绳。他目光冷厉,利索地把绳子缠在王泉脖子上,双手用力一勒。

"唔……唔唔……"王泉被窒息感弄醒,手脚挣扎着,喉咙里挤出微弱的呼救声。徐龙祥加大了手上的力度,王泉被勒得满脸通红,双脚乱蹬,想扒开颈部的绳子。

徐龙祥一边控制着他,一边趴在他耳朵边低声说:"王泉,你在日本人面前媚外求荣的时候,跟日本人花天酒地的时候,有没有想起来你脚底下踩着同胞的尸体?你就没想过,那些被你害死的人会来向你索命吗?"

王泉确实心虚,他顿时觉得身后像有鬼魅一般,寒意充斥着全身,更加拼命地扭动着身体。

为了尽早脱身,徐龙祥将全身的力气都汇在手上,王泉满脸紫黑,意识渐渐模糊,耳朵里飘来他在世上听到的最后一句话。

"自作孽,不可活。你到地下向那些被你害死的人赔罪吧!"

徐龙祥将没有呼吸的王泉轻手轻脚地摆了摆,让他的头朝向内侧的墙,又扯开被子给他盖上,就像是酒醉后熟睡的样子。之后,他从窗边翻出,确定日本兵还在大门口之后,从侧面翻墙离开了。这时已是凌晨两点,黑暗的天空透着微弱的星光,徐龙祥穿行在空无一人的巷子间,直到他安全地离开了梅城,才放下了悬着的心。

曦光透过薄薄的云彩映照着山峦,晨风携带着幽幽的花香轻抚着脸庞。徐龙祥步履轻松地走在回槎水的路上,解决了王泉,给天明大叔报了仇,自己终于了却了一桩心愿。

(三)

中午时分,坂井正在指挥部接着上级的电话,在王泉家看护的日本兵莽莽撞撞地闯进来:"司令官!"

坂井皱着眉头,不耐烦地挥了挥手,示意他等一会儿。士兵立刻噤声,退到一边低头等待着。

今天早晨王泉没有像往常一样准时出门去拜见坂井,站岗士兵进屋看了看,发现王泉还在睡觉。想到王泉昨晚烂醉如泥的样子,应该是酒劲还没过去,他就没有走近仔细探查。直到临近中午了,王泉还是没有动静,他这才进屋准备叫醒王泉。先是喊王泉几句,见他没反应,又推了王泉两把,这才看到王泉身体僵硬,脸色发黑,以及脖子上的勒痕。他当时就吓坏了,王泉在自己眼皮子底下被人暗杀,这是大大的失职,他连滚带爬地逃出王泉家,赶紧跑来向坂井汇报。

坂井那边放下电话,跟通信兵说:"上级命令我们即刻向太湖进军。传令下去,让黄埔的队伍发起最后的猛攻,迅速解决战斗,打开前往太湖的路!"

通信兵得到命令便给前线日军传了电报。坂井听着嘀嘀嗒嗒的打字声,轻蔑地笑了:"哼,中国军队,还是不行!"

坂井转身看到刚刚那个冒冒失失的士兵正在角落里低着头,便对他勾勾手:"你,有什么事?"

日本兵颤抖着声音:"回司令官,王泉君他……他昨晚被人杀了!"他断断续续地讲着昨夜和今早发生的事,坂井的脸色渐渐阴沉了下去。

"混蛋!共产党或是国民党就在你眼皮底下溜进了王泉家,并且杀了王泉。而你一点都没有察觉,连到底是谁干的都不知道。你这是大大的失职!大日本帝国的士兵怎么会犯这么低级的错误!"坂井拍着桌子怒喝道。

坂井冷眼看了看浑身哆嗦、双手颤抖的士兵,令他滚回去。坂井又关注起局势来,王泉嘛,死就死了,并不重要。不过在他眼皮子底下杀了自己的人,这是对他的羞辱。

徐龙祥正要回游击队,但又想到很久没回家了,便拐到上冲家里看看,却没想刚走到门外,就听见家里的哭声。

"爸,你怎么就这样丢下我们了?"

他快步冲向家里,只见家里有不少徐姓同族,姐姐、弟弟和妹妹在房里哭泣,父亲平躺在门板上,穿着黑色的寿衣,脸上盖着黄纸。徐龙祥简直不敢相信自己的眼睛,父亲才五十多岁,平常身体硬朗,怎么这么突然就过世了呢？

"大姐，爸怎么啦？爸这是怎么啦？"徐龙祥一边抽泣，一边跪行到父亲身边。

"爸……昨天被日本人杀了……今天一早被徐姓宗亲抬了回来。"徐竹花哽咽着说。片刻后她停了停，强压住心中的悲痛，想把这一切尽快地向弟弟解释清楚。

她叹了口气："爸最近这段时间一直在源潭做石匠活，前几日鬼子想修一条从安庆到武汉的路，四处抓石匠，源潭镇请爸做工的东家为了自保，就把爸供了出去。爸一听是给日本人干活，还是为了夺取武汉而修路，坚决不肯。日本人一怒，就把爸杀了，爸倒在了野外。好在那个东家良心还没让狗全吃了，知道自己对不起爸，偷偷找了两个徐姓宗亲把爸送了回来。爸身上全是子弹孔。"说着说着，徐竹花又啜泣了。

老石匠靠自己的手艺辛勤地干了一辈子，凭着精湛的技术和敞亮的性格赢得好口碑，他从来都是尽心尽力地满足东家的要求，再难的活也能完成。唯独这一次的开石修路，虽然干起来简单，但这是干活吗？这是卖国啊！他宁死也不做贪生怕死的卖国之人，被枪口指着仍不屈服，气急败坏的日本人连开数枪，让他客死异乡。

徐龙祥想起，爸以前告诫过自己不要掺和打仗和革命这种事，真的到了民族大义面前，爸却毫不含糊，气节如松。徐龙祥掀开盖在父亲脸上的黄纸，摸着爸的脸呜咽着："爸，你疼不疼？"男人的哭声虽低沉，却诉说着无尽的伤感，虽哽咽，却蕴藏了巨大的愤恨。

姐姐徐竹花起身走到弟弟身边搀扶起弟弟，轻轻握着弟弟胳膊，无声地安慰他，姐弟俩就这么守在父亲的身边互相安慰着。储境一直坐在房间的一个角落里，面无表情，一言不发，仿佛是一个陌路人。

夜深了，来吊唁的人们已经离去，正屋里只剩下徐龙祥和徐竹花还在为徐父守夜。暗黄的烛光在徐家屋子里跳动，徐洪波和徐荷香哭累了，坐在床踏板上睡着了，徐龙祥叫醒他们并让他们到前屋睡觉，自己仍然坐在父亲旁边添烧着黄纸。

当地这种丧事都由宗族办理，定好了明天下午出殡，明天上午有很多亲戚和宗亲前来吊唁,作为大儿子徐龙祥有很多事要做。看着疲惫的弟弟,徐竹花心疼地劝他:"龙祥,明天你还有很多事,现在你休息一会儿。"

"没事,姐,明天就见不到爸,我也没让爸过上好日子,让我最后陪陪他吧。"

徐龙祥过了一会儿又闷闷地说道:"爸让日本人害死了,天明大叔也让潜山城里的汉奸和日本人害死了。姐,我们不能坐以待毙,任由日本人为非作歹。"

徐竹花叹了口气:"是啊,日本人十分猖狂,搅得我们这些平头百姓没有安生的日子过。"

父亲的死对全家来说太突然,一家人悲痛欲绝。而他在做的事随时都有牺牲的可能,或许早点告诉姐姐,让她做好心理准备,那一天真到来时就不会像天塌了一样。徐龙祥抬头看着姐姐,决定跟她透露自己早已带领潜山游击队抗日的事。

"姐姐,爸和大叔都是被日本人害死的。为了家为了国,我们得和日本人干到底,姐,跟你说实话吧,我已经在黄柏游击队了。"

徐竹花先是一愣,随后急切地低声追问:"你什么时候进了游击队?打仗会死人的,我们家不能再有人出事了!"

"不打仗也会死人的。"徐龙祥的一句话令徐竹花无法反驳。

徐龙祥摁着姐姐的肩让她坐在凳子上,然后蹲下来真诚地看着姐姐的眼睛,耐心地劝慰:"姐,我知道你是担心我。但是,爸的事情告诉我们,日军都是一帮冷血畜生,杀人不眨眼,他们根本不把我们中国人当人看。屈服忍让都没用,只有把他们打服,打得他们滚回老家。战场上需要我这样年轻力壮的,多一个人加入抗日队伍,就能早一天把日本鬼子赶跑,大伙才有安生的日子过,才能让洪波、荷香这样的孩子们平安长大。"

道理徐竹花都懂,只是她刚失去了父亲,又害怕某天失去弟弟。看着徐龙祥如此认真,态度坚决,徐竹花的心里生出一丝对弟弟的敬佩。她想,自己能做的只有照顾好家,让弟弟没有后顾之忧,放手战斗。

"好吧,我知道拦不住你,不过上了战场千万要小心。家里你放心,有我呢。你一定记着,我跟弟弟妹妹等你回来。"

第二天下午,徐家将徐父下了葬。徐龙祥在徐父墓前磕了几个头,然后小心翼翼地用袖子轻擦去墓碑上的灰尘,又将墓前被风吹乱的黄纸余烬清理干净。送走了父亲,徐龙祥准备回游击队。

"姐,我得走了,家里就拜托你了。"徐龙祥握着徐竹花的手说。

徐洪波和徐荷香也依依不舍地看着哥哥。

"快走吧,家里不用惦记。"徐竹花知道弟弟要去做一件了不起的事,纵使满眼不舍,也要让弟弟放心离开。

这时,一直站在后面的储境走了过来,略带不满地问:"听说天明大叔也死了,你不在家里待着,还回去做什么?"

徐龙祥一直不太亲近储境,储境做了副镇长以后表现出对财权的热衷,让徐龙祥更加无法认同,但储境身上还有三分文化人的傲气,徐龙祥觉得他是有底线的,国仇当前,对日本人卑躬屈膝的事储境不会做。徐龙祥想,自己在游击队的事也不用瞒他了,省得以后被他察觉到了说自己防着他,给姐姐添麻烦。

"天明大叔和爸都是让日本人害死的,我要去黄柏,跟着抗日队伍干。姐夫,家里以后就要劳烦你跟姐姐了。"徐龙祥毫不避讳地跟储境提起自己参加了抗日。

"你要去打日本人?不错,有志向。"储境略有惊讶,转念一想,这也不奇怪,毕竟日本人杀了两个对徐龙祥来说十分重要的人。储境对救国之事是支持的,但他自从进了国民党的阵营,就对共产党非常不满,便暗示徐龙祥:"不过,抗日组织不止一个,可别站错了队,留下后患。"

"不管什么组织,都是打日本人的。"徐龙祥却并不接他的腔,只淡淡地说道。

徐龙祥归队后不久,日军就开始进攻太湖县城,步兵联队、炮兵联队和空中联队齐上阵,第二十一军第一三八师步兵炮兵协同还击,重伤日军,但最终未能成功阻击。1938年7月底,太湖县城及周边地区失守,第一三八军伤亡严重,向英山撤退。

日军占领太湖后,继续兵分两路向湖北黄梅县城、安徽宿松县城挺进,于8月初接连攻克二城。之后的一段时间里,日军待在黄梅休整,战争前线转移到皖西南鄂西,安庆潜山一带成了战略后方。

（四）

  日军第六师团的大部分队伍到了黄梅,为了给前线运送物资,他们形成了安庆至黄梅补给线。这时,安徽境内安庆、太湖、宿松等地还有少量日军留守,国民党第二十一集团军廖磊部南移至太湖、宿松,奉命加强两地兵力,并不断骚扰日军的补给线。渐渐地,从安庆运到黄梅的补给越来越少,每次运送需要的时间也越来越长,黄梅的日军物资供应不足。

  8月下旬,日军受不了中国军队频繁的打击,放弃了安庆至黄梅的陆上补给线,改用长江小池口进行水上补给。共产党与国民党的队伍察觉到敌人陷入疲态,便在安庆、太湖、宿松周围集结队伍,准备择机反攻,收复城池。

  在黄柏山区,徐龙祥接到了新四军领导的指示,正同黄柏游击队队长商议战事。

  "第二十六集团军第一九九师正在赶往潜山,近日就要反攻,高司令让我们游击队配合行动。"黄柏游击队指挥部里响起徐龙祥洪亮的声音。

  "好！我们这就集合队伍,做好准备。"队长立刻就要拉着徐龙祥出去整顿队伍。

  "队长,队里的事你负责就行,我还得去油坊街一趟,给自卫大队送封信。国民党军队各部调动频繁,由于自卫大队现在在黄柏山区,新来的这支队伍还不知道怎么联系自卫大队,就托高司令将调令一起发过来了。"徐龙祥说。

  "行,那你一路小心。"队长叮嘱两句就去整顿队伍了。

  徐龙祥来到槎水镇政府找储来高时,储境恰好也刚到这里。两人在这个场合相见,徐龙祥不稀奇,他知道储境肯定不会放过储来高这棵大树。储境倒是很惊讶,连忙问:"你怎么在这里？"

  徐龙祥对他微微点头:"我来给储大队长送信。"说完,徐龙祥不再看他,转身对储来高说:"储大队长,第二十六集团军第一九九师要到潜山的消息你们知道了吗？"

储来高苦笑着摇摇头:"潜山沦陷以来,守军撤离,我们就跟他们失去了联系。"

　　"这个是调令,因一时不知如何跟储大队长联系,就发到了我们手上。"徐龙祥将信件递给他。

　　"来得正好,兄弟们都等着呢!自卫大队在槎水两个多月了,伤兵养得差不多了,队伍也恢复了战斗力。抢回潜山我们自卫大队一定当仁不让。"

　　储来高看完了调令,抬头说道:"多谢徐队长帮忙带来消息。"

　　徐龙祥摆摆手:"举手之劳,既然信送到了,那我也该回去准备行动了。"

　　"好,任务在身,我就不留徐队长了。"储来高跟徐龙祥客气了两句。

　　"储大队长留步。"徐龙祥向他辞别,顿了顿,又跟储境说,"姐夫,我走了。"

　　储来高好像听到了徐龙祥对储境的称呼,心里稍微惊讶了一番。他看着徐龙祥离去的背影,问储境:"你们认识?"

　　储境刚刚一直在思考徐龙祥为什么会到这里,虽然没弄明白他和储来高是什么关系,但看起来储来高对徐龙祥很客气,说不定以后储来高会卖徐龙祥几分面子,对自己多加提拔。储境便装作刚回神的样子说:"哦,他是我的妻弟,我看着他长大的。"说着说着,他又将手里一直提着的纸包放到桌子上。这是送给储来高的东西,刚刚被徐龙祥一打岔,还没来得及放下。

　　储来高这次的注意力不在储境送来的东西上,他望着门外若有所思地点了点头后,便开始做反攻的准备工作。

　　第二天晚上,国民党军队看准时机,准备在次日凌晨向潜山日军出击。徐龙祥得到消息后,连夜出发赶到县城外,与第一九九师会合,一起攻打县城,其余人分散到周边乡镇上作战。

　　游击队和国民党军队的一个营来到凤凰山北侧,只要占了凤凰山,就可直接俯视梅城北侧。日本人当初宁可在这里折损大量兵力,也要冒险夺得此要地,可见凤凰山有多重要。

　　天还没亮,凤凰山哨亭上日军的火把还在跳动闪耀。营长带着侦察连,与游击队一起趴在山下一里外的草丛里,仔细观察着前面的情况。一队日本巡逻兵在半山腰严阵以待,森林茂密,看不到里面的情况,也不知日军有多少兵力藏在里面,不能贸然进攻。

"妈的,这地方不好攻啊。"营长放下望远镜愤懑地骂道。

徐龙祥在一旁听着营长骂骂咧咧的,扑哧一声笑了出来,他小声地对营长说:"营长,你别着急,正面确实不好攻。你往右边山上看,从山底往上,是不是只有稀稀拉拉的几棵树。"营长狐疑地瞧了他一眼,又抓过来望远镜向徐龙祥说的地方看过去。

"看到了,怎么?那里有路?"营长问道。

徐龙祥说:"那边没有路,但能上山,我以前走过。凤凰山两边山势陡峭,一般人从两边爬不上去。只有那个地方怪石丛生,有不少落脚点,脚力好的能爬上去。我们游击队大部分都是山里的孩子,这山应该能爬上去。"

"不错不错,那就有劳你们游击队从右侧爬上去,择准时机发信号弹,我带队从正面进攻。"营长咧开嘴,将望远镜随手递给旁边的士兵就去组织进攻了。

于是,徐龙祥和队长带着游击队弓着腰,借着草丛的掩护向凤凰山右侧的山上移动。徐龙祥说的这条路确实陡峭,游击队爬上去都费了一番劲,有几个人没踩稳险些掉下山。

登到可以稍微落脚的平台后,队长对徐龙祥说:"龙祥,里面的情况不熟,我们不能全部进入,要分两队,一队突入,另一队在这等待信号从内向外帮助国民党军队正面攻入。"

"好,队长,我对里面的路比较熟悉,我带队突入,你带另一队接应他们正面进攻。"徐龙祥说完带了五十多人消失在夜色中。他们找到了日军的军营,隐蔽地绕到军营后方的山坡上。徐龙祥首先对天空发了一枚信号弹,迅速让大家向日军营中扔手榴弹。

只见一道亮光滑向天空,轰——轰——

突然间轰鸣声响起,震耳欲聋,手榴弹落在地上,像一朵朵炸开的花。山林里响起了日军的喊声,手拿枪支的日军鱼贯而出。

须臾,山下的正面,国民党军队也在猛烈进攻。冲出的日军迅速兵分两路,一百多日军冲向山下支援正面,五十多日军应对后方的徐龙祥。一时间,山上山下,枪声如雷。徐龙祥从后方袭击,国民党军队从正面进攻,队长从侧翼协助国民党军队正面进攻。

　　国民党军队和游击队密切配合，一会儿的工夫，就将鬼子打得四处逃散。约半小时，游击队也冲上了山，两面夹击，最后五十多日军从后方溃逃到潜山县城。

　　突然，一个游击队员跌跌撞撞地跑过来，抓住徐龙祥的胳膊，语气哽咽着说："队长牺牲了。"

　　徐龙祥极为震惊："队长？"

　　徐龙祥跑向抬着队长的担架，队长浑身被血水渗透，身上的衣服已经破碎，徐龙祥颤抖着掀开他脸上的白布，熟悉的脸庞映入眼帘。徐龙祥的眼角发酸，泪如雨下，和队长过去一起奋斗的一幕幕历历在目，一起并肩战斗的场景涌入脑海，悲痛渗入心髓、融入血脉。

　　同在这个时间，自卫大队、野寨游击队从梅城西面、梅城东面发起了收复潜山的战斗，战斗持续了约三个小时。

　　自此潜山收复，残余日军败退至安庆。

　　潜山百废待兴，吴邸宪重回县城后，召集全县大小官员开了一场会，安排接下来的工作，储境和储来高都来参加了。也就在这次会议期间，吴邸宪和储来高商议将槎水镇副镇长储境调到自卫大队，升任第一支队队长。

　　原来，王泉叛变后，自卫大队第一支队队长的位子一直空缺。储来高结识储境之后，一直想让他来当这个支队长。一是因为储境学识渊博，又做过官，虽然官职不大，但也是在官场上浸染过的，以后很多事情办起来得心应手。更为重要的一点，那就是储境是徐龙祥的姐夫。这支共产党游击队的本事储来高是见过的，打起仗来个个都不怕死，对自己的组织也十分忠诚。如果有了储境，他手里就多了一条牵制徐龙祥的绳索。

　　会后，储来高带储境回到自卫大队。

　　"储队长，祝贺你啊！"储来高面带笑容地恭贺储境。

　　储境十分得意，但又不能太过显露，便拱起双手向储来高作揖："谢谢储大队长提拔，以前我做的是文官，武官没有做过，以后还得大队长多多指导。"

　　"这个你不用担心，日本人一时半会儿不会回来，你趁机练练，会开几枪就够了。你是支队长,有文化,懂策略就行。以后,只要你我一条心,合我们两人之力,仕途必然青云直上啊。"储来高一边安抚储境,一边给他画下蓝图。

"自然,自然,以后我绝对听从储大队长的,您就是我的恩人!"储境自然是趁机向储来高表忠心。

潜山危机解除,国民党县政府安定下来后,军队便退出了潜山。新四军的地方部署也有所调整。

（五）

一日,老张受新四军军部的委派就潜山未来的工作计划和徐龙祥对接,新的对接点是杨山德在梅城开设的一个药铺。两人谈完工作后决定去裁缝铺清理物品,这也意味着裁缝铺彻底关闭了。

自从徐天明牺牲、老张调入军部后,裁缝铺已经许久没有开过门了,店门的锁被砸坏了,锁旁边的那块门板被砸开倒向了铺内,木板上已经积了一层厚厚的灰尘。晨光中,徐龙祥和老张将门板一块一块地撤下来,靠在墙上,就像以前无数个早晨一样,只是此时灰尘随着他们的动作飞舞着。阳光一点一点照进屋子里,驱逐了阴霾,微尘飞扬在光束里,打着转,仿佛欢迎着主人们的到来。

他们用手扇了扇眼前的灰,等眼睛稍稍适应屋内的环境后走进屋内,一股潮湿的气息直扑鼻子。店内乱糟糟的,这是被日军搜刮过的,一楼原有的布匹全被日军拿走了。看着残乱的景象,两人心里充满感慨,转而向楼上走去。

二楼也没能逃过日本人的糟蹋,桌子椅子已经被砸坏,待客厅里的书柜也翻倒在地,一片狼藉。看着眼前熟悉的地方,往日生活的场景像画卷一样在徐龙祥的脑子里徐徐展开。这一方小院,是他曾经的港湾,是他奋斗的起点。然而,那些和天明大叔、张伯、江林在一起的记忆,藏在他心底最柔软的地方。

"张伯,江林哥牺牲的时候,我一遍一遍地告诉自己要为他报仇,要记着仇人是国民党。天明大叔牺牲后,我的仇人又变成了日本人。这两天我一直在想,他们的命该向谁去讨要,王泉已经被我杀了,可国民党现在成了我们的盟友。"徐龙祥将心里的纠结不解和盘托出。

"经历了这么多,你想明白了吗？我们的敌人和朋友不是一成不变的,只要与我们的目标一致,就算他们之前对我们做出过过分的事情,我们也要不计前嫌,跟他们一起战斗。"老张慈祥地看着徐龙祥说道。

"嗯,我懂了,团结一切能团结的力量,为中国人有尊严地活着而战斗。天明大叔和江林哥是伟大的,我会永远记得。"徐龙祥在老张的疏导下想通了,坚定地说。

老张拍了拍他的肩膀,柔声说道:"龙祥,你能这么想,说明你成熟了。我们不是对执政者不满就要将他们拉下来,而是要进行一场彻彻底底的革命,推翻吃人的旧世界,重建人人平等的新世界,赶走一切阻碍者和侵略者。革命总是要流血,每个革命者都可能随时牺牲,敌人能带走我们的肉体,但永远带不走我们的灵魂。"

两人合力扶起书柜,沉默地清理着地上已经被踩得破破烂烂的书籍,将它们整整齐齐地码好,这些都是徐天明平时爱看的书。

"张伯,这是我的入党申请书,我想入党。"片刻安静之后,徐龙祥从口袋里掏出两封叠得整整齐齐的信,轻轻展开,抚平折痕,将其中一封递到老张手里。

老张看着他,眼角渐渐浮起笑意,转身从行李中拿出一封信。牛皮纸做成的信封上什么都没写,老张将信递给徐龙祥,扬了扬头示意他打开信封。徐龙祥拆开一看,里面居然是天明大叔给自己写的入党推荐信。

"你大叔早就写好了,日本人还没来的时候他就把信交给了我。"老张说。

徐龙祥按住自己的胸口,天明大叔总是为他考虑,他却连天明大叔最后一面都没见到。他惊讶地看着老张:"可是天明大叔从来没跟我说过。"

"他特意叮嘱我,不要提前透露给你。要等你自己提出入党后再给你。他说,他希望你是真正理解了共产主义,主动加入,而不是被私人情感裹挟和影响。"老张向徐龙祥说明了徐天明的一片苦心。

徐龙祥看着天明大叔遒劲有力的字迹,心里默默地想,天明大叔,你放心吧,我一定不会辜负你的信任和期望。

徐龙祥的手里拿着刚刚掏出的另一张信纸,上面的字已经被大片大片泛黑的血迹遮住,几乎看不清楚。他用手轻轻抚摸着黑色血迹,眼睛湿润了,他轻声说:"这个,是江林哥的。"

老张看着纸上泛黑的血迹和已经空荡的裁缝店,心中满是伤感:"老徐和江林走了,我也离开这儿了。记得你刚来的时候才到我肩膀,现在都超过我了。你现在已经成长为一名出色的战士,龙祥,你要保重,我们相信,凭你的聪明和热血,以后也一定是一名出色的中国共产党党员。"

接着,两个人一番忙碌,将店里的东西归置整齐,将被砸坏的东西清理出去。虽然马上要离开了,但这里曾经是他们共同的家,恢复不了过去的样子,也要打扫得干干净净。

老张将一张摇摇晃晃的木椅子搬到门口,他扶着椅背,徐龙祥站了上去。徐龙祥手中拿着一支木棍,将裁缝店被砸烂的招牌小心翼翼地卸了下来,用手轻轻地抹了抹被砸坏的伤痕。徐龙祥深知,卸下的是记忆和温暖,抚摸的是伤痛和哀思。

随后,他们上到二楼,整理自己的行李。徐龙祥将桌子上的茶壶和茶杯拎起来,擦了擦上面的灰,转身向楼下走去。老张看着他的背影,欣慰地点了点头,看着窗外的蓝天说:"老徐,你放心吧,他真的长大了。"

不一会儿,徐龙祥又拎着东西上来。他深深地吸了一口气,提起茶壶将老张和自己的茶杯满上,双手端起茶杯举过胸前,目光真挚地看着老张说:"张伯,今天我以茶代酒,祝您平平安安。我们都要活到胜利的那天。"

老张听了十分动容,重重地点头:"好,说好了,胜利的那天再相见。"

两人一饮而尽,相视而笑。随后他们锁上了裁缝铺的门,回到了各自的岗位。

几个月后,中共潜山县委批准徐龙祥为中国共产党党员。梦寐以求的这一天终于来到了,徐龙祥的心情甭提有多么激动和喜悦了。江林、天明大叔、老张、游击队队长都是他的榜样,他长久地怀有一个炽烈的愿望,就是渴望自己真正成为中国共产党的一员,今天这个梦想终于实现了。这是奋斗的新起点,这是革命的新征程,这意味着对忠诚的坚守,这意味着对信念的矢志不渝。

根据抗日最新形势,潜山县抗敌后援会成立了三个区动委会,其中黄柏区动委会是最大也是最重要的一个,在黄柏游击队众人的推举下,徐龙祥担任黄柏区动委会副主任。

又过了一段时间,随新四军挺进团扩大抗日根据地的钟大湖来到了潜山,根据高司令的指示,以后徐龙祥的情报工作直接与钟大湖对接。一天中午,徐龙祥来到中共潜山县委,拜访了这位今后的直接领导。

潜怀边区抗日游击大队大队长汪祝媚带着徐龙祥来到钟大湖的房间,房门正开着,他敲了敲门,对里面说:"钟书记,负责我们县情报工作的徐龙祥同志来拜访您,他也是黄柏游击队副队长,向您汇报工作。"

"进来吧!"雄浑有力的声音从里面传来。汪祝媚示意徐龙祥进去,徐龙祥走进房间,看到一个身材中等、双眼有神的男人坐在书桌前整理东西,看起来二十出头,跟自己年纪差不多。

那个人正是钟大湖,他微笑着对徐龙祥说:"徐队长,你自己找地方坐啊,我也刚来,这些文件太多了,我整理一下,马上就好。"

钟大湖说话干脆利落,也并不端架子,一看就是个豪爽之人。徐龙祥悄悄观察着他,只见他脸型圆润,眉毛浓密,眉目间开阔明朗,此时嘴角微微抿着,手上迅速地整理着文件。"钟书记,要不要我帮您?"徐龙祥问。

"不用,不用,我自己放吧,这样以后找起来的时候方便。"

钟大湖果然很快就忙完了,他走到桌前,倒了两杯水,一杯递给徐龙祥,另一杯自己拿起来一饮而尽。

"徐队长,以后我们就要共事了,我初来乍到,对这里的情况还不熟悉,还要请你多多帮助。"钟大湖笑着说。

"钟书记,您有需要我的地方,我一定全力以赴。以后也请您多指点。"徐龙祥微笑着回答。

"都是自己的同志,你客气了。来,你先跟我说一下潜山的情报工作现状,还有黄柏游击队的情况。"钟大湖直奔主题。

徐龙祥觉得这个领导不喜欢虚头巴脑的东西,与他很是合得来,加上做事也干脆利落,看来以后的工作两人应该能好好地配合。徐龙祥向钟大湖介绍着潜山的情况,两人讨论着,不知不觉,半天过去了,外面天都黑了。

讨论结束后,钟大湖看向窗外,一拍脑袋:"呀!天都黑了!徐队长,今天我们一起吃顿晚饭,吃完再走。"

徐龙祥笑着说:"本来应该跟您吃顿饭,为您接风的,可今天实在不巧,队里今晚有事,我来之前跟他们说好了,战友们都在山里等我回去呢。"

钟大湖突然想起,黄柏游击队队长牺牲后,一直是徐龙祥代理全队事务。黄柏游击队队长当初是新四军方面调过来的,也是党员,徐龙祥长期担任他的副手,非常熟悉黄柏游击队的情况。现在为了更好地开展工作,需要徐龙祥同志接下这个重担了。

"徐队长,你一直代为管理黄柏游击队,我听说大家对你都很认可,你现在又是我党一员。徐龙祥同志,我正式任命你为中共潜山黄柏游击队队长,负责黄柏游击队的一切事务。"

"是!谢谢钟书记的信任!"徐龙祥站起来敬了个礼,严肃地回答。

从此,徐龙祥正式带领黄柏游击队,战斗在潜山这片土地上,书写下可歌可泣的篇章。

第八章

（一）

武汉会战之后，日军兵力折损严重，日本国内的资源也因为支撑这场浩大持久的战争渐至枯竭，军费吃紧。在这种形势下，日军在鄂豫皖地区转变了战术，逐渐将主要精力放在政治诱降上，以期减少大规模作战。一年多以来，皖西南地区没有发生大规模战役，倒经常有小股日军四处骚扰。同时在日军的引诱下，国民党政府内部逐渐出现一些消极抗战的声音，并频繁挑起与共产党的争端，实施了一系列反共行动。时任安徽省政府主席的李品仙大肆推行反共政策，残忍迫害共产党员，安徽境内部分派系的国民党顽固派军队大举进攻新四军，新四军被迫反击。

自1939年以来，桂系第四十八军在大别山地区与日军展开拉锯战，着力于破坏日军交通运输线。其中第一七六师在省府安庆地区驻守，并派出第五二六团等先头部队在长江以北的潜山、怀宁、太湖一线布防。第一七六师是国民党军队中综合素质和战斗能力十分突出的主力部队，纪律严明，训练有素，在抗日战场上勇猛歼敌，沉重打击了安庆地区的侵华日军，立下了赫赫战功。新四军第四支队在敌后战场上积极配合第一七六师，双方关系较为融洽。进入下半年后，第一七六师被编入第五战区右翼集团军，在反共高层的指挥下，逐渐变成在鄂豫皖边区打击共产党的主要力量。

内忧外患之下，徐龙祥带领的黄柏游击队一边配合第一七六师抗日，一边与其周旋。日军到潜山周围时，游击队就巧借地形从侧面或者后面牵制，第五二六团派兵从正面迎击，双方心照不宣地打着配合战。日军一被击退，游击队立刻回黄柏山区，不给第五二六团过来打压自己的机会。第五二六团本来就跟游击队一起打过鬼子，在高层没有下达彻底清除共党的死命令前，他们也不想对游击队痛下杀手。因此，黄柏游击队跟第五二六团之间还算相安无事。

进入1940年后，国内形势变化，黄柏游击队的日常任务也发生了很大变化。原先战士们每天的重点就是训练，提高作战能力。现在国民党反共的苗头又冒出来了。对待内战，共产党的队伍不仅要会打仗，而且要思想坚定，因此党组织要求各游击队加强政治学习。9月初的一个晚上，徐龙祥正带着大家学习《论持久战》，游击队的赵小虎和刘存庚气喘吁吁地闯了进来。

"你们两个怎么这么快就回来了？"徐龙祥看着喘着粗气的他们问道。

赵小虎和刘存庚在队里年纪小，一个擅长投掷，一个擅长射击，平时训练很起劲，但一到政治学习就坐不住，队员们拿他们当弟弟看，一般都睁一只眼闭一只眼。这不今天队里一名游击队员被派去源潭镇买货品，早上徐龙祥正好通知了大家今晚学习，他们俩找准机会，积极主动地要替那名游击队员跑腿。两人上午出发，按说应该再晚两个小时才能回来。

"队长……队长，日军……日军朝黄柏这边过来了！"赵小虎跑得满脸通红，扶着门框喘着粗气。

"怎么回事？"徐龙祥一听与日军有关，把《论持久战》放在桌上，立刻站了起来。

"我们还没到源潭镇，就遇到几个逃难的。据他们说，棋盘乡那边来了一队日本兵，有二十多个人。他们在棋盘抓了人带路，要来黄柏。我们接到消息后就赶回来了，队长，日军可能很快就要到了。"刘存庚更稳重一点，他看向徐龙祥，面色凝重地说着自己的见闻。

徐龙祥抬头看着门外的大山沉思，一年多来，日军一直知道游击队在黄柏山区活动，但黄柏地形复杂，山路崎岖不平，日军一般是不敢轻易闯入的。这次日军派了一个小队过来，有点反常，恐怕他们的真实意图并不在黄柏。不过，当务之急是先将这些日军拦下，之后再跟县城那边和新四军汇报情况吧。想到这里，徐龙祥抬起头对大家说："日军从棋盘过来，一定会走龙井关，那我们就在龙井关设埋伏，打他们一个措手不及。大家马上拿上武器，十分钟后集合出发！"

龙井关两侧高峰耸立，一道二十余米的瀑布在关口处从天而降，关口狭窄的通道便是瀑布西侧半山腰上凿出来的约两米宽的小路。春有映山红，夏有栗子花,秋有红枫叶,冬有白玉兰,这里风景秀丽,山势陡峭,易守难攻。关口之内便是黄柏山区的八个乡镇,龙井关就是通往黄柏山区的大门。黄柏游击队来到龙井关后,埋伏在龙井关关口西侧通道的上方。

龙井关关口西侧通道

10月的深夜寒气升起,游击队藏在石块后面,不由自主地打着寒战。他们盯着下方,耐心地等待着敌人上钩。终于,黑暗中出现几点亮光,闪烁着向前移动,那正是日军的手电筒。

"全体警戒做好准备,日军来了。"徐龙祥一边通过望远镜观察远处的情况,一边吩咐大家准备战斗。

亮光离关口越来越近,虽是在夜色里,徐龙祥已经能看清他们的身影。走在最前方的带路人五十余岁,一身粗布衣服,走起山路来十分轻盈,一看就是中国农民,只是他时不时地侧身偷看身后的日本鬼子,步伐中充满着犹豫。一个日本兵不耐烦地叫骂着,上前推了他几把,又冲他亮了亮枪,示意他不要磨蹭,赶紧带路。

"就二十多个人,制服他们很简单,等他们到了关口就能狠狠地给他们一击。大家一会儿记得避开带路的老百姓,别误伤了他。"徐龙祥低声地叮嘱。

　　一行人逼近了关口。徐龙祥看准时机,瞄准队尾的日本兵开了枪,日本兵应声倒下。游击队的其他人听到攻击的枪声信号,有人向鬼子射击,有人向山下翻滚石头。山谷中的日本鬼子被突如其来的枪声惊得乱了阵脚,又加上是黑夜,慌忙中乱作一团。

　　"混蛋!这么晚了怎么还会有中国军队!"带队的日本兵将身体紧靠山壁躲着子弹和石头,嘴里骂骂咧咧的。

　　带路的人十分机灵,一看场面混乱,就躬身快速跳入灌木丛中,消失在茫茫的夜色之中。带队的日本兵没想到带路人竟然敢在眼皮子底下逃跑,想着他们对山区道路不熟,又是黑夜,急忙下令撤退。正在他转身挥手呼喊撤退时,一枪击中他胸部,应声倒下。游击队巧借陡峭的山势隐藏自己,日军根本看不清游击队的位置,像无头苍蝇一样在狭窄的通道上乱窜,只顾得躲避游击队的攻击。片刻工夫,敌人已经倒下了一半,剩下约十个人逃离龙井关。

　　"队长,这几个鬼子,不追吗?"赵小虎看到日本鬼子逃了,刚要起身冲上去,就被徐龙祥摁住了,他不解地问道。

　　"日本鬼子明知冒险也要到黄柏,我怀疑后面他们有大行动。给他们留几个活口回去送信,看看他们从哪儿来的,究竟要做什么。"徐龙祥一边解释,一边拍了拍赵小虎的肩说,"虎子,你和刘存庚腿脚快又机灵,跟在他们后面探探情况,一定记着,别暴露了。"赵小虎点点头,不一会儿就和刘存庚消失在夜色中。

　　打跑了日本鬼子,带路人也从河道上方的灌木丛中小心翼翼地爬了出来。他看到徐龙祥正在指挥大家清扫战场,走上前来就磕头。

　　他感激地说:"谢谢长官,你们救了我的命啊!"

　　徐龙祥赶紧扶起他,说:"快起来,老乡,打日本鬼子是我们应该做的。"

　　带路人看了看徐龙祥他们的装扮,便问道:"你们是共产党的游击队吧?"

　　徐龙祥笑着点了点头:"是啊。你今天受了惊吓,夜深了,赶快回家吧,免得让家里人担心。"

"共产党都是好人啊,今天要不是你们,我必定死在日本鬼子手里。我是个小货郎,在去乡村卖小货的路上被他们抓住,让我领他们来黄柏,还问我最近有没有看到共产党的游击队,我觉得他们像是冲你们来的,你们要当心啊。"一番感谢和叮嘱之后,带路的人离开了龙井关,游击队也顺利回到了黄柏山区的驻地。

三日之后,赵小虎他们回来了。他们从龙井关尾随落荒而逃的日军,先是到了源潭,接着又一路追到了安庆,看到日军进了安庆城。

原来,这队日军是安庆派出的,徐龙祥仔细琢磨着日本鬼子的目的。自从日本鬼子占领武汉后,安庆成为他们的大后方,持续不断地向日军供应物资。新四军在长江沿线频繁破坏日军供给线,给日军带来了极大的不便。结合带路的人所说,他们这次要到黄柏,又打听游击队,看样子是确保潜山段的陆上运输线安全。游击队这次阻止了日军进入黄柏山区的计划,日军一定不会善罢甘休。

(二)

果然,不出徐龙祥所料,十多天后,日本侵略军第一一六师团趁国民党军第一七六师换防之际,出动两千多人攻打潜山县城。潜山县城的守军寡不敌众,退到了野人寨。第五二六团团长莫敌对此十分不甘心,带着队伍在野人寨稍作休整之后,决定第二天反击夺城,潜山游击大队根据上级指令也加入了夺城战斗。

"大家应该都听说了,昨天日军又进了梅城。今天第五二六团要发动反攻,潜山游击大队全体参战,汪祝媚大队长安排黄柏游击队在梅城北门外配合作战。"晨光刚刚洒向大地,黄柏游击队全体人员已在练兵场上持枪站立,认真听徐龙祥安排着任务。

徐龙祥站在一块石头上面对着大家,金色的阳光照在他脸上,映得他的双眼格外明亮。他洪亮的声音回荡在山间:"两年前的事情你们应该还记得,鬼子第一次占领梅城后,他们踏遍整个潜山,随意杀害我们的乡亲,我们队里有些人的父母兄弟就死在鬼子的屠刀下。我们和鬼子有血海深仇、不共戴天！这次就算跟他们死拼到底,也要把梅城夺回来!"

"死拼到底!"大家纷纷高喊回应着,挥舞着手中的枪支和拳头,每个人的脸上都流露出坚定的神色。

黄柏游击队伴着朝霞踏上了征程。快到梅城北大门时,徐龙祥远远地看见在北门外做好进攻准备的第五二六团,便回身示意大家停下。

大家疑惑地互相看着,停下了。赵小虎正好在队伍前头,他不解地问道:"队长,不是要打鬼子吗?怎么不走了?"

"我们是要打鬼子,也要配合国民党的军队。但是现在跟以前不一样了,他们对我们的敌视态度越来越严重,甚至已经在皖东那边频繁骚扰新四军,我们这里虽然没那么严重,但对他们还是不能掉以轻心。共同对敌时绝不含糊,但也得保护好自己,离他们稍微远点,省得他们打完日军以后回头咬我们一口。"经过这么一番解释,大家恍然大悟,便按照徐龙祥所说,将防线设在了国民党军队北侧,游击队员们心里又对徐龙祥这个队长多了一丝钦佩。

第五二六团团长莫敌率兵围在梅城北侧、西侧和南侧三个方向,野寨游击队、油坝游击队和潜山县自卫大队在西侧和南侧助攻,特意在东边给鬼子留了一道口子。梅城东边过了河以后有路通向怀宁和安庆,其中,靠近梅城的一段路蜿蜒在地势较缓的丘陵上,莫敌团长看上了这段路便于追击的特点,便想将日军引到这里来消灭,避免梅城内的无辜百姓遭受战火。

"咚咚咚——"接连几声沉闷的轰响在梅城外响起,这正是第五二六团向城内发射的炮弹声,也是进攻的信号。炮弹声刚停息,第五二六团就从三个方向扑向梅城,官兵们嘶吼着,攻势如潮。

黄柏游击队时刻注意着前面国民党军队的动向,他们向城内一冲锋,徐龙祥立刻带队跟上,做好策应和后援。日军在章法山和彭岭的几个丘陵高点处设有大炮和机关枪。国民党军队攻势虽猛,却被枪炮阻挡难以前进,局面一度僵持。

"看样子日军控制了要点,火力太猛,国民党军队一时进不去啊。"徐龙祥低声和旁边的队员们说道。

"一直僵在这里也不是办法,别光看热闹了,该我们上了。"徐龙祥思考了一会儿,似乎心中已经有了破局之计。日军现在正专注地与国民党军队对峙,其他位置的布防应该会弱很多。之前来梅城刺杀王泉时,储来高的人就是带他从北面的小道里进城的,当时那条路徐龙祥还记得,可以带队从那里突破,一定会让日军措手不及,等日军分心过来对付游击队时,国民党军队就能快速攻入城内。

徐龙祥带着游击队悄悄向东前进,按照上次的路线,七拐八拐地潜入城内。果然,这里的日军较少。黄柏游击队在城边纵横交错的小巷子里敏捷地移动着,轻松地干掉了周围的日本兵,接着,他们又悄悄地朝章法山方向移动了一点,故意制造出激烈的动静,让日军误以为梅城东北侧已经失守。

"长官!中国军队从东北面突击进来了!"一个从黄柏游击队手中逃出来的日本兵匆匆赶到章法山守兵处请求调兵支援。

"混蛋!你们怎么守的!"日军指挥官怒骂,甩了日本兵一巴掌,日本兵直挺挺地站着,不敢动也不敢反驳。

日军指挥官看了看前方中国官兵,调走部分兵力的话恐怕他们很快就能攻破这个据点,但放任不管的话,那支闯进城的中国军队就会从侧面袭击,到时自己会陷入腹背受敌的困境。他暴躁地揪住来报信的日本兵的衣领,咬着牙喊道:"混蛋!给你一队人,这是最后一次,带着分队的人把东北面守住!必须阻止中国军队,不然你们也不用回来了!"

"是!长官!"日本兵连连应诺,带着几十人的小队,向黄柏游击队所在的方向前进。

被黄柏游击队分走一部分兵力后,章法山的日军战斗力下降。"通信兵!向师团发报,速调援兵!"日军指挥官感到了危机,向安庆请求支援。

莫敌团长自然也察觉到这一点,赶紧抓住机会狠狠地攻城。与此同时,莫敌团长也注意到了梅城东北方传来的枪声,仔细回想自己的部署,在那里并没有安设部队,便叫来侦察兵,让他去看看那边谁在打。

不一会儿,侦察兵回来了,凑在莫敌团长耳边大喊:"团长,是共产党的游击队!他们已经进了城,正和鬼子周旋!"

"哦?原来是他们帮了我们。看来还真不能小瞧了这些游击队。"莫敌饶有兴致地看向远方。片刻之后,他盯着章法山据点,对通信兵说:"做好准备,准备强攻!"

突然间枪炮声更响,莫敌带领第五二六团冲破日军的防线,打进梅城,日军被逼得连连后退,从梅城东门仓皇撤出,向怀宁三桥方向逃窜。

在梅城东北面,黄柏游击队已经击毙二十多个日本兵,剩下的二十多个日本兵不敢再与游击队开战。徐龙祥见日军气焰已消,莫敌团长已经入城,便想迅速甩掉正在纠缠的日军,撤到城外。"莫敌团长打进梅城了,日本人撑不了多久了,我们撤出战斗,原路返回!"

黄柏游击队一边戒备着鬼子,一边向城外退去,徐龙祥带着刘存庚等人在队尾殿后。日军见他们要走,端着枪想要伺机而动,徐龙祥眼疾手快,砰砰两枪,弹无虚发,击毙了躲在街角准备偷袭的两个日本兵。这下,剩余的日军彻底怕了,小心翼翼地向后退去。徐龙祥冷眼看着后退的日本兵,等他们逃走后,才转身向城外走去。他刚走了两步,就听见背后两声枪响,接着有人大喊一声:"小刘!"

徐龙祥转身,看见刘存庚倒在地上,远处有个日本兵半跪在地上,手中还举着枪。原来,刚刚击中的那两个鬼子里有一个没死,缓过劲来后看到徐龙祥他们正背对着自己向城外走,就举起枪朝他们射击,正好打中了队尾的刘存庚。

徐龙祥赶紧对准那个鬼子补了几枪,鬼子应声倒下,彻底毙命。

大家围着刘存庚呼喊着,希望他能睁开眼睛,但他再也听不到了。刘存庚很年轻,是队里数一数二的神枪手,就这样失去了一位好战友,徐龙祥的心中悲痛万分。但这时还是要以大局为重,他用衣袖轻轻擦掉刘存庚嘴角的血,又给他整理了衣领,站起来对大家说:"带小刘回去。"

徐龙祥一行人来到城外,早些撤出的赵小虎过来向他汇报:"队长,日军从城东沿着古道往安庆方向逃走了,有一支国民党的部队刚从我们面前经过,说是要绕到四棵松处阻击鬼子。"

梅城内的鬼子被消灭了一半,出逃的鬼子已经溃不成军,正是乘胜追击、彻底消灭他们的好时机,徐龙祥随即决定追上去。

（三）

　　从梅城到三桥一带全是丘陵，其中四棵松算是一块高地，莫敌团长便派出一队人马绕行至四棵松，准备在那里消灭日军。不料，驻扎在三桥的日军也想到了这一点，抢先占领了四棵松，接应从梅城逃出的日军，并凭借着高地阻击追兵。

　　黄柏游击队赶到四棵松时，莫敌团长率部已经同日军展开了激烈的战斗。官兵没有时间修筑工事，只能借着天然地形藏身。日军居高临下，很容易发现他们。这次国民党军仰攻日军十分艰辛，徐龙祥远远地打量着周围的环境，只见高地左侧是连绵不绝的丘陵，右侧有一片密林，他示意大家看看那片密林，大家立刻明白了徐龙祥的意思，小心翼翼地在低矮的丘陵中穿梭，直奔四棵松高地侧面。

　　日军在高处发现有人影移动，用密集的枪炮直击黄柏游击队的阵地，徐龙祥他们赶快贴着地面趴下躲避。鬼子的炮火一停下，他们又立刻向前推进。就这样重复了好几次，游击队才绕过一个小山包。

　　"队长，照这个速度，我们恐怕要到天黑才能到达侧面。"队里有人担心地说。徐龙祥悄悄起身望了望，离目的地还很远，但是为了不让鬼子发现，又不能轻易加快步伐。这时，有人从游击队后面弓着身移动过来，向他们低声喊话："喂！你们是哪个部分的？"

　　徐龙祥回头，看见那人身穿国民党军的军装，原来是第五二六团发现鬼子频繁往这边投弹射击，便观察了这边一段时间，看到徐龙祥他们正要向四棵松侧向前进，就派人来看看情况。

　　"我们是黄柏游击队的。"徐龙祥一边观察着战况，一边低声回复他。

　　"游击队？在章法山引走日本鬼子的是不是你们？"士兵想起他们攻打章法山时也曾遇到了一支游击队的助攻。

　　"是。"徐龙祥点点头。

　　"你们这是要去哪里？这里没什么遮蔽，鬼子在上面能把你们的行踪看得清清楚楚。"士兵指着高地说。

"谢谢提醒。你们在这里打了也有一阵了,是不是寸步难行?我们想绕到侧面试试,找一找有没有能突破的地方。"徐龙祥回复。

士兵明白了黄柏游击队的目的,准备先回去跟团长报告,离开之前,他再三叮嘱徐龙祥:"你们先在这里按兵不动,我马上回来,一定记得等我回来啊!"

"队长,他们这是卖的什么药,我们真在这儿等?"赵小虎匍匐着来到前边,一颗圆溜溜的脑袋转来转去,然后趴在徐龙祥耳边问道。

"等吧。现在是在打日本鬼子,他们不会对我们怎么样的。"徐龙祥拍拍赵小虎的肩,示意他少安勿躁。

不一会儿,那个士兵果然回来了:"我们团长说了,我们双方配合作战,干掉那些鬼子。等一会儿哨声一响,我们团的大炮就会向鬼子阵地上发射炮弹,趁他们躲避炮弹期间你们往前冲,我们会打上三轮。"

徐龙祥向士兵道谢:"好,替我谢谢你们团长。"

徐龙祥命大家做好冲刺的准备,然后向士兵打了一个手势,示意一切准备就绪。士兵将黄铜哨子放入嘴里,鼓足了气吹响了它。高亢清脆的哨声仿佛一把利剑划破暂时的宁静,紧接着,一阵低沉如雷的轰鸣声传了过来,随后日军的阵地上泥土四溅,灰尘卷着层层浓烟从山上腾起,黄柏游击队趁机向前冲去。

士兵在望远镜里看到游击队已经停下,便又吹响了哨子。一波还未平息,又一波密集的炮火打到高地上,不少埋伏的日本鬼子被炸得飞下高地,粉身碎骨。徐龙祥他们顾不上喘息,脚下铆足力气往山边密林的方向冲过去。

"队长,跑得累死我了。哎,你——你怎么不累呢?"赵小虎趴在地上,呼哧呼哧地喘着气,看着面色如常的徐龙祥问道。

"你啊,哪像我们山里人?山里的游击队员就应该像猴子一样敏捷快速,注意,马上又要开始了。"徐龙祥的话音刚落,哨声又响,莫敌团长开始了第三轮轰炸。黄柏游击队一鼓作气,借着烟雾的遮挡冲进了林子里。

日军被莫敌团长的三波轰炸炸得气急败坏,怒气冲冲地开始了反攻,一时间,莫敌团长的阵地硝烟四起,双方你攻我打,战事猛烈,也顾不上徐龙祥他们了,徐龙祥趁机带队摸上了山。

　　黄柏游击队小心翼翼地在山中前进。忽然,前方传来一阵急促的脚步声,徐龙祥赶紧示意大家散开,各自隐蔽。徐龙祥悄悄向前靠近,趴在杂草丛里警惕地观察着,只见一队日军正扛着木箱子往山上跑去。徐龙祥顺着他们的方向看过去,发现有几个军绿色的棚子藏在山里,外面有人巡逻把守,像是鬼子的军火库。

　　太阳已经西沉,徐龙祥看了看快要昏暗的天空,决定等天黑了再行动,一举断了鬼子的军火供应。他悄悄地退了回来,跟大家说着鬼子的动向,并部署作战计划:"我们可能摸到鬼子的军火库了,再等一会儿,天色暗下来,我们先去端了他们的军火库。杨肖锋,你投弹准,再叫上两个人,跟我一起趁着黑夜潜入。小虎,你带两个人找个远点的地方放两枪,引走日本人,其他人原地做好战斗准备。"

　　半个小时后天色完全黑了下来,根据之前的计划,徐龙祥一行人偷偷地靠近鬼子军帐。此时日军还在与莫敌团长厮杀,主要兵力都在前方阵地,没想到侧面会有人摸上来,因此留在库房守卫的人并不多,大约三十人。这些人也并不是全守在帐篷边上,还有一些人到周围巡逻。

　　"砰砰砰"赵小虎的枪声让山后的鬼子心里一惊,没时间思考,拿起武器就向枪声来源处冲去,这下,库房前只剩下五六个人守着。徐龙祥和杨肖锋他们分散在两个不同的方向,徐龙祥躲在草丛里往帐篷那边扔了几个小石头,留守的日军警觉地端着枪朝他这边走来,杨肖锋几个人则趁机钻到了帐篷里。

　　帐篷里放着堆积如山的木箱子,杨肖锋他们打开了几个木箱,里面都是子弹、手榴弹和刺刀。"还真是军火库啊!我还从来没有看见过这么多弹药。还有这日本刺刀,做得真锋利啊。"杨肖锋感叹道。

　　他们互相看了一眼,心照不宣地开始往口袋里装子弹,往腰间别着手榴弹。"快点装,别让队长等太久。一会儿,我们就用鬼子的手榴弹炸了他们自己的窝!"

　　几分钟后,几个人从帐篷里撤了出来,身上挂满了手榴弹。刚出门正好迎面碰上两个日本兵,日本兵刚要说话,直接被杨肖锋用刺刀刺穿了喉咙。

他们赶紧躲到草丛里,拉开了几个日本手雷,扔向军火库。

轰的一声巨响,军火库爆炸了,顿时火光冲天,灰烟直冲云霄,周围的树也跟着烧起来。莫敌团长和前方的日本鬼子看到山后熊熊的烈火,不约而同地停止了攻击。一会儿,一个日本兵灰头土脸地跑到高地上报告情况:"长官!我们的弹药库被中国军队炸毁了!"

"混蛋!他们在哪里!给我追,一个都不许放过!"日军指挥官气急败坏地叫喊着。

莫敌团长看日本人迟迟不动,又见火光冲天,猜到是游击队给了日军沉重的打击,便下令趁机猛烈攻击。日军刚要去后山追击游击队,又发现国民党军队冲了上来,不知如何是好。"混蛋!第一支队去后山追击,其他人在这里阻击,打退前面的这些中国人!联系安庆,请求空中支援!"两面受敌,弹药尽毁,日本指挥官察觉形势不妙,便想用飞机消灭中国军人。

山前,莫敌团长和日军又陷入激战。山后,游击队也被日军发现,展开了追逐战。黄柏游击队游刃有余地穿梭在山林杂草中,日军拼命追击,也未能伤游击队分毫。一夜下来,虽然莫敌团长没有向前推进多少,但日军弹药库被炸,日军深受打击。

(四)

国民党军队、游击队与日军激战至黎明,直到日军的飞机出现在四棵松上空。机身前面的螺旋桨高速地转着,飞机从天上俯冲下来,掀起阵阵大风,吹得小树都弯了腰。日本空军轻蔑地向下看了一眼,按动红色的按钮,投下几颗炸弹,接着又掠过四棵松前的丘陵,直奔莫敌阵地而来,炸弹像雨点一样从空中落下,日军飞机摇摇机翼,嚣张地升到高空盘旋着。

"咚——咚——咚——"

游击队所在的山林和莫敌团长的阵地上接二连三地炸出巨大的土坑,升起浓浓黑烟。游击队有树木遮蔽,许多人被炸起的碎石和树枝划伤,所幸没有人牺牲。莫敌团长那边因为无防御工事阻挡就有些惨烈,不少人丧了命。

徐龙祥的肩膀上被划出了几条很深的口子,衣服被染成暗红色,他从地上爬起来,顾不上伤口,四处寻找游击队员,让大家快点做好准备,躲避日军再一次的攻击。游击队的人还没找全,头顶又传来呼啸的飞机声,随之而来的是又一次的轰炸。徐龙祥被炸弹的余力甩飞,重重地摔在地上,耳朵里一阵嗡鸣,眼前一阵眩晕。

"队长——队长——"徐龙祥被人摇醒,他使劲闭眼再睁眼,渐渐看清了眼前的人。

"小虎,肖锋,大家怎么样了?"耳朵里的嗡鸣声不断,徐龙祥使劲喊着,只有这样才能听见点声音。

"我们有三个人被炸死了!"赵小虎同样喊着回答。

"不行,日军有了飞机的配合,战斗力大大加强,这样下去我们谁都活不了,得想个办法,把鬼子在天上的这双眼睛毁了!"听到队里有人牺牲,徐龙祥决定不再坐以待毙。

"可是,飞机飞得那么高,我们怎么打得到呢?就算它飞得低一点,我们也打不穿飞机的钢板啊。"赵小虎急得发愁。

"我们的装备不行,但第五二六团那有轻机枪,我们可以抓住飞机俯冲投炸弹的时机,数挺机枪同时射击油箱及飞行员,刚才在我们遭受轰炸的半山腰位置离飞机更近,或许能行。"徐龙祥盯着天上盘旋的飞机说,"当务之急是去找几个机枪手到我们这边半山腰上来,扶我起来。你们在这里组织好大家,注意躲避。"

飞机在天上一圈一圈地盘旋着,山上的日军也借势对第五二六团的阵地扫射着,去找第五二六团的路上危险重重,随时可能丧命。徐龙祥不想让别人冒险,他挣扎着坐起来,要只身去找第五二六团。赵小虎赶紧拦住:"队长,你已经受伤了,行动不便,你不能去!我毫发无伤,让我们去。"他不顾徐龙祥的反对,将徐龙祥扶到山坡的一个石洞里,同杨肖锋转身离开。

没过多久,赵小虎带着三名机枪手扛着轻机枪跑过来了,赵小虎一见徐龙祥就哭喊着说道:"队长,杨肖锋牺牲了,要不是他帮我挡了子弹,死的就是我了。"又失去了一名好战友,一阵酸涩涌上徐龙祥的心头,这就是战争的残酷。

徐龙祥拍了拍赵小虎的肩膀说道:"这个仇我们现在就报。"说完,他带着三个机枪手埋伏在半山腰的三个地方,枪口对着空中。徐龙祥带领游击队员向山上行进五十多米攻击日军以吸引日军飞机前来轰炸。

果然,五分钟后日军飞机沿着山腰侧面俯冲过来,"嗒嗒嗒,嗒嗒嗒……"一阵机枪射击声传过来,转眼徐龙祥就看见飞机起火冒烟,机枪手成功地将日军飞机的油箱打穿。失去动力的飞机不受飞行员控制,摇摇晃晃地打着旋,向地面坠落,"轰"的一声,飞机折成两半断在地上,燃起熊熊烈火,日军飞行员葬身火海。失去飞机支援的日军战斗力骤减,莫敌团长带着官兵一阵冲锋,夺下了四棵松高地。

这一战过后,日军残部溃逃至安庆,潜山反击战正式结束。徐龙祥带人找到了所有牺牲队员的遗体,带着他们一起回到了黄柏山区。

潜山反击战大获全胜,狠狠地震慑了日军,日军再也不敢轻易来犯,但黄柏游击队并没有因此而放松,他们现在依然面临着严峻的形势。

1941年1月,为了顾全抗日大局,新四军九千余人奉命移师长江以北。途经皖南时,新四军遭到国民党军队的袭击,众将士浴血奋战,只有两千余人成功突围,新四军多名将士牺牲。这就是震惊中外的皖南事变。皖南事变标志着潜山的国民党组织与共产党组织开始了新一轮的斗争。

中共中央军委下令,重建新四军,继续参加长江中下游的抗战。钟大湖希望徐龙祥能作为新四军在潜山的后盾,自当年3月起,徐龙祥便带领黄柏游击队大力支持新四军巩固桐怀潜根据地。

(五)

1942年1月,皖西国民党军队又一次进攻新四军,储来高和储境一看是立功的好机会,于是赶紧响应,想要消灭黄柏游击队邀功。

"队长,不好了,储来高带着人向我们驻地过来了!"游击队在山下放哨的队员跑进指挥部,焦急地向徐龙祥汇报情况。

徐龙祥早就预料到会有这么一天,他甚至能想到,姐夫储境一定会跟着来抓捕自己,毕竟这对他来说是一个立功的好机会。徐龙祥之前抗日时与县自卫大队接触颇多,家人中储境又早早地在国民党政府里任职,黄柏游击队的驻地难免会被他们察觉。自从皖南事变之后,徐龙祥早有预感他们和国民党的人迟早会打起来,便早就在深山里设了几个更为隐秘的驻地,如今正好派上用场。

"马上整队集合,去三号驻地。给他们留一个空壳子去邀功吧。"徐龙祥微微一笑,淡定地部署着行动计划。

那边,储来高骑在马上,储境站在他旁边,身后跟着自卫大队。储来高轻咳一声:"储境,徐龙祥是你妻弟,你忍心对他下手吗?"

储境连忙表忠心:"大队长,我是党国的人,不管是谁,只要与党国为敌,就是我们的敌人,万万不敢徇私枉法。"

储来高满意地看了他一眼,说:"看到你如此大公无私,我就放心了。来,你去前面带队吧。"做先锋最是危险,储境心里一千个不愿意打头阵,却依然装出一副大义凛然的样子,带着自卫大队进了山。

黄柏山区崎岖险峻,各种岔路错综复杂。但储境出生于黄柏山区,对山区相当熟悉,在他的带领下储来高终于看到了半山腰上的游击队指挥部。

"奇怪,怎么一个人都不见,连放哨的都没有。"储境察觉到今日他们进来得太顺畅,心里有些不踏实:"队长,他们不会有埋伏吧?"

储来高也觉得蹊跷,游击队机警得很,自卫大队重兵出击,他们应该早就察觉到了。一路走来没有看见游击队的任何防守,看来他们要么在大本营设下了埋伏,等着给我们狠狠一击,要么早跑到其他地方去了,只怕今天是白忙一场。

储来高不动声色地向后退了几步,对储境说:"小心有诈,派几个人上前看看去吧。"

储境一看储来高悄悄后退,知道大队长是为了他自身的安全着想,万一游击队有埋伏,储来高是不会冲在最前面的。储境本想喊两个人推开指挥部的大门,但转念一想,这不正是在储来高面前显示自己不怕危险、勇往直前的好机会吗?储来高不喜欢畏畏缩缩的怕死之人,当初王泉在战场上的叛逃就被他记恨了许久。这次自己一定要亲自上前探看,如果有埋伏,徐龙祥看在他姐姐的面子上也不会对自己下杀手,如果没有埋伏,正好在自卫大队大队长和众多队员面前树立起自己勇猛果敢的好形象。

储境正色地说道:"大队长,别让其他兄弟们冒险了,我去吧。"

储来高听储境这么说,心里果然对他高看了几分,自卫大队的队员们听了,也在心里敬重储境。

储境悬着一颗心忐忑上前,推开了指挥部的大门,里面空荡荡的,一个人也没有。储境暗自窃喜,心知这里并无危险,脸上却装出一副惊讶的样子:"大队长,里面竟然没有人。"

储来高叹了一口气,看来游击队早就跑了,黄柏山区这么大,游击队若离开,短期内定是很难找到。储来高转身对自卫大队说:"罢了,这次算他们走运,下次就不一定了,走吧,回县城。"

像这样的骚扰,随后的数月里黄柏游击队经常遇到,国共之争日益激烈。另一方面,抗日虽然进入了相持阶段,但日军并没有放弃对中国的蚕食,于1942年底再次入侵潜山,但很快就被打出了县城。县自卫大队的副队长在这次抗日战争中牺牲了,凭着储来高的器重,储境顺理成章地接任了这个职务。

县长吴邸宪因太过自私、贪婪且嫉妒心很强,在抗日战争中不仅没有做出什么实质贡献,而且还抓住一切机会以权谋私,干一些没有底线的事情,自己赚得金钵满盆,在政坛上整日工于心计,处处安插自己的人手,大搞政治帮派,因此得罪了不少有头有脸的人物,老百姓也对他怨声载道。1942年12月,吴邸宪被撤职回到家乡青阳县,张继楼升任县长。

张继楼就是吴邸宪大搞政治帮派时提拔的副县长,他能够青云直上的最大原因就是他具有溜须拍马能力,为了讨好领导他可以不惜任何尊严、不讲任何原则,为此老百姓中流传一句顺口溜:张继楼,眯眯眼,无耻奴,见利跪舔脚趾头。

1943年4月,日军再次攻入潜山,但此时日军已是强弩之末,第二日就被击退。

第九章

（一）

  自日寇入侵以来,中国军民与他们鏖战数载,艰难且顽强地守卫着中华大地。1944年以来,日军虽然在面对中国军队的反攻时露出疲态,却依然没有放弃蚕食中国的野心。持久的战争像乌云一样笼罩在人们心里,颠沛流离的日子不知何时能到头,直到1945年,抗日形势有了明显的转机。

  这一年,八路军和新四军在敌后接连发动攻势作战,对日军造成严重打击,共产党的队伍迅速壮大,解放区也不断扩大。同时,世界反法西斯联盟在欧洲战场上占据了胜利的制高点,美国也开始对日本宣战,在日本本土和境外军事基地实施了大规模轰炸。日军陷入腹背受敌的局面,失败已成定局,只是仍做困兽之斗。全国上下看到了希望的曙光,提心吊胆、受人欺辱的日子终于快要结束了。然而,在外患将除之时,国民党却开始明目张胆地将主要矛头对准共产党,国内形势一下子又变得严峻了。

  5月的一个深夜,月光柔柔地洒在黄柏山区,仿佛给山上笼罩了一层薄薄的银纱。山里蛙鸣虫啁,徐龙祥躺在床上睡不着,干脆起身披上衣服,将煤油灯点亮,拿着煤油灯走到窗边的桌子前坐下。他将窗户开了一条小缝透气,又打开抽屉,从里面小心翼翼地捧出编了一半的草蜻蜓和几片棕榈叶子,双手灵活翻飞,一个精巧的草编玩具就完成了。

  "队长,你怎么还不睡？我都轮岗回来了,就你房间还亮着灯。"赵小虎忽然从窗外探头进来,伸手拎起徐龙祥刚编好的小蜻蜓,饶有兴致地把玩着,"手这么巧,跟真的一样,给孩子做的吧？"

  徐龙祥从他手里小心抽出草编,宝贝一样地摆在编了一半的草蚂蚱旁边。徐龙祥看着它们,眼角不自觉地流露出温柔的笑意:"你嫂子还有两个多月就要生了,也不知她现在怎么样了,别的我帮不上她,只能给孩子准备点小礼物。不知道是男孩还是女孩,会不会喜欢这些东西。"

前些年,徐龙祥忙于革命事业,一直没时间考虑终身大事,去年抗日形势稍微好转,在徐竹花的张罗下,徐龙祥与中畈村的姑娘结了婚。姑娘名叫杨凯玲,小徐龙祥七岁,长相秀丽,明眸皓齿,伶俐又干练,与徐龙祥十分聊得来。婚后,徐龙祥忙于革命,两人聚少离多,她也不怨,反而对徐龙祥关怀备至,给予他理解和支持,两人感情深厚,恩爱有加。如今,杨凯玲已有身孕,徐龙祥心中牵挂的人又多了一个,每次提起妻儿,他的脸上总是挂着幸福的喜悦。

赵小虎忍不住打趣着说道:"队长,你要是担心就回去看看嘛,把你这蜻蜓、蚂蚱带着,到时候亲手送给孩子玩。"

徐龙祥轻叹一口气,眉头微蹙,恢复了一贯的沉稳冷静之色。他像是在跟赵小虎说话,又像是在自言自语:"这几年来,省政府主席李品仙命桂系军在省内给我党制造了不少麻烦,现在日本人快不行了,国民党对我们的打击一定会变本加厉,我们只能更谨慎。第四十八军就在大别山附近,随时可能来黄柏,最近还是少走动吧。"

徐龙祥的心中升起一丝对妻儿的愧疚之情,纵使他再担心妻儿,也要将革命任务放在第一位。赵小虎早知道队长思虑多、有远见,背负的担子很重,便骄傲地挺直了腰,故作轻松地安慰他:"等我们打跑了日本人,肯定有机会回家看看。队长,别想了,快睡吧。"他一边说一边给徐龙祥关上了窗户。徐龙祥看着眼前紧闭的窗户无奈地笑了笑,将草编放到抽屉里,舒展了一下筋骨,随后吹灭了煤油灯。

没过几天,新四军的指令就通过钟大湖传达到徐龙祥这里。果然如他所料,大别山区的桂系军按捺不住了,派兵千人进犯黄柏革命游击根据地。新四军决定同他们展开游击战争,保卫根据地。黄柏游击队的任务是在山里分散国民党军,扰乱他们的步伐,给新四军创造良好的作战条件。此时黄柏游击队已有两百余人,为避免风险,徐龙祥将黄柏游击队分成四个支队,分别驻扎在龙关、肖冲、官庄和黄柏,分别由副队长汪洪太、王世华和队员朱万祥、彭广徽负责。四个支队既能分散牵制住国民党军队,又能形成呼应之势。

国民党军队那边，除了第四十八军派下来的两个营队，储来高的潜山县自卫大队也参加了这次行动。国民党军队主力前几日在青草镇与新四军开战了一天，一夜之间突然不见了新四军主力，国民党军队准备调派一个连的兵力进入黄柏山区排查新四军是否退至山区。储来高和储境心里的小算盘都打得很响，认为日军走后，国民党应该会一统中国，为了自己今后的仕途考虑，也要好好表现一番，便主动请缨前往山区。

山上的树木郁郁葱葱，此时的阳光穿过树叶的间隙洒在地上，形成斑驳的影子，一行人在山间潜行。县自卫大队和国民党军队官兵加起来两百余人，为首的正是储境和储来高。

"大队长，看样子，这次是下了决心要把共产党的人彻底消灭。"储境看了一眼身后全副武装的军队，小声对储来高说。

"日本人快不行了，对国民政府来说，现在最大的敌人就是共产党。依我看，这次'清剿'得耗上一段时日，双方都不会善罢甘休。"储来高经过这几年和储境共事，早知他对于仕途的野心，对家人并不顾念，于是一边扫视周围的山林，一边低声说道："你家里不是有一个共产党吗，有没有听到什么风声？"

"他已经很久没回过家了。现在即使有他的消息，他姐姐也不告诉我。不过可以肯定的是，黄柏游击队不会走远的，肯定就在山里，我们得多加小心。"储境想起徐竹花平日对他的防备，阴冷地说道。

国民党的队伍浩浩荡荡地在山间行进，殊不知，他们的举动都被藏在山林里负责打探敌情的游击队员方金民收在眼底。方金民等他们全部上了山之后，悄悄地离开，去找徐龙祥报信。

"队长，国民党的人沿着主路进了山，总共两百来人，主要就是县自卫大队的人。按他们前进的方向和速度，估计三个小时后就能到达龙井关。"方金民快速跑到龙关支队的营地，气喘吁吁地汇报着情况。

"我明白了，小方，你先休息下。"徐龙祥说完话，立刻陷入了沉思。

新四军的队伍与国民党的军队战斗一日后，为避免陷入消耗战，经上级安排，目前已经转移至桐城县徐河一带的山区，暂避锋芒。黄柏游击队现在要做的就是迷惑敌人，让他们误以为新四军的主力在山里，派兵进山，从而利用地形牵制国民党的军队。届时,新四军就会趁机将剩余的国民党军队消灭,再与黄柏游击队里应外合攻打山里的敌军。徐龙祥在头脑中再次复盘了敌方的位置和我方的部署,终于确定将敌人引诱至三十凹实行三面合围,布设口袋阵的方法可行。龙井关虽然地势险要、适合埋伏战,但这一次却不可行,一是三支游击支队集结到龙井关时间来不及,二是他们曾在龙井关四次对日军进行了埋伏作战,国民党军作为曾经的盟军只怕早有提防。徐龙祥派情报员徐洪鹤赶到肖冲通知游击支队队长王世华三小时内赶到三十凹南侧设伏,派情报员方金民前去通知黄柏的游击支队队长彭广徽三小时内赶到三十凹西侧设伏,汪洪太带领龙关支队在三十凹北侧设伏,自己则带领赵小虎、胡方圆、余南庆等十余人身穿新四军服装从东侧诱敌进入。东侧入口不封死,一方面地形西高东低,难以封堵,另一方面敌军人数众多、武器精良,这次三面合围的主要目的是造成敌军尽可能损兵折将的同时迷惑对手,让敌军认为新四军主力就在黄柏山区。

  徐龙祥带着十几个人身穿新四军军服提前埋伏到龙井关山上,约莫半小时后,见到约五十人从关内来到关口,应该是自卫大队的还乡队。为了应对共产党的游击队,黄柏山区的每个乡镇都设有还乡队,人员从十多人到三十多人不等,埋伏在草丛中的徐龙祥突然发现还乡队为首的两个便是槎水镇还乡队队长王金要和黄柏乡还乡队队长吕果太,显然,这队人马是槎水镇和黄柏乡的还乡队。

  几分钟后,关外的山口转弯处一队人急急赶来,大约五十人,带队的正是储境,这是国民党军和自卫大队的先头部队。在朱家街到龙井关路段,地形复杂、地势险要,共产党游击队多次在此地打埋伏战,敌军连长为了安全起见把部队分为先头和主力两部分,两部分行走间隔两百米,由储境带着先头部队打探情况。只见王金要和吕果太带着各自的队伍列队站在关口的道路两侧,远远地就高喊:"欢迎长官、欢迎大队长。"储境是黄柏山区走出去的副大队长,王金要和吕果太平常没少巴结储境。王金要和吕果太躬身小跑向前迎接储境,满脸堆笑地说道:"副大队长辛苦了,副大队长辛苦了。"两人点头哈腰,活像看家之犬迎来了久别的主子。

  一阵寒暄之后,储境带领一百多人行至关口内,储来高行前早有指示,要小心关口设有埋伏。嗒嗒嗒,嗒嗒嗒……机枪扫射着道路上方的灌木丛。

这次徐龙祥的目的是诱敌,不是打伏击战,所以设伏在靠近山顶的部位,机枪向上扫射,射程不足以威胁到游击队员,因此他们依旧埋伏在灌木丛中冷静地观察。

确认无埋伏后,后方的主力部队便大胆前行。储境、王金要和吕果太立马前去迎接大队长和敌军连长。

"大队长,一路上不见共产党的身影,八成又像以前一样,在暗处盯着我们呢!"这两年来,国民党军队每次来攻打黄柏游击队都是无功而返,徐龙祥他们总是避而不战,在山里耍得自卫大队和还乡队团团转,一想到这些,储境就按捺不住心中的怒火。

"要是跟以前一样带着我们兜圈子也就算了,我担心他们这次有大动作。没听说吗,跟我军在山下打起来的新四军只是少数,大部队现在还没露面。你说他们会在哪里?"储来高看着两边巍峨的青山,皱着眉头说道。

储境听出了储来高话中未尽之意,一下子精神紧绷,略微紧张地说:"大队长是说……"

轰隆隆,轰隆隆……突然间乱石飞溅,几个士兵被山上滚下的石头砸死或打伤。说时迟,那时快,储来高、储境他们紧贴路边岩石,以防滚石伤及,并命令手下向山上追击。

徐龙祥这次带领的十几个人都是步伐矫健、健步如飞的队员。他们机敏得很,边打边撤退,始终与国民党军保持一定距离。

"大队长,好像是新四军。"一个眼神好的队员向储来高汇报。

"多少人?"储来高追问道。

"估摸二十来人。"队员思索一下,肯定地回答道。

"不足为惧,说不定是发现新四军踪迹的机会,追追他们,看看什么情况。"国民党军的连长坚定地说。

就这样国民党军和自卫大队边追边打,徐龙祥边打边退,将他们引到了三十凹。

追击许久也没见到新四军主力部队的影子,一路提心吊胆的国民党军和自卫大队上下都有松懈,加之山路难行,他们又是惯于在县城平原作战的部队,于是士兵怨言渐起。正在这时,枪声四起,喊声震耳欲聋,密密麻麻的弹药打得国民党军和自卫大队措手不及。山里林深草长,前面的人只听到枪声从周边传来,却根本看不见对方踪影,慌乱之下也只得朝枪击来源处胡乱地射击。躲在土丘之后的储来高和国民党军连长视野清晰,看到了前方山岗的地里趴着不少身着新四军军服的人,占据有利地形,对国民党军和自卫队发起了猛攻。储来高看到部队被三面合围,对方火力勇猛,竟然还有手榴弹,绝不像游击队的配置。他根据经验,对连长说着自己的判断:"我的直觉,这至少是新四军的一支主力,我们已经死伤了不少兄弟,如果再不撤退,后面被堵上,就凶多吉少了。"

"储大队长所言极是啊,这里不宜纠缠,我们火力不足,不宜正面对峙,新四军的踪迹既然已经探得,还是要在天黑前撤回关外。"国民党军连长拿着望远镜看了看对面的山岗,皱着眉头回答道。

国民党军连长命令:"兄弟们,撤。"

听到连长喊撤,储境从一个石头后猫着腰快速往回跑,边跑边喊:"兄弟们,撤。"

国民党军和自卫大队为确保安全,一口气撤退至龙井关外。

这次战斗游击队以牺牲 7 人的代价共击毙敌军 53 人,缴获枪支 67 支。

正如徐龙祥所料,驻扎在青草镇的国民党军主力部队见他们的先头部队败下阵来,更重要的是发现疑似新四军主力部队,便派出大半兵力进入黄柏山区"围剿"。驻扎在徐河的新四军早料到敌军的动向,趁其不备向留在山下的敌军留守部队发动攻击,重挫敌军留守部队,敌军残余部队溃逃退至安庆府。三十凹一战之后,徐龙祥又将三个游击支队分散,回到各自驻地,隐藏在山里,躲避敌军、自卫大队和当地还乡队的"围剿"。

(二)

黄柏游击队等待新四军进山的期间颇为艰难。游击队本来弹药就不太充足,三十凹诱敌之战又消耗较多,现在所剩不多,无法与敌军抗衡。进入山区的敌军到处搜寻新四军和游击队的踪迹,游击队面临的压力很大,只能依靠山势艰难周旋。徐龙祥知道现在的局面对自己非常不利,便向全队下达了指令,现阶段以保全实力为主,减少一切不必要的冲突,尽量隐匿行踪,必要时每个支队再分散成十到二十人的小队藏匿于大山,便于隐秘行动。

几天之后,徐龙祥接到情报,新四军在青草镇重挫了部分敌军留守部队,敌军残余部队退至安庆,敌军进山的部队会很快撤至安庆。因此,新四军主力也暂时不需进入黄柏山区。

果然,敌军接到上级指令撤离了黄柏山区。储来高和储境也带着县自卫大队途经肖冲、杜埠撤回县城。他们带着队伍行至父子岭休息时,储境突然让大家安静。

"怎么了?"储来高斜了储境一眼,疑惑地看着四周。

"队长,徐龙祥就在前面,我看得清清楚楚。"储境用手指了指前方,小声说道。

储来高探出头打量着,果然看到徐龙祥正带着二十多名游击队员向这边走来。本来是要逃回潜山,哪想到会在路上遇到徐龙祥。储来高暗自高兴,真是踏破铁鞋无觅处,得来全不费功夫。平日到处搜捕徐龙祥,不见他踪影,却不承想此时在这儿碰见他。储来高心想,他训练的一百多人对付二十多个游击队员,不在话下,此时正是消灭他们的好机会,于是立即命令大家藏到路边的密林中。

就在储来高得意之时,徐龙祥也发现了前方路边的山林里人影绰绰,情况好像不对。徐龙祥第一感觉可能是还乡队,但他假装没有发现敌情,只是放慢脚步往前行走,状似无意实则密切观察着前方山林处的情况。从枝叶摇动的面积来看,人数很多,至少八十人,绝不像槎水还乡队,槎水还乡队仅有三十人。这几年,还乡队除了给国民党军几次"清剿"带带路以外,倒也和游击队相安无事,没有大的摩擦,毕竟游击队和还乡队大多都是来自附近的老百姓,共同的目的还是抗日。徐龙祥以一对一向后传令的方式密令大家准备向左侧密林中脱身,说时迟,那时快,徐龙祥倏地一下纵身钻入路边的密林里,各队员也快速钻入密林中。

"快,大家顺着山往肖冲方向跑。"徐龙祥命令大家。

"快追,快追。"储来高一看到嘴的鸭子要飞了,急令自卫大队追击徐龙祥。

　　在山林中穿梭期间,徐龙祥余光看见了储来高和储境的身影。对手既然是自卫大队,他自然知道怎么应付了。在山林里隐藏和奔跑,自卫大队哪是游击队的对手,游击队个个身手敏捷,加上对地形熟悉,自卫大队很难追击到游击队员。

　　徐龙祥决定在山里迂回,让自卫大队在山里兜圈子,然后找准时机击毙掉他们几个队员。徐龙祥领着游击队往西南方向跑去,他们一路钻灌木丛、爬石头缝,时而追风逐电,时而徐徐前行,自卫大队在后面追得心力交瘁。

　　储境气喘吁吁地对储来高说:"大队长,这么追恐怕追不上他们啊。"

　　储来高蹙眉沉思片刻,看向游击队的眼神带着一丝冷意:"你是说,他们在故技重施,想要先消耗我们的体力,再找机会咬我们一下?"

　　"大队长英明。"储境点了点头,同时不忘恭维储来高。

　　"这里本来就是他们的地盘,我们这是让他们牵着鼻子走,情况不妙。"储来高说道。

　　正在他们俩说话时,"砰砰"两枪,徐龙祥射杀了两名自卫大队队员。储来高原本计划撤退,以后再做打算,但两名队员被射杀激起了储来高的怒火,凭他们一百多人打这二十多人应是轻而易举的,不如今天就全力以赴,了结了这个老冤家,能拿下徐龙祥也是一大功劳。

　　"弟兄们,全力追击!"储来高狠狠地下达指令。

　　徐龙祥听见后面的枪声,知道是自卫大队追过来了,便安排游击队就地隐蔽,开始反击。原以为一会儿就能击退自卫大队脱身,但这次自卫大队一反常态,进攻的势头十分凶猛,不断地向前逼近,加上游击队弹药不足,一度让游击队难以还手。徐龙祥看着情况不对,立刻警觉起来。

　　游击队虽然在山坡的上方,但山坡的上方灌木丛较矮,都是些高大的马尾松,一旦自卫大队冲上来,只怕难以脱身。徐龙祥想到这儿,一边向敌人开枪,一边对队员大声喊道:"自卫大队来势汹汹,这里不能久留,赶快上山顶,顺着山岗跑到鹰嘴崖。"

　　徐龙祥带着大家边退边打,储来高带着自卫大队紧紧追击。自卫大队已损失十多人,储来高自然咽不下这口气,这架势是非要拿下徐龙祥不可。

枪筒中纷飞的子弹打在山林的乱石和树木上,叮当作响。

游击队一路退到了鹰嘴崖,此处山崖凸悬,岩石的下面是六米多高的悬崖,其形酷似一雄鹰翘首东望,悬崖下方是马尾松林和深深的灌木丛。这是徐龙祥计划的最佳脱身地点,只要跳下去钻进灌木丛,敌人很难追击,但六米多高的悬崖跳下去恐怕有人会受伤,只是形势实在不容乐观,跳下悬崖是最好的脱身之策。

"兄弟们,跳下去藏入灌木丛,然后见机行事,自行撤退到肖冲驻地集合。"徐龙祥喊道。

大家纷纷跳下鹰嘴崖,这时一声枪响,徐龙祥身边的刘春根应声倒下,身体斜着坠下鹰嘴崖,徐龙祥担心刘春根的情况,迅速跳下悬崖。

此时天已渐黑,徐龙祥将刘春根拖入灌木丛,悬崖上方的敌人还在朝灌木丛中扫射,徐龙祥背起刘春根向山下跑了约五十米,放下刘春根,发现他胸部中枪,脸部被摔得血肉模糊,早已牺牲。

这时队员赵小虎和徐洪西猫着腰跑了过来,见队长扶着刘春根的肩,给他整理着衣服,轻声喊着春根的名字,才知道战友刘春根已经牺牲了。刘春根是1943年从北方南下的八路军战士,由于在战斗中受伤留在了黄柏山区百姓家养伤,伤愈后便加入了黄柏游击队。徐洪西蹲下身体,准备把刘春根背回去。

"敌人追得紧,背上春根恐怕我们难以脱身。"徐龙祥无奈地叹了口气说道。

"队长,您有没有觉得这次敌人就是针对队长啊,春根身材和您长得像,不如借此迷惑一下敌人,也给兄弟们多留些撤退的时间。"赵小虎看着队长说道,赵小虎已经不再是过去那个懵懂的小孩,他在长期的游击战争中磨炼成长,经常有独到的认识和观点。

徐龙祥点了点头,为了整个游击队这也是个缓兵之计。大家都是穿着队服,从衣服上分辨不出来,他就把自己的鞋和春根的鞋互换了,然后对着他摘下帽子,敬了个礼,此时其他队员早已先行撤离了,他们三人迅速躲入下方约四十米远的密密芒草丛中观察情况。

（三）

　　储来高和储境从两侧绕道追下悬崖，早已不见游击队员的身影。自卫大队中小有名气的神枪手对储来高说："大队长，我明明看见我击中了徐龙祥，他的身形我不会认错！"

　　"大家此处好好找，看见尸体和血迹迅速向我报告。"储来高命令道。

　　储来高正了正头上嵌着国民党徽章的帽子，狠厉地说："看样子，这帮家伙已经逃跑了。其他人的去留暂且不论，徐龙祥现在是黄柏游击队的队长，若是能除掉他，也是对党国的一大功劳，不能让兄弟们白白牺牲了啊。"

　　储境附和着："您说得对，弟兄们！都找得仔细一点。"

　　突然，下面一个队员喊道："报告大队长，这儿有一具尸体。"

　　储来高和储境大步跑向那名队员，储境将"徐龙祥"的身体扳平，皱了皱眉。原来，这具尸体在滚落过程中，脸上被尖利的石头划伤，现在满脸伤痕，又沾满了血和土，根本认不出到底是谁，看身形倒像是徐龙祥。但储境注意到那双布鞋，正是自己妻子徐竹花去年年底给徐龙祥做的。储境脱下那双鞋，看了看鞋底内侧，还缝了个福字，没错，这正是妻子送给徐龙祥的那双布鞋。

　　储境心里一喜，高声对储来高说道："这是徐龙祥，错不了。"

　　储来高疑惑道："你怎么这么肯定？"

　　"这双鞋是贱内送给她弟的，大队长您看鞋内缝了福字，我的那双布鞋里同样的位置缝了同样的福字啊。"储境谄媚地向储来高说道。

　　"哈哈哈，太好了。"储来高心想大功告成，十分志得意满，正拊掌大笑，却伴随着一声枪响，笑声戛然而止。原来是躲在草丛中的徐龙祥向储来高开了一枪，储境及周边的自卫队队员迅速趴在地上。约莫半分钟储境才反应过来，命令队员向周边警戒搜索。自己则去扶起储来高的上身，让储来高靠在自己的身上，他大声喊道："大队长，大队长。"

　　"迅速收队，赶回县城。"储来高怎么也没想到，原本想象的升官和执掌一方如今成了黄粱一梦，他双手按着流血的腹部喘息着说道，心里却明白应该是撑不过去了。

"收队回城。"储境大声喊道。

储境命令自卫大队队员抬着储来高赶紧回县城。他本打算就此离开,却又想起徐龙祥,徐龙祥就这么死了,如果有一天徐竹花知道是自己追杀的,那以后的日子恐怕不得安生,既然这样,就永远不能让她知道徐龙祥的死因。储境心里盘算着,面无表情地让人带走"徐龙祥",他冷冷地说:"来几个人,帮我把他带走。弟弟死在外面,我这个做姐夫的,当然要带他回家了。"

徐龙祥枪击了储来高之后,趁自卫大队队员们趴在地上尚未反应之时,带领着赵小虎和徐洪西迅速撤离。

(四)

县政府如今设在了野人寨,自卫大队到达时,储来高早就断了气。储境则因铲除共产党游击队队长有功,再加上原本就在自卫队干了多年,便顺理成章地被任命为自卫大队大队长,成为县长身边的红人,一时间风头无两。

先批撤离的游击队员回到驻地肖冲后气氛有些低落,当时情况混乱,只收到口口相传的撤离命令,加上刘春根和徐龙祥身形相似,也没人能确定徐龙祥是否牺牲了,只是久久不见徐龙祥回到驻地。等待中,有人低沉地说:"队长估计是牺牲了,现在我们连上级的指令都收不到,还谈什么以后的工作。"有人附和着:"是啊,我们和自卫大队力量悬殊,我们以后怎么办呢?"

悲痛和沉寂的气氛笼罩在肖冲驻地时,哨兵看见三个熟悉的身影从远处向游击队驻地走来,队员们兴奋地跑出去迎接,来者正是徐龙祥、赵小虎和徐洪西。

"队长,你没事啊,大家都以为你牺牲了。"

"队长,你不是从山上掉下去了吗?"

队员们倍感惊喜,接二连三地问道。

"我是没事,可是刘春根同志牺牲了。"徐龙祥摇了摇头悲痛地说。

赵小虎向大家简单地解释了事情的经过,末了,徐龙祥神色严肃地叮嘱道:"大家一定要记住,徐龙祥已经死在了县自卫大队的手里。从今以后,我们队里没有徐龙祥,只有徐宏海。"既然演戏,就要演到底,除了脸不能换以外,徐龙祥将自己的身份彻底颠覆。从那晚离开山谷开始,徐龙祥这个名字就已经死去,他决定从今以后,用徐宏海的名字继续进行革命工作。

储境在县里春风得意了两天后才想起来和家里人解释徐龙祥的事情。他吩咐人给"徐龙祥"买了副棺木,随后带了一队人抬着"徐龙祥"回了槎水。进村之后,储境做出一副伤心痛苦的模样,走在队伍前面朝路边撒着黄纸。村里人见到这一幕,纷纷猜测发生了什么事,低声议论起来,有人还提前跑到徐竹花住在东冲的家报信。储境用余光将旁人的反应尽收眼底。

徐竹花听到别人说储境正拉着一副棺木回到良冲,心里咯噔一下。虽然徐竹花长年照顾家庭,但外面那些事情她心里都明白。这几年,国民党和共产党摩擦不断,自卫大队和黄柏游击队自然也视对方为敌,储境跟徐龙祥免不了要卷入这些斗争。徐龙祥已经很久没来消息了,前段时间储境又说上面派了任务,要外出剿匪,她早就怀疑储境他们这次任务就是针对徐龙祥的黄柏游击队。

徐竹花立刻跟着村里人跑到徐家下面的路口,正好碰见储境一行人抬着棺材。徐竹花呆呆地看着棺木,想上前一问究竟却又不敢,她犹豫着、踟蹰着,眼泪却不自觉地顺着脸庞流下。储境察觉到前面有人,抬头一看正是徐竹花,他立刻蹙起眉头,踉跄地冲到徐竹花身边,揽着她的肩膀,装作惭愧地说:"竹花啊,我对不起你,我没能救下龙祥……"

储境话语间带着一丝哽咽,任谁听了都会觉得储境是重情重义之人。徐竹花不祥的预感成真了,她的心脏如同被人狠狠地击了一拳似的,一抽一抽地疼起来。徐竹花看着储境,泪流如注:"这到底怎么回事?"

"我这次离家,是奉命配合正规军清除黄柏山区的新四军,哪知道将龙祥他们也牵扯进来。游击队被打散了,还抓住了龙祥。我跟长官求情,想让他们给龙祥留一条命,但我人微言轻,他们根本不听我的,不仅开枪打死了他,还把他从山上推了下去。事后,我立马带人去山下找到了龙祥,把他带了回来。"储境早就想好了这套说辞,一来洗脱了自己的嫌疑,二来听上去比较真实。如果说自己对徐龙祥的死毫不知情,徐竹花肯定不会相信,还不如挑明了说自己在场。

储境言辞恳切,徐竹花果然相信了他。她上前摸着棺木,泪珠滴滴答答落了下来,喃喃地说:"龙祥,你就这么丢下我们走了,凯玲还有着身孕,你让她以后怎么办?"

走到家门口时,徐竹花担心杨凯玲承受不住突如其来的噩耗,再伤了身子,她抹了抹脸上的泪水,抬头对储境说:"我先进去,让凯玲的心里有个准备,一会儿你再进去布置灵堂。"徐竹花不知道怎么跟弟媳开口,她拖着沉重的步伐向屋里踱去。

杨凯玲正在里屋给即将出世的孩子缝制衣物,听见有人进来,抬起了头。"姐姐,你怎么来啦?快来看看我缝的小兜兜。"一看是徐竹花,她献宝一样地从身边拿出一件做好的小兜兜,递到徐竹花眼前,期待地问道:"是不是很好看?"

徐竹花看着弟媳明媚的眼眸,不忍心将噩耗说出来。她拿着弟媳递过来的小兜兜,摸着上面整齐的针脚,一想到弟弟连孩子的面都没见到,酸涩翻涌,眼眶立刻红了。

"好看,好看。"徐竹花忍着泪水低头回答着。杨凯玲察觉到一丝不对劲,撑着腰艰难地站起来,上前拉住徐竹花的手,关心地问道:"姐姐,你怎么了?"

徐竹花抬起头来,她眼中积攒的泪珠夺眶而出。杨凯玲心里一惊,自从嫁入徐家,她还从来没见过姐姐像今天一样失神。她连忙问:"姐姐,到底怎么了?出什么事了吗?"

徐竹花拉着她坐到床上,看着她的眼睛说:"凯玲……我们家出事了,很不好的事情。你先答应我,一会儿不要激动,当心自己和孩子。"

杨凯玲十分聪慧,她见徐竹花特意过来叮嘱自己,就知道事情一定与徐龙祥有关,又见徐竹花满面悲痛,莫不是徐龙祥受了重伤,甚至……她心里立刻紧张起来,冒出一丝不祥的预感。她下意识地摸了摸自己的肚子,努力让自己冷静下来,开口问道:"姐姐,有什么事你直说,我能挺得住。"

"龙祥他……他被国民党杀害了!"徐竹花下定决心地握了握拳,将难以开口的话说了出来。杨凯玲感觉自己的心跳停止,徐竹花的话在她耳边一遍遍地响着,她虽然早已知晓徐龙祥走的是一条艰难而危险的道路,但好像还是听不明白徐竹花这短短几个字,不如说是不愿听懂。过了好一会儿,杨

第九章

凯玲抬头，徐竹花才见到她已经是泪流满面。杨凯玲说："他不会有事的，他说好回来看孩子的啊。"杨凯玲不由自主地想起她和徐龙祥相知相爱相处的点点滴滴，想起他的聪敏、细心、担当，想起他给孩子送来的各种草编小玩具，想起两人一起描摹的战争结束后的美好生活，眼前渐渐模糊。

腹中传来一阵疼痛，让杨凯玲直冒冷汗，也把她从美好回忆中拉到了现实。杨凯玲大口大口地呼吸着，让自己尽量保持平静，她一定要保护好他们的孩子。杨凯玲抓着徐竹花的手，就像落水的孩子抓住树枝一样，她隐忍的声音仍旧带着一丝哭腔："他现在在哪里？"

徐竹花揽着她，叹了一口气："就在院子里。"杨凯玲挣扎着站了起来，一步一步走到门外。她看见黑漆漆的棺材停在院子里，再也撑不住了，悲恸欲绝，瘫倒在徐竹花怀里，失声痛哭起来。

几日之后，赵小虎悄悄地到了良冲村。这天正是"徐龙祥"头七的日子，赵小虎受徐宏海之托，来告诉杨凯玲真相。储境在葬礼第二天就回到了自卫大队，此时不在槎水，赵小虎确定了这一点之后，来到了徐家。

杨凯玲和徐竹花正在院子里准备一会儿要用的祭品，听见有人进来，纷纷看向门口。"小虎，你怎么来了？"杨凯玲撑着腰站了起来，眼中的泪吧嗒吧嗒往下直掉，徐竹花赶紧上前扶住她。

"姐，嫂子，我这次来是有一件重要的事情告诉你们。"赵小虎回答道。

杨凯玲与徐竹花相互看了一眼，彼此脸上都是一片茫然，不知道赵小虎要说些什么。赵小虎看出她们的错愕，便开口说："能不能找个方便说话的地方？"

两人回过神来，将赵小虎请进了里屋："弟弟妹妹先到墓地上准备祭祀了，屋里没人，进来说吧。"

进屋之后，赵小虎向外面环视了一圈，然后紧紧地关上了门。他低声对杨凯玲和徐竹花说："姐，嫂子，我接下来要说的话，只能你们两个人知道，不能告诉任何人。"

"好，我们不往外说。到底什么事？"杨凯玲看赵小虎郑重其事的样子，知道肯定跟游击队有关，便一口答应下来。

"嫂子，姐，你们不要担心，徐队长现在活得好好的，就在我们队里。其实之前送回来的不是队长,是我们队另外一位牺牲的同志。"赵小虎的话像一颗惊雷,在杨凯玲和徐竹花的耳边炸响,两人睁大了双眼,面面相觑,太过高兴,一时竟然不敢相信。

"小虎,你说的是真的吗?"杨凯玲的心因为激动而剧烈地跳动着,她忍不住要站起来。赵小虎怕她动了胎气,连忙说道:"是真的,嫂子,你快坐下,听我慢慢说。"

杨凯玲靠着徐竹花,两人的手紧紧地握在一起,像是在给对方力量。赵小虎向她们仔细解释了事情的来龙去脉,末了,他再一次嘱咐道:"一定要记得,不能跟任何人说,尤其是储境大队长。就当徐龙祥已经死了,从今以后世界上再也没有这个人。"

"放心,我知道轻重,储境绝对不会知道的。"徐竹花明白赵小虎担心什么,储境跟徐龙祥已经是站在了两个对立的阵营,如果储境知道徐龙祥还活着,一定不会善罢甘休。她会替弟弟死死地保守这个秘密。

赵小虎从怀中掏出一封信和两个草编递给她们:"这些是队长托我带过来的。"

杨凯玲和徐竹花将信展开,上面只有简单的一句话——"一切安好,保重,勿念。徐宏海",在她们眼里却贵如珍宝。杨凯玲小心翼翼地将草编托在手心,在心里默默地想:我们畅想的那个未来一定会实现,我一定会照顾好自己和孩子,守好这个家。

两个月后,日本宣布无条件投降,苦不堪言、任人宰割的日子终于结束了,整个中国洋溢在胜利的喜悦中。潜山各地纷纷召开了群众大会,庆祝抗日战争的胜利。赵小虎从外面回来,喋喋不休地跟徐宏海描述着黄柏山外的情形。

赵小虎故意卖着关子,问徐宏海:"队长,除了这件普天同庆的大喜事,你家还另有两件喜事,猜猜看?"

"喜事?"想到家人,徐宏海会心一笑,"你嫂子生了。"

"生了个大胖小子,母子平安。嫂子给他取名叫激扬,好不好听?"赵小虎兴奋地将好消息告诉徐宏海。

"徐激扬,好听!"徐宏海想象着儿子的样子,脸上洋溢着幸福的笑容,他多想陪在妻儿身边,可惜自己现在不能轻易出现在人前。

"另外一件呢?"徐宏海实在想不到家里还能有什么喜事,开口问道。

"呃……这个嘛……你弟弟徐洪波找到了一份体面的工作,现在已经开始养家糊口了。"赵小虎支支吾吾半天,终于说了出来。

"这有什么说不出口的?"徐宏海好笑地看着赵小虎。洪波从小就很会读书,教过他的先生都说他以后必成大器,转眼间,他已经是二十来岁的大小伙子了,都开始挣钱养家了,徐宏海欣慰地笑问:"洪波找了什么样的体面工作?"

"文员。"赵小虎挤出几个字。"哪里的文员?"徐宏海听出赵小虎有所隐瞒,追问道。"南京,国民政府。"赵小虎说完,飞快地瞟了一眼徐宏海的脸色。徐宏海脸上的笑容瞬间僵住,弟弟竟然加入了国民政府。他瞪了赵小虎一眼:"这是你说的喜事?"

没想到,自己的亲弟弟现在站到了自己的对立面,徐宏海无奈地叹了口气。从事了这么多年的革命工作,徐宏海将国民政府的腐朽无能看在眼里,他早就对这个政府失望透顶。只是弟弟长大了,有自己的思想和选择,徐宏海不能把自己的看法强加在弟弟身上。学而优则仕,像徐洪波这样有文化、又没怎么吃过苦的青年,选择现在的职业也无可厚非。国民政府里有蝇营狗苟之人,也有忠肝义胆之士,徐宏海只希望弟弟能够明善恶、辨是非,向正义的一方靠拢。

日本投降之初,国共两党就如何公正合理地支配抗战胜利果实,展开了新一轮争斗。国民党企图独吞胜利果实,内战一触即发。1945年9月,国民党潜山县政府从野人寨迁回梅城,宣示着自己的"正统性"。1945年10月,国民政府又以"战后治安和日常安防"为由,将自卫大队扩建到六百多人。同月,共产党在巢湖地区成立了皖西大队,由桂林栖担任政委,钟大湖担任大队长,主持开展敌后工作。10月中旬,皖西大队转到桐潜舒交界的山区,与先期回大别山的两支由张伟群、杨震带领的游击队会合,一起成立了中共皖西工委,由桂林栖任书记,张伟群任副书记,钟大湖等人为委员。之后,徐宏海带领黄柏游击队配合皖西工委,以黄柏、后冲、水贵、螺丝岭一带为中心,向周围发展游击根据地。

第十章

（一）

冬风乍起，寒意初现，山里更是清冷。夜幕低垂，万籁俱寂，良冲村的人们早早地回到家中，燃上了油灯，点点微光错落在山谷间，几乎被黑暗吞噬。山峦暗嶂，林中隐约出现一个人影，灵活地越过沟沟坎坎，迅速地向前移动着，看起来对这里的山路了如指掌，此人正是徐宏海。

为了避免引起储境等国民党阵营之人的怀疑，徐宏海假死脱身后，一直蛰伏在黄柏和逆水一带，到如今已有四个多月。最近，潜山县城新进驻了一支国民党军队，身为自卫队大队长的储境鞍前马后地围着他们转，徐洪波也动身去了国民政府任职，徐荷香已嫁给了木岗村的一名黄柏游击队队员胡方圆，因此良冲家里现在只有杨凯玲母子。储境自以为重创了黄柏游击队，没将注意力放在黄柏山区，这倒给了徐宏海安全回家的机会。杨凯玲已经顺利生产，儿子已有三个月大，徐宏海迫不及待地想要见到他们。

徐宏海趁着夜色走山路、穿丛林，经大兴和密林的小路回到了久别的家。此时，天色已晚，村中不少人家已经熄了灯，杨凯玲的房间却依然灯光摇曳，想来应该是孩子闹着不肯睡，杨凯玲正哄着他睡觉。徐宏海看着泛出柔光的窗户，一股暖意充盈在心间。

徐宏海紧贴着房屋拐角，机警地朝四周望了望，确保没有人看到自己，然后猛地脚底发力，往墙上一蹬，双手扣住墙头，翻身一跃，轻盈地落在徐家院内。正所谓近乡情怯，马上要见到分离许久的妻子和未曾谋面的儿子，徐宏海此刻有一丝紧张和激动，他慢步上前，轻轻叩响了后院的小门。

"咚——咚咚——咚——"

杨凯玲正坐在床边抱着孩子，轻拍着孩子后背并唱着童谣，哄他睡觉，耳边忽然传来敲门声。她的手猛然停住，聚神于这熟悉的声音。这是徐宏海很早之前跟她约定好的暗号,除了他们两个,没有旁人知道。杨凯玲不敢相信自己的耳朵,赶紧将孩子放在床上,轻声且急切地走出房间,默默地盯着后院小门,直到敲击声再次响起,欣喜之情顿时爬上她的眼角眉梢。

杨凯玲蹑手蹑脚地快速走到小门处,轻声对着门外喊道:"谁?"

"我,开门吧。"徐宏海低声回应道。

果然是他,杨凯玲颤抖地打开了门闩。

这是经历了生离死别后的重逢,这是拥抱爱情结晶后的重逢,似烈火一般炙热,如大海一般波澜。幸福中有一丝忧伤,甜蜜中有一丝惆怅,温馨中有一丝痛苦。昨日那般悠长,今夜如此短暂。两人紧紧相拥、低声抽泣、泪眼蒙眬。

潜山市红色教育基地

"你们母子一切都好吧?"两人相拥无言,片刻后徐宏海轻声开口,并缓缓拍打着杨凯玲的后背。

"你终于回来了,快先看看孩子吧。"杨凯玲拉着徐宏海的手进入房内。

徐宏海四下打量着,这里已经跟几个月前大不一样,摆在中间的桌椅已经被推到墙角,腾出中间的空间供杨凯玲抱着孩子走动,原来靠墙的斗柜也已经被移到床边,里面放满了小孩子用的东西。看着既熟悉又陌生的家,还有妻子疲倦的身影,徐宏海的心中充满愧疚。

杨凯玲迫不及待地抱起徐激扬,靠到徐宏海面前:"快看,这是谁呀?爸回来喽。"

徐激扬睁着圆溜溜的大眼睛好奇地看着他,稚嫩的小手向前伸着,"咯咯"地笑了起来。徐宏海小心翼翼地接过孩子,握住他的小手,将他抱在怀里轻声哄着。杨凯玲在一旁看着其乐融融的父子俩,笑意爬满了她的脸庞,她多么期盼时间就此停住,一家人永远这样幸福快乐地在一起。

徐宏海舍不得将儿子放下,陪着他玩了好一阵,直到儿子的眼睛有些迷离,生出了困意。他在徐宏海怀里扭动了一番,开始哼哼唧唧起来。徐宏海不知所措,以为自己不小心伤到了他,用手臂僵硬地圈着儿子。杨凯玲看出他的窘迫,笑着打趣道:"怎么了?是不是爸的怀里不舒服,还是到妈妈这里来吧。"说着,她上前抱起徐激扬,解救了手足无措的徐宏海。杨凯玲将婴儿靠在自己怀里,熟练地轻拍他的后背,一边轻声哄着,一边对徐宏海说:"他现在习惯了在我怀里入睡,不然睡不着,哭闹起来可厉害了,那个劲头像你。"

"你每天都要这样哄他,胳膊酸不酸,很累吧?"徐宏海心疼地看着妻子,自己不能在家里帮她分担,她独自为他们的小家承担了太多。

杨凯玲爽朗地摇了摇头:"不累,他平时很好带的。"再次看向怀中时,儿子已经入睡,杨凯玲悄声说,"看,已经睡着啦。"

杨凯玲将儿子放在床上,徐宏海走过来将被子细心地盖好,又用手指怜爱地蹭了蹭他的小脸。安顿好儿子之后,徐宏海拉着杨凯玲来到墙角的桌子边坐下,将灯拨亮了一些。

"你瘦了,在外面的这几个月受了不少苦吧?自从赵小虎带来了你还活着的消息,我每天都在盼着你回来,亲眼见到你平安无事我才放心,可又担心你回来被别人盯上。"杨凯玲看着徐宏海清瘦黝黑的脸庞,心疼地说。

"那件事之后我一直在游击队的大本营待着,那里什么都有,饿不着冻不着,一切都好,除了每天惦念着你们。队里的人经常会来良冲看看,把家里的消息带给我。好在国民党的人以为我真的死了,没有来家里找麻烦。我打听到储境最近很少回家中,忙着在县城接待国民党的军队,这才找到机会回来。"徐宏海安慰着杨凯玲,同时简单地跟她讲述了自己的近况。

"你们队的人来过?我一次都没有察觉到。"杨凯玲惊讶地问道。

"那是自然的,他们个个都是身经百战,练就了一身隐藏行踪的本领。平时行事非常警惕,连敌人都察觉不到。"徐宏海笑了笑。

杨凯玲明白这短短的话语中透露出的游击队员们的艰辛。初闻"徐龙祥"的死讯时,她曾觉得天都要塌了,后来得知他还活着,杨凯玲惊喜之余,真正懂得了徐宏海平时面对的都是生与死的较量,徐宏海和他的同伴们都是心怀民族大义的人,身为家属,她只能默默祈求徐宏海平安无事,自己不能给他拖后腿。她看着徐宏海的眼睛,泪水又在她的眼眶里打转,她认真地说:"我不求别的,只希望你平安。"

"我会多加注意的,难得回来,就不说这些了。"徐宏海轻轻叹了口气,接着话音又振奋起来,"你总要抱着激扬哄他睡觉,这样太辛苦了。我这两天给他做一个摇篮床,以后就可以摇着他睡觉,你就能轻松一些。从他生下来,我就没管过他,这也算是我这个做父亲的对孩子的补偿吧。"

"我平时也不累,多亏了姐姐,她也会经常过来帮我分担一些农活,我们应该好好感谢姐姐。对了,前两天我去镇上,听说国民党正在搜捕你们的人,别的乡镇已经有好多人被抓走了。黄柏游击队现在安全吗?这次回家能待多久?"

徐宏海沉思片刻,缓缓地说道:"现在确实形势不好,组织上遭到了叛徒的出卖,最近被国民党盯上了。不过游击队这边暂时没事,应该是我假死的事情让他们对游击队放松了警惕。为保安全,组织正在清算叛徒,这不,我刚被审查完身份,有几日闲暇时间。不过,为了稳妥起见,白天我不能待在家里。"

皖西工委成立之际,地方党组织内出现了叛徒,导致国民党反动派在皖西山区发动了接二连三的"清剿"行动,潜山等地有不少同志遭到迫害。皖西工委成立后便着手清除组织内的毒瘤,审查了各人的党籍,重新建立了皖西各地的党组织,为反击做好准备。徐宏海这次除了回家探亲,还要暗中探查国民党反动派的动向。槎水正好在黄柏山区外缘,黄柏游击队经过这几个月的休整已经恢复元气,一旦国民党武装靠近槎水,徐宏海就会带着游击队围困他们。

天蒙蒙亮时,徐宏海看了看窗外,说:"天快亮了,我得走了。"

徐宏海不能告诉她自己的准确位置,便说:"我就在家周围的山上,陪着你和孩子。想我的时候就到门外北面场地上转转,我会知道的。"

这个季节,即使是白天,山上也寒气入骨,杨凯玲怕他身体扛不住,便给他准备了厚厚的被褥,依依不舍地送他离开。

徐家所在的上冲有一个坐北朝南的陡峭山包,因形状酷似狮子头部,名曰狮形包,狮形包的正面约在狮子额头部位有一处天然形成的石洞,几块巨石靠在一起,底下形成一个可容纳五人有余的嘴状空间。这处石洞离徐家约十分钟路程,向下望过去,正好能清晰看到山下左右两条大路及一里外通往上冲的关口,可将山下的人员来往及徐家的户外情况尽收眼底,而山下的人抬头看狮形包时被高大葱绿的马尾松挡住了视线,无法看到石洞。若有人从下面追击需要攀爬约三十米的陡坡,若从洞口逃离可以沿左、右和上三个方向轻松逃离至其他山林。因此这里是绝妙的隐蔽观察之地,徐宏海将带来的被褥铺在石头上方,白天便在这里监视敌情。

(二)

两日之后的傍晚,徐宏海正在山上给儿子做竹摇篮,余光瞥到山前一百米的竹林边有人肩上扛着一个竹篙,他定睛一看,来人左肩扛了一根两米多长的竹篙,这正是游击队的接头信号。看来组织上有任务了,徐宏海迅速下了山。

这个扛竹篙的人是同村的游击队员朱海浪,他远远地看见徐宏海的身影,快速地迎了过去。

徐宏海看到后快步上前,将朱海浪带进竹林,问道:"队里有任务了?"

"是。国民党军队正在陆续进驻安庆府和各县城,抢占交通要道,入驻县政府、乡政府。据说,国民党军连带地方保安团一共上万人正在转道皖西山区。现在,武装和政权两方面我们都不占优势,皖西大队的钟大湖大队长让我们游击队深入百姓中,借助老百姓的力量粉碎他们的图谋。"

在潜山周围的几个县里,国民党军队大修碉堡,在交通要塞设置关卡,还增设了不少潜伏哨,不断压缩共产党的活动范围,将当地游击队逼到山上,想要困死他们。虽然国民党军队还没有到达黄柏山区,但徐宏海对他们的围攻动作早已有所耳闻。看来,自己该归队了。

"队里还有几个人回家探亲,都通知他们了吗?"徐宏海问道。

"还没有,正打算去。"朱海浪说。

"我今晚就回去。他们几个明天再通知吧,再给他们一天时间,跟家人多待一会儿。"徐宏海回头看了看家的方向,轻声和朱海浪说道。

等到天黑以后,徐宏海提着这两日做好的竹摇篮向家里走去,进入屋内。杨凯玲正哄着儿子玩,儿子精神十足,挥舞着双手咯咯地大笑。徐宏海看到这一情景,嘴角微扬,幸福无比。

"回来啦?快来陪你儿子玩。"杨凯玲听见身后的脚步声,扭头对徐宏海说道。接着,她又笑盈盈地对徐激扬说:"你爸回来了,让爸陪你一会儿好不好?"

徐宏海将摇篮放在床边,有力的双手稳稳地托住儿子,将他放到摇篮里,温柔地说:"爸送给宝宝的礼物,喜不喜欢?"

徐宏海轻轻地推着,摇篮一荡一荡的,徐激扬新奇了一阵子,很快就睡着了。夫妻二人看着熟睡的儿子,相视一笑。

"凯玲,我一会儿就得归队了,组织上有任务。"徐宏海犹豫了一下,还是开了口。杨凯玲目光呆滞了一会儿,接着扯起一个安慰的笑容:"没关系,你去忙你的吧。"

徐宏海充满歉意地握了握她的手:"对不起,让你们受委屈了。找个机会告诉姐姐我回来过吧,好让她放心。"

"没有什么对不起,只要你平安就好。"杨凯玲摇了摇头,眼里明明满是不舍,脸上却写着坚韧。

徐宏海站在门口回头看了一眼妻儿,转身没入夜色中。

自抗日战争以来,为了让穷苦人民能有饭吃,党组织一直在各抗日根据地推行减租减息政策,但随着国民党军队的进犯,抗日根据地并不稳固,部分地主老财变本加厉地苛待农民。桂林栖主席带着几支游击队暂时驻扎在黄柏,按照皖西工委和皖西大队的指示,徐宏海带领黄柏游击队到黄柏山区下属的各个山村中打击恶霸,为党组织集结群众力量。

徐宏海常在夜间潜入恶霸家中,命恶霸将压榨来的粮食和租金退还给农民,为穷苦百姓们讨公道。时间一久,黄柏周围的恶霸乡绅对游击队闻风丧胆,而百姓们提起游击队则纷纷叫好。

"队长,你看。"队员彭广徽刚从山下回来,将一个篮子放在徐宏海面前,兴奋地说。徐宏海在他期待的目光中掀开了盖在上面的碎花布,满满一篮子挂面和一颗新鲜的白菜呈现在眼前。

"哪来的?"徐宏海侧头问道。

"我在山下村子里遇见了赵老伯,你还记不记得他,就是两个月前我们帮他从地主手里要来租金,给他孙子看病的那个。"看到徐宏海点了点头,彭广徽打开了话匣子,继续说,"他孙子的病现在全好了,健康可爱。赵老伯很感激我们,他和他孙子在山下等了好几天,想给我们送这些东西,今天刚好遇见了我。赵老伯说这是他的心意,他们硬把这些塞到我手里就跑了,我也只好拿回来了。"彭广徽才十七岁,今年刚参加革命,本来还在为自己帮助了赵老伯而高兴,后来看到队长严厉的眼光,想起队长说过不能要老百姓的东西,话音越来越小。

徐宏海拎了拎篮子,沉甸甸的。两个月前,赵老伯的孙子一连高烧好几天,大夫看过之后,说孩子得赶紧退烧,否则会有生命危险,用中药已经来不及了,得用西药才行。赵老伯的儿子在战争中牺牲了,只留下孙子与他相依为命,祖孙俩靠着从地主那里租来的三分薄田维持生计。西药价钱贵,老伯实在拿不出钱来,无奈之下去跪求地主借些钱,没想到被人打了出来。老伯心灰意冷,准备跟孙子一起等死。黄柏游击队听说后,立刻帮老伯收拾了那些欺负他的人,还要回来了地主从老伯手里坑骗的高价租金,及时给他孙子买了药,这才让赵老伯重新有了活下去的希望。

"这么多东西,赵老伯得攒多久。"徐宏海看着篮子里的东西,长叹一口气,百感交集。

"是啊。他这么大年纪了,地主欺负他不识字,在租田契约上坑他不说,竟然还打他,真是太过分了!"彭广徽想到老伯之前绝望的样子,气愤地说。

"天下还有万千个地主老财,还有万千个赵老伯。帮赵老伯他们摆脱压榨,这就是我们奋斗的目标。"徐宏海拍了拍他的肩膀,随即安排道,"好了,把东西拿到厨房给大家分一下吧,另外从队里拿点钱,找个时间给老伯送到家里去,别让他知道是我们给的。"

热腾腾的面条驱散了冬日的寒意,也温暖着大家的心。徐宏海他们正吃着,值班的队员带着钟大湖的通信兵走了进来。

"徐队长,情况紧急,钟大队长请你们快到塔畈乡会合。"通信兵一进门就急切地说。

徐宏海一下子站起来:"什么情况?"

"桂林栖书记前两天从黄柏出发向岳西行进,却在途中遭到了敌人夜袭。他们突围到塔畈乡跟钟大队长会合,但是电台在袭击中丢了,现在皖西工委和皖西大队跟上级失去了联系。钟大队长已经派出一个连前往湖北找新四军去了,身边人手不够,让您带黄柏游击队过去增强防御力量。"

"大家都听到了吗?快收拾,一刻钟后集合出发。"徐宏海话不多说,让大家迅速做好准备。

一行人来到后冲,钟大湖早已在此等候多时。徐宏海跟着通信兵来到他的临时指挥所,向钟大湖打了声招呼:"钟大队长。"徐宏海飞速扫视了一圈,发现指挥所内还有几个眼生的面孔。

"书记、委员们,这就是我跟你们说过的有勇有谋的黄柏游击队队长徐宏海同志。"钟大湖向众人介绍着徐宏海,徐宏海向他们点头致意。

"徐队长,这位是皖西工委桂林栖书记,这位是……这位是……"钟大湖紧跟着向徐宏海介绍在座的各位同志。

"徐队长,我们的遭遇你应该已经知道了,塔畈附近你比较熟悉,我们现在需要你在外围设防,必要时带领我们转移。"钟大湖说道。

徐宏海坚定地答道:"书记、各位委员,请放心,我们游击队一定让大家安全离开。"

从营帐出来后,徐宏海找到游击队副队长王世华和汪洪太,与他们一起商议接下来的事宜。

简要地转达了皖西大队的要求后,徐宏海说了一下自己的想法:"皖西大队派往湖北的那个连回来之前,我们尽量将敌人诱离塔畈,避免皖西大队冒险转移,否则去湖北的同志们回来也找不到队伍,可能会出现不少麻烦。另外,桂林栖书记他们原本是从官庄向西,经马坳岭进入岳西。这条线路已经遭到埋伏,不能再走了。"

王世华长期在塔畈和岳西一带活动,听到上级的要求,他在脑中仔细勾勒出塔畈周边的地形,一边思索着,一边说道:"如果从此地向西北走,不远就能到达大山尖。这一路没有官道,也不经过其他乡镇,应该没有敌人设伏。大山尖西边是连绵不绝的山区,便于隐藏行踪。沿着山向西北行军,从倒坐岭穿过,就能到达岳西境内。"

徐宏海想了一下这几处地方的位置,赞同地点了点头。王世华接着说道:"这样的话,我们可以将敌人引往北面的平峰寨,让他们以为皖西工委走的是北线。"

"好!调虎离山,让他们扑个空,那我们先将计划报告给钟大队长。"徐宏海说道。

获得皖西工委和皖西大队的认同后,徐宏海就按照这个计划吩咐了下去。

(三)

两天后,国民党的军队果然出现在塔畈乡的东面。黄柏游击队准备充分,提前穿上了新四军的军服迷惑敌人,顺利地将他们引离了皖西工委和皖西大队所在的地方,化解了危机。

前往湖北寻找新四军的一个连辗转找到了中原军区独立第二旅旅部,待军区首长批准后,独二旅为皖西大队解决了电台、弹药等问题。等他们带着物资回到了塔畈,皖西大队便按照黄柏游击队给出的路线前往岳西。恢复元气的皖西大队开始反击国民党武装,他们根据游击队提供的情报,找到敌人在各乡镇的公所，常常夜袭冥顽不化的反动分子，令敌人心惊胆战，不敢安寝。

就这样，徐宏海带领黄柏游击队一边为皖西大队打探敌情，一边救困顿的百姓于水火之中。反奸除恶和减租减息运动如火如荼地展开，各地农民反地主压迫的情绪也越来越高涨，中共中央敏锐地捕捉到农民对于土地的需求，从1946年4月就开始对解放区的土地问题进行了集中探讨。一个月后，一封中央文件——《关于土地问题的指示》下达到各解放区，要求各解放区贯彻执行，将减租减息政策正式调整为"耕者有其田"的政策，最大限度地保障了广大农民的切身利益。消息飞遍了大地，久经压迫的农民喜出望外，百姓们拥军拥党的热情空前高涨。

黄柏游击队里，徐宏海正拿着两份文件带领大家学习。一份是皖西大队转来的《关于土地问题的指示》（以下简称《指示》），另一份则是皖西工委根据手中掌握的信息列出的黄柏山区地主名单。

《指示》规定，除了没收和分配掉极少数大汉奸的土地外，对于一般地主可以继续沿用减租减息政策。一般不变动富农土地，决不可侵犯中农土地。徐宏海在前面念着《指示》的内容，队员们听着听着，就开始小声讨论起来。赵小虎忍不住问道："队长，这是什么意思嘛，分地主的土地给大家是好事，怎么还要照顾一些地主呢？"

"是啊是啊，这些靠压迫别人做工吃饭的人，凭什么还要给他们优待！"下面有人愤愤不平地说道。

徐宏海见大家情绪有些激动，便清了清嗓子，高声喊道："大家先安静！仔细听我说！"洪亮的声音回响在屋内，大家顿时安静下来，一双双眼睛望向徐宏海。

"中央下达的文件肯定是经过深思熟虑的。大家先别着急，我们再好好看一下，这上面说的是，对于中小地主，要跟大地主和恶霸区分开来，给予他们适当的照顾。人有好人坏人，就像我们组织里出过叛徒，国民党组织里也有拳拳爱国之人一样，地主也分好的和坏的。大地主和恶霸是用尽手段得到了本来不属于他们的东西，对这些人当然不能仁慈。有些抗日军人和抗日干部家属虽出身地主家庭，但他们却没有欺压百姓，反而还为了我们的国家抛头颅洒热血。我们不能忘恩负义,你们想想是不是这个道理?"徐宏海耐心地安抚着大家的情绪,仔细地向大家解释着。

"队长说得也对。虽然我们大部分都是穷苦出身,深受地主压迫,他们大多数都是自私自利的东西,但确实不能一棍子打死。"听到徐宏海这么说,底下陆续有人表示赞同。

"对对对,以前队长带我们学过,要认清谁是敌人,谁是朋友,团结……团结什么来着?"赵小虎也觉得队长说得有道理,想要表示认同,奈何自己当初一到学习就打瞌睡,后面的内容怎么也想不起来了。

大家一阵哄笑:"团结一切可以团结的力量!小虎,早就说过,每次学习数你睡得最香,你还不承认。"

徐宏海也被逗笑了,他看着赵小虎红到耳根的脸,轻咳一声:"咳咳,我们继续说《指示》的内容,还有一些乡绅虽然是靠租给农民土地、雇用农民做工富起来的,但他们本身没有对农民过分压榨。如果接下来他们积极配合我们的政策,那给他们一定的照顾,多留下一些土地,也无可厚非。我知道大家都曾或多或少地被地主恶霸欺负过,不过我们共产党人讲究统一战线,用少量土地,换一份支持革命的力量,你们说划不划得来?"

大家被徐宏海说得心服口服,也从最初的愤愤不平逐渐冷静下来。徐宏海见大家平静下来,便继续向大家传达皖西工委的指示,他摇了摇手中的名单,对大家说道:"这一份,是黄柏山区地主老财的名单,皖西工委让我们按照名单,将他们的田地分给贫农。来,传下去看看,有谁认识上面的人,可以先去给他们做做思想工作。"

大家一下子凑了上来,里外围成几层,仔细看着上面的名字,不时地有人汇报名单上出现了自己认识的人,一时热火朝天。最后,名单传回徐宏海手中,他上下扫了两圈,竟也看到一个熟悉的名字——王东清。

王东清正是天明大叔的表弟,也是徐父的远方表亲。王东清的爷爷那一辈是富农,他父亲虽然成了小地主,但还念着村里人的亲情,没做过什么伤天害理的事。王东清自小过着吃穿不愁的日子,长大后开始瞧不起穷人,心安理得地靠他父亲留下的田地收着租金和粮食,对人苛刻。徐天明活着的时候还能敲打他,徐天明牺牲后他变得肆无忌惮,虽然没有伤人害命,但克扣粮食、奴役佃户是常有的事。

徐宏海跟王东清交集并不多,但看在天明大叔的面子上,决定先去找他谈谈,争取让他获得宽待。

"这里面谁能先去谈谈?"徐宏海举起名单对大家说。

下面有三个人举起手,徐宏海让他们上前,在名单上圈住自己认识的人。

"加上我,一共四个。我们四个分组去谈判,剩下的人也分成四组暗中跟着。争取让他们主动配合,也要时刻注意自己的安全。"于是黄柏游击队分头行动,开始在黄柏根据地为农民分田分地。

王东清的家就在良冲村中心,是一座砖砌的三合院,在这个并不富裕的小山村里显得尤为气派。徐宏海一行人趁着夜色来到他家门口,徐宏海敲了敲大门,其他人则隐入三合院旁边的竹林中,时刻盯着墙内的动静,随时做好援助徐宏海的准备。

"谁啊?这么晚了!"烦躁又沙哑的男声从门内传来。

"东清表爷(表叔的意思),我给你送了点东西过来,开下门吧。"徐宏海并未亮明自己身份。

王东清一听对方叫自己表爷,觉得应该是村里租田的小辈来给自己交粮了,便披着衣服,趿拉着鞋子过来开门。他嘟嘟囔囔着:"什么事不能明天说,非要现在,我可从来没有因为你们晚交两天租就涨租金!"

吱呀一声,厚重的大门打开。王东清刚想数落对方一番,抬头一看愣住了,他跟徐宏海多年不见,一下子没有认出来。

徐宏海礼貌地打了声招呼:"东清表爷,近来可好?"

王东清皱着眉头,仔细打量着徐宏海,越看越觉得脸熟。忽然,他像是想起什么似的,脸色倏地一下白了:"你……你是徐龙祥?"

徐宏海点了点头:"看来东清表爷还记得我。"

"你不是已经死了吗?我亲眼看到储境将你拉了回来,那天可是一路哭回来的。"王东清颤抖着问道。

"说来话长,东清表爷不请我进去坐坐?"徐宏海并不接他的话茬,只一手扶着门问了一句,说是问,却完全没有给王东清回绝的余地。

"噢,好,进来说吧。"王东清还没回过神来,就让开了路。等徐宏海进了大门,他才反应过来,暗中拍了拍大腿:这个徐龙祥是人是鬼还不知道,自己怎么就放他进来了!只是这尊佛明显不好送走,也不知道是来干什么的。

徐宏海站在院子里,等到王东清关上门后,才跟在他身后进了屋子。王东清毕竟是自己的长辈,自己再不喜欢他,也不能忘了礼数。

王东清走进屋子后,身上才暖和了一些,脑子也清醒了一些。他清了清嗓子,端起长辈的架子,开口问道:"丧事是假的?"

"是。这也是无奈之下的脱身之举。我也不用瞒着您,我跟天明大叔一样,早就加入了共产党。"徐宏海也不瞒他,摆明了自己的身份,简单地跟他解释了两句。

王东清搭在躺椅扶手上的手指微微抖了一下。共产党要分田分地的事情最近传得沸沸扬扬,传言必有源头,现在不少佃户觉得有了靠山,最近都敢忤逆自己了。徐龙祥在这个时候找上门,肯定是来者不善。

"你今天来有什么事呢?"王东清也不想兜圈子,语气不善地问道。

"风口上的事,东清表爷应该能猜出来吧?这次我来找您,是因为我们有优待政策。您跟天明大叔自幼一起长大,天明大叔一直也很疼您,看在他的面子上,我想给您争取优待,但这事办不办得成,还得看您的态度。"徐宏海不卑不亢地回答道。

王东清冷哼一声说道:"哼!凭你们就想把别人祖祖辈辈传下来的田地分走?天下哪有这个道理!再说了,你空口白牙一句优待就想蒙我?我又没做什么伤天害理的事,怕你们不成?"

徐宏海早料到他不会甘心让出田地,便说:"东清表爷,正是因为你没做过太过分的事情,我这才先来跟你知会一声。只要你在收田收地时能配合,那我们就会给你多留一些田地,保证你能靠自己的劳作吃穿无忧。"

"那是我家的田地,由不得你们胡作非为!"王东清气愤地拍了拍桌子。

"那是你从别人那里剥削来的田地!你以为你在家里坐着,天上就能掉粮食掉钱?这都是那些佃户流着汗换回来的,你是躺在他们的汗水里坐享其成!"徐宏海提高了音量,正色说道,"你欺负村里孤寡老人的事情谁不晓得?提高他们的租金,克扣他们的粮食,辛苦一年,收成的大头都给了你!"

"混账！你敢这么跟我说话！谁让他们天生就穷，嫌收得少别租我的田种啊，有的是人等着租！"王东清手指着徐宏海，气急败坏地喊道。

"没有人天生就该受穷，如果真的有，也该是你们这群不劳而获的人。东清表爷，我看你是我的长辈，真心劝你一句，时代变了，分田分地已经是板上钉钉的事，主动配合，争取给自己多留点田地吧。"

"你，出去！这里不欢迎你！"王东清推着徐宏海就往门外走。

眼看跟他说不通，徐宏海吹响一声口哨，潜伏在周围的游击队员翻墙而入，将王东清围在中间。

徐宏海高声说道："东清表爷，我们的作风你应该也听说过。对敌人绝不手软，对朋友真心相待。谁跟百姓作对，谁就是我们的敌人。国民党装备比我们好那么多，让我们打退了多少回？东清表爷，我是真不想跟您走到对立面。"

说完，他看了下身边的人。游击队的人一下子就懂了，便佯装凶狠地说道："队长！跟他废话这么多干什么，这亲戚都出五服了，干脆直接抓走关起来，看他到时候还愿不愿意交土地。"说罢，几个人逼上前来。

王东清虽然敢对徐宏海叫嚣，但看着眼前这几个人"凶神恶煞"的样子，心里害怕了，不过他还是嘴硬地回道："以为我怕你们吗？徐龙祥，你就这么对长辈？"

徐宏海听出来他气势弱了下去，再次看了看队友，队友立马配合，表现出一副不耐烦的样子："这老头怎么这么横！天堂有路你不走！要不是我们队长坚持跟你提前谈谈，我们早就连人带田一起没收了！带走带走！赶紧回去交差睡觉了！"说着，上前用力攥住王东清的手腕。

王东清感受到手腕上传来的力量，想象着自己在黑牢房里暗无天日的生活，终于慌了，他连忙看向徐宏海说："龙祥，龙祥！表爷糊涂啊，只要你们给我留口饭吃，多余的田地你们拿走，分给那些穷人去种！"

徐宏海故作为难地说："要不放了他吧，今天的话大家都听到了。我给他做担保。"

"那可不行，队长，不是大家不给你面子，三更半夜辛辛苦苦地来一趟，煮熟的鸭子就这么飞了，我们的功劳就这么没了？"游击队员们故意大声地喊道。

"我给你们立字据!"王东清连忙说道。

"字据?我们要那东西干什么?到时候你死不认账,我们上哪儿说去。"游击队的人看到队长使的眼色,于是并不买账,恶狠狠地说道。

"东清表爷,你的字据没有用,可你跟佃户签的字据有用啊。"徐宏海适时地提醒道。

王东清心里气急败坏,却不得不按照徐宏海说的,将租户的契约拿了出来。徐宏海接过契约,仔仔细细地叠放起来,看着王东清说道:"东清表爷,你放心,我们说话算话。我们就不打扰了,你快回房休息吧。"

他摆了摆手,大家便松开了王东清。回去的路上,大家没想到这么顺利,兴奋地问:"队长,你怎么想出来这个办法的?刚进去的时候我们都懵了!"

徐宏海微微一笑:"我这个表爷,就是从小被家里人惯坏了,不能自力更生,但算不上大奸大恶之人。你们看,他这么多年来,除了吓唬吓唬老人以外,从没传出来打人伤人这种事。这样的人好对付,吓一吓就行了。"

到了6月,国民党撕毁了国共双方的停战协定,对解放区发动"围剿",正式拉开了内战的大幕。我党华中、中原地区的一些部队先后抵达皖西,与国民党反动派抗衡。黄柏游击队或斗争,或智取,清算了辖区内的地主,将田地分给贫民,还派人教那些当惯了寄生虫的地主怎样种田种地,赢得了老百姓的极大拥护。与此同时,徐龙祥还活着的消息迅速传遍了良冲村,不久后也传到了储境的耳朵里。

第十一章

（一）

　　7月的正午,烈日炎炎,潜山自卫大队院子里的花草无精打采地耷拉着,聒噪的蝉一阵一阵地叫嚣着,听得人心烦。

　　短短几个月,先是国民党军队陆续入驻潜山,随后共产党搞分田分地运动,储境一边要在国民党军队面前待命,一边又要时刻关注共产党的行踪,阻挠共产党的行动,忙得焦头烂额。最近,总能听到有人说徐龙祥压根没死,而且传得神乎其神,搅得储境更加心烦意乱。

　　此时,潜山自卫大队的人刚刚跟他汇报完潜山县城里共产党的最新动态,顺便跟他提了几句徐龙祥的事情。站在屋内,被酷暑折磨的他心情愈加烦躁。他走到窗边伫立,深深地皱着眉头,嘴里叼着烟卷,忧郁阴冷的眼睛远看着窗外,仔细回忆着徐龙祥死去那天前后的事情。

　　当初,徐龙祥的尸首在山下被找到时,由于滚落过程中被山石划伤了脸,自己并没有看清他的面容。但那尸首的身形与徐龙祥极其相似,脚上的鞋子也是徐竹花亲手做的,自己这才敢确认他就是徐龙祥,将他带回徐家后,徐竹花和杨凯玲也接受了死的就是徐龙祥。事情已经过去了一年多,本以为当初干掉了徐龙祥,潜山游击队的气焰能小一点,谁知道半路又杀出个徐宏海,领着那帮人跑到各村上分地主的田地给佃户种,煽动老百姓跟共产党一条心,给县里带来不少麻烦,张县长很是重视。自己正到处打听这个徐宏海是何方神通,想要除掉他,怎么这个时候徐龙祥又冒了出来？无风不起浪,自己必须得回良冲一趟,探个究竟。如果徐龙祥真的还活着,那徐竹花和杨凯玲一定知道。

　　储境冷哼一声,一股脑地吐出几个烟圈,然后将手中的烟狠狠地摁在窗台上熄灭,顺手弹了出去。储境一刻也不想多等,立刻走出自卫大队的院子,准备回良冲。

"大队长,您要出去?"门口值班的小伙子看见储境大步流星地往外走,连忙招呼其他人跟上,"兄弟们,快,有任务。"

储境摆了摆手说:"你们在这里守着,都机灵点,如果县政府有什么指示,就派人到良冲找我。"以前储境回家时总要带上几十个人,一是保证他的安全,二是显得自己威风。不过这次,他想着要查清徐龙祥的事情,带着别人容易打草惊蛇,一个人反而方便。

到了良冲后,他直奔王东清的家。传言徐龙祥带人分了王东清的田和地,王东清肯定知道些什么。

"咚!咚!咚!"储境重重地拍着王家大门。

王东清拿着蒲扇从屋子里出来,一边摇着扇子一边冲着门外喊:"哪个不长眼的!这么大声干什么!"

"我,储境。"储境倒是没恼,慢悠悠地报上名来。

王东清一听,连忙把扇子扔到一边,殷勤地上前打开了门,笑着对储境说:"哎呀,原来是储大队长,快进来坐,快进来坐。"

王东清敢在徐龙祥和徐竹花他们面前拿出一副长辈的做派,也就是凭着他们尊称自己一句表爷,面对储境,他则不敢放肆。王东清心里清楚,储境本来就不算自家人,他现在又在县里任要职,自卫大队比县政府都厉害,自己得供着。前段时间徐龙祥刚来分走了自己的田地,这个时候储境又来,难道又是为了自己手里的家产?王东清的心里暗叫不好。

"储大队长,怎么有空到我家来了?有何贵干?"两人走到正屋,王东清让储境坐到了上位,倒了一杯茶递到储境手里。

储境坐在圈椅上,接过茶一饮而尽。一路走来他被太阳晒得睁不开眼,清香的茶水下肚,正好解了几分暑。储境满意地将茶杯放在手边的桌子上,抬眼对一旁的王东清说:"表爷,我这次来是想请您帮个忙,向您打听一件事。"

王东清听到储境这次不是来夺家产要财物的,长舒一口气,连忙说道:"储大队长有事直说,只要我知道,我一定知无不言。"

"前段时间,徐龙祥是不是来你家了?"储境身体前倾,直勾勾地盯着他的眼睛,颇有些阴恻恻地说。

第十一章

"是啊是啊,他那天晚上来我家说要给佃户分田分地,一开始我不同意,接着,不知道从哪儿跳出来几个人把我围住了,说要抓我去坐牢,我一害怕,就把佃户立的字据给他们了。"王东清一提起那天晚上,一阵恐惧感就袭来,像是有说不完的苦要诉,他絮絮叨叨地说着,"后来听说别的村子里没同意分田地的富家也没被抓走,我是越想越后悔。唉,不过那些富家确实没能留下多少田地,这一点上徐龙祥倒是没骗我,他的确给我争取了优待……"

储境不耐烦地打断他:"真的是徐龙祥?你确定吗?有没有可能那天天色已晚,你看错了?"

"这绝对不会错,一开始我也以为撞见鬼了,后来他自己都承认了。他说自己是共产党的人,还说当时是为了脱身才装死,院子里围着我的那几个人也喊他队长呢。"王东清将桌子拍得嘭嘭响,笃定地嚷着。

王东清说得信誓旦旦,不像是假的。但储境记得清清楚楚,黄柏游击队现任队长叫徐宏海。慢慢地,一个难以置信又合情合理的想法出现在储境脑中,原来,徐宏海就是徐龙祥!

不管这个解释有多合理,有了上次的教训,储境不敢立马下定论,这回,他要到徐家确认一番。

"我肯定是相信表爷的,我再去了解了解情况,就不打扰表爷了。"储境阴郁的眼神下挂着虚伪的笑容,辞别了王东清,快步向家里走去。王东清看着储境远去的身影,喃喃自语:"他们俩是郎舅俩,怎么还向我打听徐龙祥的事?不管这么多了,只要不是来找我要财产,他们做什么跟我没关系。"

储境推开家门时,徐竹花坐在院门口正在缝衣服。徐竹花抬头发现是他,放下手中的针线,惊讶地说:"怎么这个时候回来了?也没提前说一声。"

"提前告诉你,好让你……让你去村口接我吗?就这几步路,我自己回来就行。这两天得闲了,回来看看。"储境嘴上说得好听,心里却冷哼一声,好让你给徐龙祥通风报信吗?

徐竹花看他满头是汗,便体贴地拿着扇子给他扇了扇风:"瞧你这一头汗,天这么热,回家走这么快干什么,又不是平时有任务。"

"这回是临时有空,明天就得回去。我这么久没回家了,想快点到,在家里多待一会儿嘛。"储境花言巧语地骗着徐竹花。

"你坐一会儿,我去给你熬点绿豆汤,夏天喝绿豆汤解暑又解渴,绿豆是前几天凯玲送过来的。"徐竹花大步走到房间拿来了绿豆。

"唉,龙祥这一去,留下凯玲母子,怪可怜的。别看我不怎么在家,可至少家里有事了我能回来给你出点力,他们娘俩就得靠自己了。"储境叹息地说道,还抬眼瞄了一眼徐竹花。

徐竹花一边煮着绿豆汤,一边答道:"是啊,他们的日子不好过。可怜了我的侄儿,这么小就没了父亲。"

"龙祥要是还在该多好啊。唉,可惜了。"储境不着声色地说道。

徐竹花感觉储境有些反常,说话总是不离徐龙祥,难道他发现了什么?最近村里也有人传徐龙祥没死,储境这么快就知道了?徐竹花停下手里的动作,转过身来看着储境:"以前不是说好了,这件事过去就过去了,少在凯玲面前提,她一个人带着孩子不容易,别再勾起她的伤心事了。"

"好好好,我又不傻,肯定不会在凯玲面前提。你别急嘛。"储境连忙哄着徐竹花,"不说了不说了,小侄子出生后我也就见过一面,今天正好有空,一起去看看他们吧。县城物资供应站特意给我送了十斤北方运来的大米,这可是好东西,外面都买不到,我们家里留一份,给凯玲他们带一份。"

储境这样一说,徐竹花只能满口答应,两人喝完绿豆汤休息片刻后便来到杨凯玲家里。刚到院外,徐竹花快步上前,冲里面喊了两声:"凯玲,你姐夫来看激扬了。"

（二）

他怎么来了?杨凯玲的心里升起一种不祥的预感。徐宏海告诉过她,对这个姐夫要多加小心。杨凯玲从屋里迎出来,笑意盈盈地打招呼:"姐姐,姐夫。"

"你姐夫临时有空回来,非要来看看你和激扬,还从城里带回来了几斤大米。"徐竹花握着杨凯玲的手,热情地跟她解释着,手上不着痕迹地加了点力气。

杨凯玲借此印证了心中的猜测,储境果然是来者不善,另有目的。

"谢谢姐夫挂念,激扬正在里面玩着呢,我把他抱出来。"杨凯玲笑着说。

储境却想自己进去查探一番,于是快她一步向里屋走去:"激扬,让姑父看看。"徐竹花和杨凯玲赶紧跟了上去。

储境到床边弯腰抱起徐激扬,眼神却四下飘忽着,他环视了一圈,屋里没有任何徐龙祥的物品和痕迹。"激扬,认不认识我?我是大姑父。"储境心不在焉地说着。

徐激扬对他没印象,被储境抱得并不舒服,他咿咿呀呀地喊着,身子使劲地挣脱着,向杨凯玲的方向弯身过去。杨凯玲从储境怀里把他抱过来:"姐夫别在意,小侄子还有点认生。"储境笑着说:"小孩子都这样,认生很正常。激扬白白胖胖的,我抱着都觉得有分量,你平时带他费了不少心吧。我看这个摇篮床不错,用它哄孩子能省不少力气呢。"储境上前摸了摸摇篮床,装作惊讶地说:"这是哪个篾匠做的,做得不错啊?"

杨凯玲心里早有对策,沉着应对着:"这个是我哥看我带孩子辛苦,专门找人做的。他说有个老篾匠,做了一辈子的手艺活,编出来的东西人人都说好。不错,这摇篮床确实不错。"

储境见她毫无破绽,心里又生一计:"一个人养孩子确实辛苦,要是有人帮衬一下就好了。不瞒你们说,我一直有件事想告诉你们。这段时间我听见有人说见过龙祥,说他还活着。听到这个消息我很高兴啊,就是不知道真假。"

徐竹花和杨凯玲对视一眼,心里都是咯噔一下。杨凯玲迅速镇定下来,佯装激动地说:"姐夫,这些我也听说了。村里人都说,龙祥前段时间去了东清表爷家,但表爷也说不清他后来去了哪里。去年,你带龙祥回来的样子还历历在目,他虽然离世了,可一直还活在我心中,总在梦中见到他回家了,可一觉醒来,终究是一场梦啊。他若真活着,怎么能这么狠心,这么久不回家呢?"

储境本来想看她们俩露出破绽,但从她们的话语里听不出任何关于徐龙祥的真实消息,只好说:"凯玲啊,我和你大姐都希望他还活着,常言道,除了猪肉无大荤,除了郎舅无好亲。不过,这也很奇怪啊,如果他真的还活着,又没回过家,能去哪儿呢?难道一直在他以前的游击队那里待着?"

徐竹花接过话："储境，若在游击队，你应该知道啊。你的自卫大队跟游击队不是一直交手吗？他要是在游击队，你就没见过他？"

"哎呀，平时交手也是无奈，都是听上头的命令。大家都是乡里乡亲的，谁忍心打得头破血流，象征性地放两枪就算了，很少面对面真打。我也很久没见过游击队的人了，只知道龙祥走后他们换了一个新队长，叫徐宏海。这一年多来，我也没见过徐宏海这个人啊。"储境并不承认两边的敌对关系，虚伪地回答着徐竹花。

"时候不早了，该给激扬喂奶了吧？你姐夫明天又得回县城，我们就先回家了。凯玲，你也别多想，传言是真的最好不过，如果是假的，日子还得过下去。"徐竹花又拉着杨凯玲的手，她背对储境，对杨凯玲递了个眼色。

杨凯玲明白，她是告诉自己想办法给徐宏海传个消息，让他小心为上。

储境说是第二天回潜山，实际上一出村子就悄悄上了山，猫在半山腰上监视着徐家，可是一整天下来，徐家没有什么人出入。储境本想就此离开，转念一想，离确认徐龙祥的行踪就差这一步，之前让他逃了一次，这回绝对不能再让他从自己手里逃脱。

第三天中午，终于有人从徐家出来。储境一下子精神起来，他眯着眼睛一看，原来是杨凯玲的母亲，她挎了个篮子，似乎是去油坊街买东西。储境不免有些失望，他本想通过对杨凯玲施压，逼她给徐龙祥送信，没想到她这么沉得住气。杨凯玲的母亲大字不识一个，对槎水不熟悉，胆子也不大，杨凯玲应该不会让她帮忙送这么重要的消息。储境不禁怀疑起传言的真实性，是不是别人假借徐龙祥的名声在外做那些不利于党国的事情。

接近两天的风餐露宿，让储境身心俱疲。他皱着眉，伸了伸上身，踢了踢腿，揉揉酸涩的肩膀，朝徐家的方向瞪了一眼，准备回潜山。储境迈着大步、带着怨气失望地下了山。

他走在山路上，突然想起自己下山前向徐家看的那一眼，院子里多了一条红色罩面的被子。趁着太阳高照，晒个被子原本正常，可前天去杨凯玲家里的时候，床上根本没有红色的被子。平时不用的东西拿出来晒，还是这么扎眼的颜色，在山上一眼就能看到，储境越想越觉得可疑，便又转身上了山。他等到太阳落了山，发现那条被子依然挂在徐家院子里，他的心中便有了答案。储境冷笑一声,用这种不着痕迹的方式传消息,自己差一点就让他们蒙混过去了。要不是前天跟杨凯玲交谈时发现她的细心缜密,自己还真当她是忘了收被子。

令张县长夜不能寐的徐宏海终于现了真身。徐宏海,或者该称呼他为徐龙祥,以前不知道他是谁,苦恼于不知如何"对症下药",这次,他可跑不了了。储境吹着口哨,心情愉悦地回到了潜山。

翌日上午,储境就跑到了县政府,来到张继楼的办公室。张继楼正在硕大的办公桌前给安庆府的上司打电话,他哈着腰,满面笑容,眯着那本已睁不开的眼睛,还不停地点着头,看来电话那端是个高官。

张继楼朝储境点了个头并摆了个手势,示意储境稍等片刻。储境非常识趣地站在办公室门口,脸上赔着笑容。

"来,来,来,储大队长,坐,坐,坐,刚才是安庆府范永生专员,我就工作的事情和他多说了两句,怠慢您了。"张继楼对储境很是客气礼貌,毕竟储境掌管着潜山的自卫大队,这是战争年代,武派人员更有地位。

"噢,范专员啊,他可是我们槎水一大名人啊。张县长,这次来您这,是有一个重要消息要向您汇报。"储境不紧不慢地说道。

"什么事,快快请讲。"张继楼好奇地看着储境问道。

"黄柏山区一直煽动百姓捣乱的那个徐宏海,我知道怎么对付他了。"储境弓着身子,压低了声音,在张继楼耳边说道。

张继楼坐直了身子,打量了储境一眼:"哦? 说来听听。"

"您可能还不知道,这个徐宏海,就是以前的黄柏游击队队长——徐龙祥。"

张继楼诧异地问道:"徐龙祥不是死了吗? 当初是你说你们跟黄柏游击队激战数日,最后杀了他们的头目,原储来高大队长为此还因公殉职了。"

储境并不急着解释,拿起桌上的茶杯,慢条斯理地喝了一口茶说道:"张县长,这个事情比较复杂,容我慢慢和您道来。"

储境向张继楼详细地说着当初是如何发现了"徐龙祥"的尸首,自己是如何将他带回家安葬,还有自己现在又是多么机智地识破了徐龙祥的伪装。

"张县长,别说是我了,当时我把那尸体带回家里,就连我老婆和我那弟妹都不曾怀疑过,只能说游击队那帮人太狡猾了。不过吃一堑长一智,这次我特意守在良冲的山上,待了三天三夜,终于让我发现了他们的破绽,看穿了徐宏海的真实面目,也知道了他的软肋。"储境故作无意地透露着自己有多么的机智。

张继楼是个人精,立马朝储境会意地笑了笑说道:"还是储大队长英明啊,只要我们发现了这个秘密,现在也不晚啊。"

储境嘴角一咧,露着狡黠的微笑说道:"徐龙祥的手段我熟悉。他在黄柏山区多年,哪里有棵什么样的树都摸得清清楚楚,只要在山里,他有的是方法逃脱,还会反过来给我们致命打击。擒贼先擒王,只要能把他给抓起来,其他人不足为惧。"

储境想了想,又补充道:"现在,他有了孩子。只要有孩子在,我们就一定能将他引出来。"

张继楼听储境说得头头是道,对他点了点头:"是啊,你们是老对手、老熟人,这个徐宏海还是交给你了。底下那些穷困的刁民现在对共产党非常拥护,就是因为他们从分田分地中得到了好处,再这样下去,局面只怕是不可控制。刚才电话里范专员就此事提出了批评。共产党那个跑来跑去的皖西大队,我们管不着,但在我们的地盘上,不能让本地的游击队翻出大波浪来。在潜山,您管武,我管文,出了事,您和我都难以推卸责任啊。"

"张县长,此言在理。您放心,我一定会消灭这些在山里窜来窜去的游击队。"储境满是信心地答道。

皖西大队算共产党的正规军,经常在皖西多地行动,反正出了事有安庆府担着,只要皖西大队不是冲着潜山来的,张继楼就对他们睁一只眼闭一只眼。相比之下,他更在意的是潜山本地的游击队。他们虽然不是正规军,却是在潜山的大地上土生土长的共产党队伍,真闹出点动静,上边肯定会怪罪张继楼治理不力。好不容易爬到了这个位子,张继楼绝不会让这帮人挡了他的路。

经此一谈,储境内心深处更将徐宏海视为头号敌人,三番五次想从徐竹花口中打探他的消息,密谋抓捕他。徐宏海虽然暴露了,但他看到了杨凯玲留的警示消息,知道自己被盯上了,也猜到了储境已经知道了事情的真相。

不管自卫大队怎么挑衅,游击队就是不作回应,只是分土地一事事关民众,徐宏海尽量趁自卫大队不备之时,带着大家悄悄到各村镇上,帮助农民争取土地。

过了一个多月,新四军的几支队伍先后从安徽其他地区和湖北赶到皖西会合,给皖西大队提供了补给,也增强了我党在皖西的武装力量。他们领导潜山、岳西、桐城等地的游击队与国民党武装力量战斗,很快扭转了皖西的斗争局面。随后,根据中共中央华中分局的指示,皖西大队更名为皖西支队,以黄柏山区为基点,向周边各县发展。

(三)

革命事业如火如荼地发展着,皖西的党组织也日益壮大。1947年2月,皖西工委在桐城和潜山交界的螺丝岭召开了会议,在皖西地区成立了岳北、潜太、舒六三个县委,以及桐庐、庐北两个工委,还重新整编了皖西支队,在潜山、岳西、桐城等游击区域内迅猛打击各县的国民党自卫大队,狠狠地打压了他们的嚣张气焰。不久后,又有一支六百多人的新四军队伍到达潜山,与皖西支队会合。为便于管理,党组织决定对皖西各部队实行统一领导,将各部队合并,成立了皖西人民自卫军,刘昌毅任司令员、钟大湖任副司令员、桂林栖任政委。皖西人民自卫军成立伊始驻扎在黄柏山区,黄柏游击队自然是密切配合皖西人民自卫军的行动,槎水镇徐家高老屋就是皖西人民自卫军和黄柏游击队经常开会的地点。

一天,钟大湖副司令接到一封电报,他仔细地读了几遍,沉思片刻后,立马让警卫员叫来了徐宏海。徐宏海走进会议室时,钟大湖副司令正站在地图前,认真比画着什么。

"钟副司令,有什么指示?"徐宏海向桌子上看了一眼,感觉图上画的地方很熟悉。

钟大湖抬头,笑着对他招了招手:"来,看看这个地方认不认识?"

徐宏海上前仔细看了一眼,脱口而出:"这不是潜山周边的地形图吗?这里是梅城,这里是野人寨,这一片就是我们所在的黄柏山区。"他用手在地形图上画出一个个圈,轻松地报出各地的名字。

钟大湖爽朗一笑:"哎呀,我就说我找对人了。好了,我不跟你卖关子了,你看看这个。"他将刚刚看了许久的电报递给徐宏海。

徐宏海双手接过,看到重点不由得念出声:"有一批八路军干部要从太行山调过来,需要保证他们的安全。"

读到这,徐宏海的眼睛一亮,高兴地说道:"钟副司令,八路军一批干部们要来我们这儿,这太好了,需要我做什么?"

钟大湖说:"这些干部是为后续刘邓大军挺进大别山区做前期工作的,他们的安全事关国家解放事业,我们必须保护好他们,不能让国民党的人对他们下手。现在,潜山这边的国民党势力就数驻扎在梅城的县自卫大队和驻扎在野人寨的三个连最为猖狂,以前抗日的时候潜山政府不是移到野人寨去了吗?当时在那里修了多个碉堡,现在反倒成了国民党对付我们的工具。刚刚看了地图,发现这颗钉子不拔出来,将来会严重影响我们的工作。在这些干部到达之前,需要你配合人民自卫军清理这些障碍。人民自卫军里有不少同志是前段时间刚来潜山的,还是要靠你这个活地图给指指路啊。"钟大湖拍了拍徐宏海的肩膀。

"钟副司令,请您放心,保证完成任务!"徐宏海站直了身体,肃然地敬了个礼,坚定地回答道。

"这次派出的队伍正在后面做准备呢,一会儿你带游击队直接去找他们吧,大家认识认识,也方便以后一起战斗。"钟大湖指了指会议室背后。

潜山游击队和皖西人民自卫军的驻地离得不远,徐宏海在山头拐了个弯就回到了游击队,他让通信兵储银节迅速通知大家集合。等人到齐了,徐宏海环视一圈,高声说:"兄弟们,有一阵子没真刀真枪地干了,现在有任务了,不知道大家的手生了没有?"

"队长,什么任务啊?"队伍里都是年轻小伙子,一听就摩拳擦掌,攒着劲要施展拳脚。

"国民党有三个连一直驻扎在野人寨,他们有碉堡做避风港,以前我们都是尽量避免无谓的伤亡,不跟他们硬碰硬。最近,组织上派了一些干部先到我们这里,为解放皖西做准备。野人寨相当于梅城最近的后方,野人寨拿不回来，就算我们解放了潜山，也是危机重重。现在看起来，不能一直留着他们了，我们这次要配合人民自卫军干掉他们，这场战争咱们可不能输！"

做完战前动员，游击队员们个个士气高涨。徐宏海带着黄柏游击队列队急行军，很快与皖西人民自卫军集合，一行人穿山越岭，向野人寨前进。离野人寨东北侧大岭尖的碉堡还有五里远时，就已经能看到远处隆起的碉堡。

国民党在野人寨的关键高地和要塞处都设有碉堡，碉堡是用青砖砌起来的，有两层小楼那么高，墙壁十分厚重，碉堡口又开在高处，从外面用子弹向里打，几乎打不进去。国民党的三个连正是以这些碉堡为掩护，占着野人寨纹丝不动，所以国民党在野人寨和梅城的势力越发猖狂。野寨游击队和油坝游击队因靠近潜山县城梅城，在抗日战争胜利后因经常受到国民党势力的"清剿"难以生存，游击大队大队长汪祝媚就是在去年抵抗国民党"围剿"的战斗中牺牲了，两个游击队的主要幸存队员合并后约五十人成立了龙潭游击队，张幼岛任队长，少部分幸存队员加入了黄柏游击队。龙潭地处黄柏山区以南、天柱山以北、岳西县以东，国民党"围剿"时，游击队可以退回到共产党势力较好的岳西或黄柏山区。这次任务因时间紧急，并没有通知龙潭游击队。

黄柏游击队和皖西人民自卫军穿过杜埠后隐蔽驻扎在野人寨的东北侧斜岭，自卫军派出一个营的兵力，加上徐宏海带来的游击队，总共二百二十多人。徐宏海知道在斜岭的东南侧大岭尖看见的那个碉堡再往南去的凤凰山设有另一个碉堡，这两个碉堡东扼梅城，北御黄柏山区。

徐宏海跟营长汇报道："营长，目前我们所掌握的敌方碉堡设置和兵力布防很不全面，只是凭着我们游击队以前的印象，现在只怕已经生变，是否需要我们游击队先去探查一下，弄清敌方的布防和势力。"

营长赞许地点了点头，钟副司令早叮嘱过关于当地的地形情况一切听从徐宏海的意见。营长说道："徐队长，确实啊，你们游击队对本地情况熟悉，还得请你们火速探明国民党三个连的兵力部署，好让我们确定进攻路线。"

"好，那请营长停军休整等我们探查归来。"徐宏海说完，就命游击队兵分四路进入野人寨打探东、南、西、北各方向的布防情况，分别由汪洪太、余南庆、徐宏海、胡礼忠带领，每路支队都配有家住野人寨附近的游击队员，并约定两小时后回到出发地。

大约两个小时后,各路支队逐一返回。"请各位向营长汇报野人寨各方向的兵力部署情况。"徐宏海说道。

"东面这一带,正如徐队长以前所知,在大岭尖和凤凰山设有碉堡,每处碉堡配有二十多人,另外在通往梅城的东风村路口设置了路障,有人把守,没办法靠得太近,具体人数不详。"汪洪太首先站起来说道。

"南侧三祖寺后面的山上有一处碉堡,隔着潜水的对岸山上也有一处碉堡,每处碉堡有二十多人。"余南庆站起来说道。

"北面涂家老屋和锣鼓冲各有一处碉堡,每处碉堡有二十多人,还有一些来回巡逻的,加起来每处碉堡有三十多人。"胡礼忠站起来说道。

"西面黑虎冲和栗树关各有一处碉堡,每处碉堡有二十多人,野人寨国民党军总部设在龙须沟,约有五十人驻扎。"徐宏海站起来说道。

大家汇报着打探到的情况。

营长点了点头,现在的情况跟他预想的差不多。营长说道:"各碉堡的守军,再加上天龙关的驻军,保守估计敌人在二百六十人以上。"

营长继续说道:"我们今天一共带了二百二十六人,好好谋划一下,干掉他们应该没问题。野人寨西面是绵延大山,南面是潜水,这个季节雨水多,导致河面上涨,流势湍急,是个天然屏障。剩下的两个方向,东面离潜山县城近,县城他们力量占优势。北面毗邻黄柏山区,今年春天以来黄柏山区我们的力量占据了优势,他们必定在北面重点设防。"

徐宏海此时补充道:"不管从哪个方向攻入,只要他们躲在碉堡里给我们放冷枪,我们就拿他们没办法。这么看来,我们要出其不意、攻其不备,直取敌人要害。"

"徐队长说得对啊,不如首先快速攻取拿下西面黑虎冲、栗树关和野人寨总部,趁其不备打下这三个点,就消灭了敌人一百人左右,也涣散了敌人的军心。北面涂家老屋和锣鼓冲守军较多,敌军重点在此地防御我们黄柏山区,我们偏避其锋芒,留着此地先不打。东面靠近梅城,不宜久战,若国民党军和自卫大队前来支援,我们会陷入东西夹击之中。南面潜水流势湍急,地形不宜作为首战突破口。"营长分析着进攻策略。

"是啊,营长,他们万万不会想到我们会避开北面直取其西面的老巢,而且在西面如果出现不利于我们的战局,我们可以往西北侧撤退,绕过天柱山,到达岳西或黄柏山区,尤其岳西,那是我们新四军的势力范围。"徐宏海补充道。

"全体听令,现在布置进攻任务。一连主攻黑虎冲,二连主攻栗树关,三连和我主攻龙须沟,徐队长需要给一连和二连指派若干游击队员作为向导,徐队长带十多人随我攻打龙须沟,另外需要将剩余三十多名游击队员分为四组,分别袭扰涂家老屋、锣鼓冲、大岭尖和梅城县城,以牵制其相互支援。一连、二连、三连趁着夜色隐蔽行军,晚上八点到达预定位置,听到龙须沟的枪声信号后同时攻击。我们要速战速决,争取一小时结束战斗,不给敌人寻找支援的机会。攻下后,一连往东北方向从南侧回击涂家老屋,二连从南侧回击锣鼓冲,这两个点因北侧有游击队袭扰,可形成南北夹击之势,估计会很快拿下。我带领的三连在攻击完龙须沟以后,迅速东移拿下三祖寺后面山上的碉堡,暂且不管潜水对岸山上的碉堡,随后向东攻取凤凰山和东风村关卡。一连和二连攻取涂家老屋和锣鼓冲后向东移动拿下大岭尖,至此他们只剩潜水对岸山上一个孤立的碉堡,不足为患。"营长详细地布置着任务。

徐宏海听完营长的计划,迅速将游击队分好组,并嘱咐游击队员此番行动任务是袭扰牵制而不是去攻取碉堡,不可争强斗胜,是以制约敌人不相互支援为目的,要造声势,把动静做大,利用夜色掩护迷惑敌人,使得敌人不敢轻举妄动。黄柏游击队的队伍日益壮大,有许多新队员还没上过战场。一个个血气方刚的小伙子,第一次打仗就是佯攻,徐宏海担心他们年轻气盛,到时候热血一涌,跟对方硬碰硬,徒增无谓的牺牲。

"队长,我枪法好得很,杀敌人不在话下。"有个脸庞还显稚嫩的队员探出脑袋,举起手中的枪自信满满地说。

徐宏海揉了揉他的头,和蔼地引导他思考:"打仗不止有正面抗衡这一种打法,也不能只靠蛮力,还得动脑子。孙子兵法,三十六计都听说过吧?要是谁的拳头硬谁就能打赢,那我们的老祖宗钻研这些东西干什么?而且,看一件事要看整体,我们撤退是为了引敌人上钩,给我们的队友争取时间。人民自卫军是新四军的队伍,他们的战斗水平比我们高。给他们打好基础,做好辅助,就是贡献。逃兵是贪生怕死,为了自己,不惜置别人于危险中的人,这种人令人唾骂。但明明能按照战术撤退,却因为一时逞强送了性命,甚至搅乱战局的人,更让人气愤。你的枪法再出神入化,还能抵得过铜墙铁壁一般的碉堡和数量远在我们之上的敌人吗?你活着,以后能杀十个甚至一百个敌人,你一莽撞,我们会损失一名神枪手,还得不到任何东西。自己算算,值不值得?"

小队员点了点头连声说:"明白了,队长。"想来想去,徐宏海又补充了两句:"一会儿把身上的子弹都打光,今天情况特殊,别心疼子弹。火力越猛,他们越相信我们进攻的人数不少,人民自卫军那里就多一分胜算。"

人民自卫军和游击队按照计划在晚上八时到达了预定地点,早在二十分钟前营长和徐宏海带领的部队已经偷偷围住了龙须沟的敌军。龙须沟一战采用了外包围和内偷袭相结合的战术,先是徐宏海和三连连长带领二十多人偷偷潜入军营实行斩首行动和控制武器库,再是外围五十多人占据有利位置合围了军营。徐宏海和三连连长用匕首袭杀了一名站岗士兵,同时挟制了另一名站岗士兵,让他指出了军官卧室和武器库位置,大家便分头行动。很快,他们击毙了敌军长官,控制了军营的武器库。接到徐宏海和三连连长传出来的信息后,营长朝天空放了一枪,"砰"的一声打破了宁静的夜,硝烟跟在子弹后边,拖出了长长的尾巴。随即营长带领外围士兵冲进军营,喊声震天,敌军眼见军官被杀、武器库被控制,再看到几个反抗人员被击毙,大多都抱头蹲在地上投降了。

黑虎冲和栗树关那边,一连和二连的战士们迅速贴着地面趁着夜色向碉堡靠近,躲在周围的灌木丛中待命,在看到营长的信号后,迅速冲到碉堡几个射击孔下方,将手榴弹扔进了射击孔内,轰、轰、轰……几声巨响,许多藏在碉堡里没来得及躲避的敌人便身首异处。在人民自卫军人数占优势的突然袭击和强大攻势下,黑虎冲和栗树关的碉堡迅速被拿下。

实行牵制袭扰的游击队员,在各袭扰点采取了分散式射击,每个游击队员都按照徐宏海的意思尽量制造出大的动静,由于在黑夜,敌人并不清楚对方的实力,只敢躲在碉堡内向外射击。

"储大队长,我是章法山的守军李忠庆,梅城北侧有一股武装分子进攻我们。"听到枪声的李忠庆急匆匆地打电话给储境。

"多少人？是游击队还是新四军？"电话那端，储境紧张地问道。

"黑夜看不见啊，听枪声估计二三十人。"李忠庆焦急地回答着，拿着电话在原地转来转去，像是热锅上的蚂蚁。

"那你先顶着，我派第一支队马上去支援你。"储境随即挂掉了电话，迅速集合了自卫大队，谁知正在此时，话务兵又告诉储境有紧急电话。

"喂，我是储境，哪位？"

"储大队长，我是野人寨国民党军驻三祖寺的杨排长，共军正在攻打我碉堡，听说龙须沟总部、黑虎冲和栗树关都被共军拿下了，现在总部我们也联系不上了，快来支援我们。"

"什么？梅城北侧也有共军进攻，无论如何都要守住，我们会迅速派出第二支队支援你。"储境又惊讶又担心地回答着，他心里隐隐感到不安，并迅速派出第一支队支援章法山，第二支队支援三祖寺，第三支队留守梅城。

由于人民自卫军和黄柏游击队人数上占绝对优势，不到二十分钟便占领了三祖寺附近山顶的碉堡。一连和二连急行军快速抵达涂家老屋和锣鼓冲的碉堡南侧，这两个碉堡注重面对黄柏山区的北侧防务，南侧防守比较薄弱。现在，这两个碉堡，北侧有游击队袭击，南侧有人民自卫军进攻，两面夹击，很快被攻取。

拿下这些碉堡和敌军龙须沟总部后，敌军军心涣散、人心惶惶，潜水对岸山上、大岭尖、凤凰山和东风村关卡的敌军独木难支，为保存实力，迅速撤退至梅城。此时自卫大队的第二支队刚刚赶到东风村关卡，还未加入战斗便接到撤退的命令。

皖西人民自卫军和黄柏游击队默契配合，一举消灭了野人寨的国民党势力，为皖西革命根据地的巩固和发展铲除了一大障碍。

不久后，从太行山南下的先遣队干部谢童观、李伟、王寅圣、张征、李普等顺利抵达黄柏山区，来到皖西人民自卫军处报到。这十几名干部身上肩负着重任，前来巩固革命根据地和建立革命政权，为刘邓大军进驻大别山打下坚实的基础。

第十二章

（一）

夏日的太阳像一个大火炉，烤得人昏昏沉沉，山上的石头烫得都能烤熟鸡蛋。黄柏乡是皖西人民自卫军的总部驻地，国民党的势力在这儿被连根拔起，这儿的土地改革也进行得如火如荼。虽是酷暑，老百姓却沉浸在一片祥和的气氛之中。郁郁葱葱的竹林直插天空，遮住了烈日，林中莺鸣悠扬，清风迎面，林间小路上，两个人正抬着一个大竹筐向前走着，其中一个身形魁梧，面色轻松，另一个则稍显瘦小，满脸通红，这两人正是黄柏游击队的汪洪太和储银节。

"汪大哥，停……停一下！我抬不动了，让我缓一缓。"储银节气喘吁吁地对走在前面的汪洪太喊道。

竹筐稳稳落地，里面是满满一筐甘蔗，这是游击队员自己种的。粗壮的甘蔗流着甜汁，让人垂涎欲滴。两人蹲坐在地上，顺手从路边摘下一片大树叶给自己扇着风，汪洪太吼着天生的大嗓子说："我就说我自己来，你还非得跟着。没你的话我早就回去了。"

"虽然我体力不如汪大哥你，但这么沉的东西，我好歹也能起点作用嘛。"储银节听到汪洪太的抱怨也不恼，满脸笑意说道。汪洪太的大嗓子在队里是出了名的，他身强力壮，虽然说话直率，但是个热心的直肠子。

"这个甘蔗肯定甜。对了，队长今天怎么想起来犒劳大家了，你这个小跟班知不知道？"汪洪太随手抹了一把脸上的汗，拍了拍箩筐。

储银节嘿嘿一笑："你可是问对人了。前段时间，上面不是派了一些干部来黄柏吗，有几个干部被分到了我们队里，他们今天就来了，队长说没什么好招待人家的，正好咱们驻地种的甘蔗熟了，大热天的，给他们和我们这些兄弟解解暑。"

稍事休息后，两人继续抬着甘蔗向人民自卫军驻地走去。他们经守卫士兵检查后进入人民自卫军的驻地院内，看到徐宏海正跟几个人相谈甚欢，便径直走到了厨房。

此时与徐宏海同在屋内的，是皖西人民自卫军的副司令钟大湖，还有刘邓部队的先遣队干部谢童观、李伟、王寅圣、张征和李普。

"前两天你到我这里汇报工作的时候已经见过谢童观和李伟了，他们现在正式调到了皖西工委，负责皖西各游击队的工作，以后你们就得经常打交道了。"随后，钟大湖又指着另外三人，笑着对徐宏海说，"徐队长，王寅圣、张征和李普我可是托付给你了。这三位都是上过学、有文化的人，能帮你把队伍带得更有觉悟。不过在跟当地群众打交道这方面，你经验丰富，也要多帮助他们啊。"

"多谢钟副司令对我们游击队的关照，欢迎三位加入我们游击队，有了他们，游击队的战斗力一定会大幅增强的。"徐宏海起身向钟大湖鞠了一躬，并向三人点了点头。从刚刚跟他们的简单交谈中，徐宏海灵敏地察觉到，三人虽然同样是从部队里出来的，但气质有所不同。王寅圣文质彬彬、富有学识，李普机敏聪辨、雷厉风行，张征坦率豪爽、笑意盈盈。徐宏海在心中迅速思量了一下，接着对钟大湖说："三位干部来到了黄柏游击队，应该有个合适的头衔以方便开展工作，钟副司令看如何安排？"

钟大湖想了想，开口说道："他们三个两文一武，两个负责思想教育和政治学习，王寅圣可以安排为黄柏游击队政委，张征可以安排为黄柏游击队副政委。李普战斗经验丰富，可以协助你带领队伍进行战斗，他就做你的副手，担任副队长吧。虽说以前游击队没有设置政委这个职务，但游击队也是党组织的队伍，有专门抓思想和纪律的人总是好的。"

徐宏海点点头回答道："全听钟副司令的安排。"

王寅圣、张征和李普听后立刻向钟大湖和徐宏海敬了个军礼："谢谢钟副司令，谢谢徐队长。"

徐宏海也回敬了军礼，说道："我们向组织保证一定亲密合作，带好游击队，提高战斗力。"

这时，储银节端着一盆削好的甘蔗来到门前，向里探了探头。徐宏海眼睛的余光看到了外面的身影，笑着招手让他过来，接过他手中的搪瓷盆，递到钟大湖他们面前："初次见面，没什么好东西能招待大家。天气酷热，吃点甘蔗解暑吧，这是我们队里的同志们自己种的。"

"那就谢谢徐队长款待，我们可不客气了。嗯……又甜又解渴，小同志，辛苦你们了。"钟大湖拿起一根尝了尝，忍不住称赞道。

"不辛苦，应该的。"储银节憨厚地笑着。

"对了，徐队长，这次来除了给你们游击队补充新鲜血液外，还要给你安排一个任务。"钟大湖放下手上的甘蔗，抬头对徐宏海说，"据龙潭游击队的张幼岛队长汇报，驻余井的国民党部队和余井还乡队为了筹集粮草，向农民强制征收了大量粮食，据了解粮食就堆放在余家老屋。要是有人不想给，他们就以国民党县政府的名义把人抓走，宛如强盗一样，余井的百姓对此敢怒不敢言。皖西工委的意思是，皖西人民自卫军和黄柏游击队、龙潭游击队一起捣毁他们这个据点，把粮食还给百姓，同时也趁着这个机会在余井群众中增强我们的力量。余井靠近梅城，这个工作很重要啊。"

徐宏海立刻坐直了身子，严肃地问道："什么时候？"

"就在这几天，张队长那边一有消息，我就让谢童观与你联系。"

"好，那我召集驻槎水和黄柏的游击队吧。"徐宏海转过头向王寅圣、张征和李普解释，"我们黄柏游击队现在有两百一十三人，驻扎在三个驻点，黄柏乡是总部，有七十二人，槎水镇有七十八人，官庄乡有六十三人。游击队员大多是本地人，平时大家会轮流回家做做农活，有重要任务时就会通知回家的队员及时归队。"

"原来是这样，难怪我们刚才来的时候觉得队里人不多。这是我们到黄柏之后的第一次行动，我们要好好规划，不给组织丢人。"离开部队多日，又有机会上战场了，李普的心里早已跃跃欲试，便信心十足地说道。

几天之后，徐宏海带领黄柏游击队一百三十余人欲经杜埠向余井出发。徐宏海与李普、张征熟悉了不少，特别是张征，说话直率又风趣，让人如沐春风。经过这几日朝夕相处，他和这两位新来的同志配合十分默契。

余井镇在潜山县城梅城的北面，地处平原，离梅城约十公里。而余井往西北约六公里便是杜埠乡，杜埠往北便是进入黄柏山区的高山峡谷，杜埠往西便是龙潭乡。国民党知道无论是对于黄柏游击队还是龙潭游击队,到达余井镇,杜埠是必经之地,所以特别重视杜埠还乡队的力量建设,希望杜埠成为防御共党进攻的第一道防线。杜埠还乡队现有队员四十多名,如发生有规模的战斗,国民党余井部队、自卫大队和还乡队可快速增援。

国民党这边,为了保证军队的粮草供应,长官下达了死命令,一定要守好粮仓,还特意从县里增派了兵力,加强守卫力量,现在国民党余井部队、自卫大队和还乡队加起来有三百余人。

前两日,龙潭游击队的张队长经现场勘察摸清了他们的布防后,将具体布防情况上报给了皖西工委,钟副司令随即安排了应对之策。国民党正规部队驻扎在余井镇西面和北面,由皖西人民自卫军负责攻打;自卫大队和还乡队驻扎在余井镇的南侧和东侧,黄柏游击队和龙潭游击队机动性强,熟悉地形,由他们分别负责镇南和镇东的敌军。因余井镇紧靠梅城镇,梅城国民党的势力很强且能快速增援,这就要求我军快速突袭余井镇,万不可久战。

皖西人民自卫军和黄柏游击队、龙潭游击队参与这次战斗的人数约三百二十人,要隐藏行踪突袭余井镇,必须先隐秘地拿掉杜埠还乡队这个眼线。如何隐秘地拿掉拥有四十多人的杜埠还乡队呢?徐宏海思考良久。

行军路上,想起前几天李普摩拳擦掌,想要大展拳脚的样子,徐宏海笑着对他说:"李队长,这回我们要面对的是国民党自卫大队和还乡队,装备力量比不上正规军,不知道能不能让你过把瘾。"

"之前听钟副司令说,咱们这边战斗的特点就是游击作战,灵活多变,这次长长见识。"李普一边回话,一边神秘地掀开衣角,向徐宏海展示腰间的驳壳枪,"别的不敢说,射击准头我还是敢保证的,还有我这把好枪,这可是苏联原装的,今天也让徐队长看看我的本事。"

看着那把锃亮的苏联转轮手枪,连徐宏海都忍不住惊叹:"可以啊,这种枪你都能搞得到。"

走在他们身后的汪洪太和赵小虎一听,也凑了上来:"李队长,什么好东西,给我看看。"

游击队现在用的手枪都是当年从日本人那里缴获的南部十四式,俗称"王八盒子"。这种枪瞄准精度高,但是远距离射击时子弹容易乱飞,还容易卡壳,实在是不适合正规军队在战场上搏杀,因此缴获之后基本都分给了各游击队。而眼前的转轮手枪威力大,性能稳定,射击手感比"王八盒子"强了不知道多少倍。

"又在炫耀你的宝贝了。"张征看到这一幕忍不住打趣道,接着扭头跟徐宏海说,"队长,李普确实没说大话,他之前在部队基层的时候是个'神枪手',这把枪就是他射击训练第一名的奖品。这么多年了,一直宝贝一样地带在身边,都不许别人碰。"

"队长,咱们张政委当年的射击训练也是第二名啊,到了战场上他又稳又狠。"李普笑着说道。

"好了,我们就不要互相抬轿子了。"张征笑着摆摆手。

听了他们的话,徐宏海心里对他们更加钦佩。

(二)

这天下午,人民自卫军和黄柏游击队已经行进到槎水镇万桥村。万桥到杜埠行军约半个小时,因此徐宏海建议大部队暂在万桥村休整片刻,并由他带一队精干人马今晚偷袭杜埠还乡队,如能静悄悄拿下杜埠还乡队,大部队就可以急行军连夜攻打余井镇。他向钟副司令报告了计划,钟副司令很是赞同,同意了他的策略。

晚上九时许,夜色正浓,徐宏海带领李普、汪洪太、赵小虎、王世华等十一人从南山岭悄悄下山到达杜埠还乡队驻地。这时大院门口只有两个守卫背着枪,摇着蒲扇,驱赶着夏夜的蚊虫。徐宏海眼神示意汪洪太跟随自己潜伏到守卫处,不开枪,一人解决一个,其他队员则埋伏在三十米远的地方静观其变。

徐宏海和汪洪太都是身手敏捷、久经沙场的老队员,只见他们沿着长满青草的水沟猫腰行进到大门处,两人一个眼神交流,同时从水沟一跃而起,采用了标准的压颈锁喉术,左手用军刀迅速结束了两个守卫的性命,将他们推入水沟的草丛中,这一切做得悄无声息。随后徐宏海朝后方招了招手,其他十名队员弯下腰,快速跟随徐宏海进入院内,直奔还乡队的宿舍。此时约莫十时,还乡队员正沉浸在睡梦中。徐宏海偷偷地潜入窗下,透过窗户观察到还乡队员分睡在两间大房内,每间房内有一个三米宽、八米长的大通铺,通铺上面睡着二十多个还乡队员,通铺对面的墙上则靠着一把把长枪。两间大通铺房的中间房内摆着一张床,布置明显更为舒适,这应该是还乡队队长的卧室。

随即,徐宏海潜回院内墙角小声地布置着任务。徐宏海带领四人负责东面通铺,汪洪太带领四人负责西面通铺,李普枪法好,负责制服还乡队队长,赵小虎守住大门。徐宏海强调行动要隐蔽快速,各组先悄悄拿走靠在墙上的枪支,然后俘虏他们,尽量不要开枪,对于不听话的还乡队员就地正法、杀一儆百,这次行动绝不能放走一个人。

徐宏海摆了一个行动的手势,各队员轻声快速闪入三间卧室内,先抱走了靠在墙上的枪,然后徐宏海喊道:"快起来,你们被包围了,老实点,谁敢乱来,就打死他。"其他游击队员端着枪指着从睡梦中醒来的还乡队员。这时有一名还乡队员装作顺从听话,暗暗地却从枕头底下拿起手枪,只听见"砰"的一声响,徐宏海一枪便击毙了那名还乡队员。

"双手抱头,站起来,面向墙壁!我们是黄柏游击队,你们被包围了,谁敢反抗就像他一样见阎王爷去。"徐宏海吼道,看到队友被击毙,还乡队里没人再敢反抗,一个个将手抱在头后投降。李普那边,他身手矫健地踹开中间房间的门,还乡队队长是个敏锐警戒的人,尽管他很快从睡梦中惊醒并从枕头底下拿出手枪,但李普的手更快,"砰"的一声,李普一枪便击中还乡队队长的头部。晚十一时许,徐宏海带领十一名队员顺利将四十二名俘虏火速押往了万桥村。

一行人刚归队,钟副司令立即下令部队向余井镇急行军,凌晨一点半,皖西人民自卫军、黄柏游击队和龙潭游击队均到达预定位置。按照钟副司令的命令,各部看见信号弹,必须全力火速出击,要在梅城国民党部队赶来增援前结束战斗,无论战局如何,三点各部必须撤到余井镇西面钱老屋集合。

"啾——"随着一颗红色信号弹从西向东划过夜空,刹那间,余井镇的东西南北面,手榴弹呼啸而起,国民党的余井军营、自卫大队余井驻地和余井还乡队驻地三处爆炸声震耳欲聋,尚在睡梦中的敌军惊慌失措。敌军在烟尘四起、火光冲天的黑夜中慌乱地拿起枪反击,就在敌人慌乱的反击之时,余井镇东西南北的冲锋号吹响了,人民自卫军、黄柏游击队和龙潭游击队三百多人发出排山倒海的喊杀声。敌军抵抗了约二十分钟后,被我方勇猛的进攻和密集的火力所震慑。敌军正规部队和自卫大队迅速组织了有序的突围,从南面突围至梅城。余井还乡队因平常作风懒散,缺乏作战能力,在这次战斗中三十多人被歼灭。

(三)

按照战前部署,黄柏游击队、龙潭游击队负责占领粮仓。打开粮仓大门后,里面的场景让人震惊,有人不禁惊叹道:"这么多粮食!"只见屋内除两条横竖交错的过道供人行走外,其余的地方都整整齐齐地码着麻袋,里面装的全是从附近乡镇的老百姓手里缴来的粮食,麻袋层层叠叠,像是一座座山包,光都被挡隔在外,屋子暗沉沉的。看到这一切,游击队员们既兴奋又难受,兴奋的是缴获了这么多粮食,难受的是不知多少穷困百姓被搜刮。

随即,徐宏海按照钟大湖战前的部署安排:"现在粮仓在我们手里,是时候把这些粮食还给它们的主人了。张队长,钟副司令觉得龙潭游击队对附近乡镇熟悉,还请您组织各游击队员告诉附近乡镇的百姓,通知他们,共产党帮他们把粮食夺回来了,谁家被国民党征过粮,登记清楚,我们很快会安排把粮食返给他们。张征副政委文化高,还请您协助张队长做好登记。"

"为防敌人反扑,其他人迅速把粮食搬到余井镇西面钱老屋集合,钟副司令在那边等我们,务必尽快。"徐宏海又补充道。

黄柏游击队和龙潭游击队的队员们各司其职,开始忙碌起来。徐宏海看着大家忙碌的身影,想到百姓们很快能拿到粮食十分欣慰,他扭过头拍了拍张征的肩膀,说:"稍后镇上会有不少百姓聚集,趁着这个机会可以向他们传播一下我们的思想和纪律,张政委,到你大展身手的时候了。"

"好,我一定不辜负徐队长和组织的信任。那我们现在就出发吧。"张征点了点头,眼神坚定。

附近各乡镇里,游击队员们将开仓还粮的消息广而告之。在余井镇,队员们先是挨家挨户敲门通知,后来消息传开了,闻讯而来的百姓按照通知半信半疑地集合到镇中心,张征从百姓家里借了张桌子和两条板凳,将登记本摆好,站在桌子后面喊:"乡亲们,我们是共产党游击队的,你们被国民党抢走的粮食已经被我们缴获,谁家之前被强征了粮,到我这里登记,我们很快就安排人把粮食还给你们!"

"还粮?自古以来都是百姓缴粮,还老百姓的粮头一次听说。有这种好事,是真的吗?"人群中有老人家搓着手,不相信地问道。

"大爷,时代不同啦,共产党来啦,我们跟你说的那些当官的可不一样,我们从来不拿百姓的东西。"张征对乡亲们耐心地解释着。

"你们真是共产党?"人群中有早就听过共产党的人问道。

"千真万确,大家快来登记,然后就能拿回自己辛辛苦苦种的粮食了。"张征招呼大家上前。

"日本人还没来的时候,共产党就从地主那里帮我们要过粮,他们说的话能信!"

"你们可算来了!前段时间余井镇到处是国民党的人,到各家抢粮食,我弟弟为了护着粮食,被国民党痛打了一顿,现在还在家里躺着不能动弹。他要是知道国民党被打跑了,家里粮食回来了,一定会很高兴,我先来登记!"

渐渐地,有乡亲上前到张征面前登记自己的信息。聚集的百姓们看到有人带头,也都围了上来。

还粮登记的场面十分热闹。乡亲们里三层外三层地围着张征他们,七嘴八舌地说着这段时间受到的剥削。不断有人听到乡邻们说的消息赶来,因此来登记的人络绎不绝,他们登记完脸上都笑开了花。

"共产党来了好啊,我们的日子有盼头了。"

"是啊,没人再抢我们的东西了,他们要是一直在我们镇上多好,以后就再也不用提心吊胆了。"

张征听见乡亲们的话,站起来大声说:"乡亲们,我是黄柏游击队的副政委,刚从北方派过来。站在我身边的这位是龙潭游击队队长。说起游击队,大家肯定不陌生,也都知道我们是共产党领导的队伍。前段日子国民党反动派为了保证自己的物资供应,在余井设了粮仓,到各位家里强征粮食,大家受苦了。就在刚刚,我们共产党的队伍把他们赶跑了,我们要把粮食还给大家。"

"好!"人群中爆发出一阵叫好声。

张征笑着摆了摆手,等大家安静下来,又说道:"大家应该有所耳闻,共产党的队伍有严格的纪律,我们不拿群众一针一线。余家老屋粮仓里的粮食,我们丝毫不取,全部还给大家!钱老屋那边正在准备放粮,大家排好队,登记好,三点到钱老屋取粮,四点前我们将离开钱老屋,来不及取粮的,可到槎水镇取粮。"

"哎呀,太好了,太好了,这回我们不会饿肚子了!"

"共产党是我们老百姓的救星啊!"乡亲们听到这里放心了,登记完也不走,就在旁边激动地交谈着。

有个眼神机灵的年轻小伙子,早就对国民党还乡队在乡里作威作福深恶痛绝,于是好奇地问:"你们打仗这么辛苦,连粮食都不要,图什么呢?"

"这位乡亲问得好。我们也不是铁打的,也要吃饭,也需要粮食。我们可以买,可以靠自己的劳动去换,可以靠思想进步人士自愿捐助,但绝不会抢别人的东西。大家想想,从清政府,到国民政府,再到后来的日本人,还有现在的国民党反动派,哪个不是剥削压迫我们普通百姓?这么多年的经验告诉我们,只有我们工农自己翻身做主,才能过上好日子。我们图的,就是让大家过上不被欺负的日子。不知道大家听说了没,我们共产党在北方已经解放了很多地区,成功地赶走了各地的国民党。那里的老百姓分到了土地和粮食,日子越过越红火。这次组织上派我来皖西,也是为了尽快解放皖西,让皖西的百姓们尽快摆脱苦境。然而,只靠我们共产党是很难跟那些恶势力抗衡的,我们还需要你们的支持和帮助。俗话说,众人拾柴火焰高,乡亲们,你们才是抵抗欺压的最强力量!"张征一字一句地说着,听得大家热血沸腾,当下就有人表态,尽全力支持共产党的行动,还有不少年轻人要加入游击队。

后来,皖西人民自卫军和各游击队在大别山区与敌人陆续展开了几十次战斗,多亏当地群众积极地帮助共产党救治伤员、打探消息,他们为斗争的胜利做出了巨大贡献。皖西人民自卫军打死打伤敌军三千余人,从大别山打到巢湖边,缴获了大批武器和军用物资,队伍从最初的几百人,发展到四千多人,各地游击队也迅速壮大。如此一来,我党的队伍在皖西势如破竹,逼得敌人龟缩到县城和县城附近的乡镇,再也不敢像以前一样嚣张横行。黄柏山区的黄柏乡、后冲乡、官庄乡、塔畈乡等七个乡镇被我党完全控制,唯靠近安庆府和梅城的槎水镇时而被我党控制,时而被敌军控制。张幼岛带领龙潭游击队南迁至野人寨一带活动,此时潜山的游击队主要就是张幼岛领导的野寨游击队和徐宏海领导的黄柏游击队。随着皖西根据地的范围越来越大,1947年8月,浩浩荡荡的刘邓大军挺进了大别山。

(四)

刘邓大军到达大别山后,便着手解放皖西各县城,建立我党政权。解放潜山县城前夕,按照皖西工委的指示,黄柏游击队需要到周围的重要乡镇上扫清障碍。

黄柏游击队兵分两路,一队由王寅圣和李普带领去槎水镇,一队由徐宏海和张征带领前去青草镇。国民党在青草镇驻守了两个排,虽然人数不多,但此地位置特殊,就在黄柏山区脚下,我党队伍从黄柏山区经源潭出来时很容易遭到他们的袭击。徐宏海这一队来到青草镇,目的就是搅乱他们的防御,让皖西人民自卫军顺利经过。

离青草镇还有两里时,徐宏海派了赵小虎和方金民先去打探情况,自己带领其他人隐藏在山脚下的野草丛中。

等了半晌,赵小虎没回来,倒是等来了几个国民党的官兵。远远地,他看见三个穿着国民党军服的人向自己这边靠近,徐宏海警惕起来,不由握紧了手中的枪。观察了一阵,发现那几个人顺着山下的大路走着,步伐轻松,完全不是作战状态,看样子只是偶然路过,不是针对自己,徐宏海松了一口气。

徐宏海紧紧地盯着他们,轻声说道:"就他们三个人,这不是送到嘴边的肉吗？有谁想去跟他们较量较量？不过为了避免引起青草镇上敌军的注意，不能开枪，只能用刀。"

"我！""我也去！"话音刚落，队员们纷纷自荐。汪洪太更是匍匐前进了两步，迫不及待说道："我！让他们见识见识我的厉害，我会武功！"

徐宏海微笑地看着汪洪太说："好，你带几个人去吧，小心一些，他们都是经过正规训练的，比自卫大队难对付。"

"队长，你就放心吧！"汪洪太摸摸自己的头，对徐宏海咧嘴一笑，然后就动作麻利地拆下步枪前面的刺刀，握在手里。

他们从野草丛中弓身游走，渐渐贴近大路，像猎豹一样蛰伏等待，等敌人从旁边走过，他们从后面出其不意出击。敌人寡不敌众，连枪都没来得及掏出来。只见汪洪太他们手起刀落，敌人应声被放倒。徐宏海见一切顺利，过来查看情况。

汪洪太他们将敌人的尸首拖到路边的草丛里，小心清理了路上的打斗痕迹，看到徐宏海，拍拍胸脯兴奋地对他说："队长，怎么样，我们的功夫可以吧？他们都没来得及出手。国民党正规军也不过如此嘛。"

"这次做得很好，但你们可不能轻敌。"徐宏海一边劝说，一边翻看倒在地上的敌人，目光落在其中一人胸前的红边胸章上，"哎？洪太，这还是一个连长呢。"

汪洪太凑过来："还真是，原来是个头头。"

一会儿，赵小虎他们也顺利回来了。"队长，打听清楚了，这会儿青草镇上的敌军正放松呢，十分松散，几个军官在打麻将，底下的人也都在找乐子。"

徐宏海听完一愣，看着躺在地上的三个敌人，心里生出一个好主意。徐宏海指着他们说："洪太，小虎，把他们那三件军服扒下来，我们换上，那个连长的军衔也记得拿回来。既然敌人在打麻将，我们就去陪他们玩玩。其他人，跟着张征副政委守在外围，给我们三个作掩护。"

军服一穿，徐宏海带着汪洪太和赵小虎大摇大摆地走进了敌军在青草镇的驻地。

"站住！"敌军哨兵笔直端庄地站在门口，神情严肃地喊道。

"长没长眼！敢对长官不敬！"汪洪太气势汹汹地朝着哨兵吼道，汪洪太天生的大嗓门一下就镇住了哨兵。哨兵结结巴巴地说："长……长官，我……"

徐宏海摆了摆手，说："不要紧，你做得很对，站岗就该这样，不然被共产党混进来了，后果可不得了。小同志，你别怕，我还得向你们长官表扬你呢。"

哨兵听完，心里十分得意，便连忙道谢，毫无戒心地将徐宏海他们请进了大门。

徐宏海目不斜视地来到主屋里，果然看到有几个敌人围着桌子打麻将。

"各位，我是洪江，刚从安庆府过来，受指派来看看你们的防务情况。"徐宏海熟稔地说道。

麻将桌上的另外几个敌人看了眼徐宏海胸前的胸章，赶紧站起来，怯懦地回答道："长官好。我们……我们就玩了这一次，以后再也不敢了！"

"别紧张，我又没有怪罪你们的意思。"徐宏海微微一笑，一边说一边绕着桌子看了看他们的牌，"这是谁的，好牌啊，快和了。这个又是谁的，怎么能打这张呢，这牌打出去，剩下的可就难凑成对了。"

敌军的几个正副排长看徐宏海对麻将饶有兴趣的样子，赶紧围上来谄笑着说："长官一看就是内行人，巡视辛苦了，要不您也打上两圈，好好地放松一下？"

"哦？放松一下？"徐宏海做出一副有兴致的样子。

"对对对！长官您请！"他们看徐宏海没有怪罪的意思，连忙说。

"好！那就来两圈。不过说好啊，就两圈，一会儿我还得去其他地方呢。"徐宏海装作勉为其难的样子。

那几个排长松了一口气，连忙请徐宏海入座。这一打不要紧，几个人很快就打得兴致勃勃，玩了两圈，聊得热火朝天，阵阵笑声从屋里传到外边。外面守卫的敌军看这几个长官玩得如此尽兴，也都松懈下来，躲在门口悄悄地看。

赵小虎注意到这些，悄悄地给徐宏海递了个眼色，徐宏海立刻会意。

"哎呀，今天跟各位兄弟们玩得真是过瘾！好久没有这么高兴过了。"又一圈麻将结束,徐宏海一边和牌,一边说道。

"能结识洪长官,我们几个人今天也高兴!"

"不过这里的麻将打法,跟我家那边不太一样,哎,你们有没有兴趣试试新打法?"徐宏海问道。

几人立马点头:"行啊,洪长官教教我们?"

"来来来,我演示给你们看!"徐宏海招了招手,国民党军这几个排长便将头探了过来。只有汪洪太和赵小虎知道,这是徐宏海给他们的暗号,是时候行动了。

他们两个悄悄移到排长的身后,装作看麻将的样子,实则握紧了藏在袖口的刀。徐宏海手中的动作不停,抬起头看了他们一眼,两人立刻将尖刀插到了敌人的心脏。这时,徐宏海迅速起身,拉过身后的一个副排长,给了他致命一击。剩下的敌人都惊呆了。

"告诉你们,这就是纪律涣散、亵渎军务的下场。"徐宏海正色严厉地训斥道。

在场的敌人一下还没弄清怎么回事,都低着头听着训斥。特殊时期打麻将是不对,也不至于要了性命,但他们又不敢反驳和询问。

这时,外面的枪声响起,站岗的士兵慌慌张张地跑进来高喊道:"排长,共军打过来了,共军打过来了。"

徐宏海他们顺手抄起板凳,甩出几个漂亮的板凳花,将站在身边的敌人打倒在地,并迅速掏出手枪将敌人击毙。两个排的主要长官毙命,群龙无首,加上外面的游击队员勇猛无比,两个排很快溃不成军。游击队的江朝冬、汪成河、徐廷富牺牲了,十余名队员受伤了,方金民很是幸运,子弹划过胸前,只是打落了扣子,擦伤了左胳膊,却无性命之忧。敌军两名排长、两名副排长和十多名士兵被击毙,其余均向安庆方向逃窜。

9月16日,刘邓大军三纵第八旅第二十二团攻破国民党军的防线,解放了潜山县城梅城,百姓纷纷叫好,激动地自发跑到街上迎接。县长张继楼被打死,国民党县政府看大势已去,仓皇地出逃到油坝乡,原副县长蒋申亮继任县长。随后我党在梅城也建立起了自己的政权,成立了中共潜山县委、潜山县民主政府,谢童观任县委书记,李伟任县长。县民主政府开始进行土地改革，让老百姓们都有地可种。

只是，梅城解放不久后，国民党从安庆调来了大队人马反攻，9月30日梅城失守，县民主政府迁往野人寨三祖寺，后又迁至水吼田家湾。在皖西革命根据地，我党在老区和半老区平分土地，开仓放粮，让穷困百姓有了最基础的生活保障，既考虑到了中农的利益，又解决了贫农土地不足的问题。广大百姓交口称赞，迸发出高涨的革命热情，他们纷纷自发拿出粮食和衣物支援我党子弟兵，并且踊跃加入党的队伍，为皖西革命根据地的解放提供了强大坚定的后盾。

随后，针对皖西解放新局面，刘伯承、邓小平两位将领在太湖刘家畈召开了高级干部会议，决定成立皖西区党委，下设三个地委，并以皖西人民自卫军的活动范围为基础，设立了皖西军区，下设三个分区，并撤销皖西人民自卫军番号，将其编入中原解放军三纵队及皖西军区各分区，皖西人民自卫军司令员刘昌毅任中原解放军三纵队副司令员。

到了12月，刘邓大军二野三纵第二十、二十四团攻取了潜山县城梅城。几天之后，国民党第二十五军又占领了梅城，潜山县民主政府迁至白马潭，成立了各区民主政府。县民主政府的槎水区正是国民党政府的黄柏区，徐宏海被任命为槎水区副区长及潜山县游击大队副大队长，张幼岛被任命为潜山县游击大队大队长。

第十三章

（一）

1948年春,国民政府纠集了各地的地痞恶霸成立联防大队,这些地头蛇配合县自卫大队、国民党第四十八师、二十师及青年军,加大对解放区进行"清剿",给我党和百姓制造了很大的麻烦。黄柏山区和野人寨一带是国民政府"清剿"的重点,为安全起见,潜山县民主政府秘密迁至黄柏乡桂家祠堂开展工作。3月,因全国战局的需要,解放军三纵队转移到淮河以北地区实施机动作战,潜山县及黄柏山区的共产党正规部队力量变得薄弱,潜山县民主政府和各区政府采用秘密的工作方式,黄柏游击队虽然人数增多,但仍然分散在各乡镇进行游击战斗。

"徐队长,不对,现在应该是徐副区长了。"徐宏海正看着统计上来的物资单,只听门外有人笑言,他抬头一看,原来是谢童观。

"哎呀,谢书记,您也取笑我,快进来。"徐宏海将他请进来,递给他一杯热水,"天气还冷,山里降温更是厉害,快暖暖手。"

谢童观接过杯子,笑着问:"新职位的感觉怎么样?还适应吗?"

"跟以前差不多,我还是负责游击队,就是现在手底下的人多了,我们游击队员都有三百多人了,老百姓非常信任和支持我们。"提起自己队伍的壮大,徐宏海满脸骄傲。

"听张征说,你上个月喜添千金,祝贺呀。"谢童观笑得眼睛弯弯的,真诚地祝贺徐宏海。

"是啊,是啊,最近忙,一直没回家看看她们母女俩,虽尚未见到小女,但她的名字已经起好了,叫水芹,就是希望她能像植物水芹一样坚韧不拔、茁壮成长。"徐宏海答道。

"这个名字好啊,富有革命精神,你一定要抽空回去看看,家里有谁照顾她们?"谢童观十分关切地问道。

"岳母经常陪伴着他们母子三人,多谢书记挂念。对了,谢书记这次来是否有重要任务?"徐宏海看着谢童观问道。

谢童观将水杯放在桌子上,从衣服的口袋里掏出一张小纸条,递到徐宏海面前:"是。有一个新任务,这是从安庆送来的情报,你先看看。"

徐宏海接过来仔细看着,与此同时,谢童观也给他解释着这次要做的事:"国民党在逆水征用了二十多台独轮车和十几担的物资,两天后从逆水出发,途经槎水运到潜山。你看到的就是他们的运输路线,组织上希望黄柏游击队能发挥主场优势,截获这批物资,这样一来,既能解决我们的军需,又能削弱敌人的力量。"

徐宏海用手指在纸条上点了点,露出深思的神情。谢童观伸头一看,是一个地名,叫"三步两道桥"。他看出了徐宏海的想法,问道:"你想在这里动手?"

徐宏海点了点头:"从逆水到槎水能推独轮车的路只有一条,这里是必经之地。这个地方就在槎水镇地势较高的山坡上,这段山路弯弯绕绕,离槎水镇油坊街尚有五里路,而且这个地方离黄柏乡很近,一旦出现紧急情况,我们还能沿着山路迅速撤退,在此处截获物资应该是最合适的。"

"嗯,有道理。这件事就交给你们了,既然你已经有了主意,那我就回去等你们的好消息!"

送走了谢童观,徐宏海又回到桌前,坐在椅子上,眼睛平视着前方,神情严肃。国民党征集了这么多物资,这对我们来说是"天降盛宴",徐宏海暗下决心,一定要把物资搞到手。如果硬攻,敌人有押运物资的军队和还乡队,而且槎水镇目前属于国统区,驻扎有国民党第四十八师的一个团和第二十师的一个团,还有国民党联防大队、部分自卫大队和还乡队,必然会造成大量游击队员和运输物资乡亲的伤亡,况且敌军在丢失物资的最紧要时刻,可能会炸毁物资。要保证物资完好,首选方案是智取。徐宏海扶额沉思,不靠硬打的话,如何对付押运物资的敌军?

仔细一想,事情还真不简单,徐宏海叹了一口气,站了起来,舒展了一下身子,他的脑海中浮现出从逆水到槎水沿路的每一处山势。

"智取、智取……"徐宏海突然眼睛放亮,低着头快速在房间里走了两个来回,拨云见日,他想到了该怎么对付国民党的运输队。他要演一出好戏,让运输队把物资直接送到自家门上。

"来人!"徐宏海向屋外高喊一声,站岗的人应声而来:"队长,什么事?"

"去找找上次在青草镇战斗中带回来的那十几套敌军服装。"

两天后的中午,徐宏海挑了十二个游击队员伪装成敌军,自己则穿着敌军连长的制服。他们早早地候在三步两道桥,等待运输车队的到来。"都记着啊,我们现在是国民党军队驻槎水第四十八师第二十六团的一个连,一会都站直了,千万别露馅。"徐宏海叮嘱道。

下午四点钟,盘绕回旋的山路上一群人越走越近,赫然是押送物资的队伍。只见走在前面的是三个国民党军士兵和十多个还乡队员,中间是十三个挑着担子的乡亲,后面是二十一辆独轮车,最后是十多个还乡队员和四个国民党军士兵。

"他们来了,快,做好准备。"徐宏海首先发现了运输队,迅速带着大家列队站好。赵小虎拿了一面国民党的旗子,快步上前站在路中间,冲着运输队挥舞。

"前面好像是我们的旗子,示意我们停下呢,这是潜山派来接物资的人?怎么在这里?"最前面的敌军杨排长问身边的副排长。

"之前不是说在槎水镇碰头吗?但这旗确实是咱们的。"副排长也有些疑惑。

"我们还是先上去看看吧。"杨排长谨慎地做出决定,随即命令运输队停下,自己和两名士兵及逆水乡还乡队队长袁枫森拿着枪先行赶到徐宏海列队处。

杨排长一看,队列整齐、气势轩昂,这支队伍看起来就很有来头。一看胸牌,发现对方是个连长,他立刻向徐宏海行了一个军礼:"长官好。"

徐宏海随即还了一个军礼,说道:"我是驻槎水的第四十八师第二十六团的第三十二连连长陈道喜,你们一路辛苦了。因这段路线危险,我奉命接运物资到槎水镇。"

杨排长一听,接运物资到槎水镇,这没错,和当初计划的一样,何况槎水镇是国统区，驻扎了大量国民党军队，想都没想这事有什么不妥，信以为真。袁枫森及还乡队员一看是正规的国民党军队，又是连长，朝徐宏海点头哈腰，表现得更加积极。

一路上，杨排长和徐宏海聊得很是轻松，还讲到自己属于第四十八师驻扎在潜山县城的部队，因此物资到了槎水镇要向第四十八师驻槎水的第二十六团李团长汇报。一个半小时后，运输队到达了槎水镇油坊街。徐宏海看到已经轻松取得了他们的信任，便说道："李团长有令，为避免共军夜袭物资，今晚物资要秘密放在槎水镇徐家高老屋仓库，明天一早启程，由我、杨排长及槎水还乡队护送物资到潜山。"

"是，陈连长，明早几点启程？"杨排长问道。

"明早五点启程，我派人通知槎水还乡队队长王金要。"徐宏海坚定地命令道。

二十分钟后，物资运到了徐家高老屋，徐宏海故意大声呵斥着运物资的乡亲们："把独轮车和货担放到大厅后，你们就地休息，明早准时出发，延误了唯你们是问。"

然后，他转身告诉袁枫森："你的任务已经完成，快带队回去吧。"袁枫森毕恭毕敬地朝徐宏海点着头，半哈着腰朝徐宏海敬了个礼："是，长官。"

逆水还乡队离开后，徐宏海朝杨排长说道："你赶紧去和李团长汇报一下物资已到槎水，这边有我。"然后他又指了指和杨排长比较亲近的两个士兵说道："你们陪杨排长到第二十六团走一趟。其他人跟随我在仓库看好物资，没有命令，一步也不许离开。"

杨排长满心感激地向徐宏海敬了个礼，尔后，带领两个手下向第二十六团团部走去。杨排长刚离开几分钟，徐宏海预先安排好的其他四十多名游击队员迅速抵达了徐家高老屋，四名留下的国民党军士兵当了俘虏，让运送物资的乡亲们迅速逃离回家。此时天色微黑，徐宏海命令四十多名游击队员挑着或扛着物资迅速转移到骑狮的游击队驻地。

杨排长走进第二十六团团部，见到李团长："报告团长，物资已运抵槎水，按您吩咐已放置仓库。"

"哪儿的仓库？"李团长诧异地问道。

"就是那个方向的一个仓库,离这约两里路。"杨排长手指着刚才来的方向。

"谁让你放在那个仓库的?"李团长歪着头,用手摸着后脑勺诧异地问道。

"为了物资安全,您不是派了第三十二连的陈道喜连长去接运物资吗?他说今晚物资放在那个仓库里,明天五点启程,运往潜山梅城。"

"我什么时候派了连长?我们哪有什么第三十二连?哪有什么陈道喜?"李团长用手指着杨排长,手指颤抖着,一分怒气,一分紧张。

"这八成是共党干的,快,集合队伍,你,前面带路。"李团长大声吼道。

此刻的杨排长极度慌张,腿脚一阵阵发软,他万万没有想到共产党如此胆大,会将物资骗运到第二十六团团部的眼皮子底下运走。当他领着李团长及两百多士兵赶到徐家高老屋时,除了二十几个空空的独轮车,已经人去楼空,游击队员早已将物资运回骑狮大山上的驻地。

"你可真是愚蠢到家了!"李团长双眼怒瞪,气急败坏地朝杨排长吼道,随即掏出手枪,一枪毙掉了杨排长。

在国民党"清剿"高压的时期,这批物资有力地缓解了驻扎在黄柏山区的民主政府和游击队缺粮少食的困境。

(二)

春末夏初,万物繁盛,生机无限。袁枫森却郁闷不已,上次物资被劫,事后他被储境痛批一顿,险些丢了乌纱帽。双庙乡还乡队队长汪建果一看,却觉得自己在储境面前表现的机会来了,他想在这个时候展示一下他的才能,好以后得到提拔。他本身能力一般,但极会钻空子和拍马屁,平常总喜欢称兄道弟,说什么朋友情深,那都只是嘴上说说而已,在他那里,只要是为了自己的利益,他不会顾及朋友感情或者兄弟情谊。说起拍马屁,他做得相当精辟。去年县长蒋申亮的一个表弟竞选双庙乡文员,这个表弟一个字不识,还是个独眼龙。在蒋申亮的精心安排下,汪建果将其他两名颇有学识的竞争人在初筛时就拿掉,安排了一个半傻之人作为陪衬,蒋申亮大为开心,认为汪建果巧妙的安排很符合他的心意。

最近半年,储境的自卫大队和驻槎水的两个团都加重了对黄柏游击队的"围剿",汪建果也积极参与其中,但想出击时总是找不到游击队的身影。一天,他终于想出一个阴招,抓不到游击队员,就抓游击队员的家人或亲戚。短短十天内,他在双庙乡抓了三十多个游击队员的家人或亲戚,也不管老人和小孩,都将其关押在土牢里。

徐宏海看不得自己战友的家人这么被欺负,更不能允许这些还乡队在黄柏山区搅起腥风血雨。

徐宏海决定干掉汪建果和双庙还乡队:"是时候断掉这个爪牙了。"

王寅圣与徐宏海不谋而合:"我也是这个意思,再不给他们点厉害看看,别的还乡队也会学他!"

双庙乡位于逆水乡和槎水镇之间,群山环绕、树木茂密。双庙还乡队现有一百一十多人,聚集于双庙乡两座不高的小山脚下,土牢就在还乡队聚集地不远处,由十多个还乡队员每日换防。

因双庙乡群山环绕,进攻队员若太多容易暴露目标。徐宏海和王寅圣决定由徐宏海和张征带领六十多人夜袭双庙还乡队,解救土牢里的关押人员。徐宏海让张征带领二十人去解救土牢人员,自己带领四十多人袭击双庙还乡队,以枪声为令,同时进攻。晚上十点多,还乡队员们除了门口五六人站岗巡逻外,其他人都已进入梦乡。徐宏海和五六个射击精准的队员负责射杀站岗巡逻人员,趁敌人未来得及反应之时,快速冲入还乡队院内朝宿舍区扔手榴弹和射杀反击的还乡队员,同时在院外东侧和西侧各派一人,在铁壳筒内放鞭炮,造成游击队人员众多和已包围还乡队的假象,逼迫还乡队尽快投降。

砰砰砰,砰砰砰。埋伏在黑暗中的游击队员射杀了还乡队的站岗巡逻人员,瞬即,游击队员冲入院内,喊声震天,手榴弹在宿舍区爆炸,东西两侧枪声震天,一时间进攻声势强大。还乡队员们从梦中惊醒,个别还乡队员拿着枪刚冲出宿舍门口就被游击队员射杀,还乡队本就是当地地痞流氓组成的乌合之众,一看队友中弹倒在宿舍门口,又听见外面枪声如雨、喊声震天,外面到处喊着:"跪在地上、双手举起。"汪建果和还乡队员们一个个跪在屋内,双手举在头顶上,浑身发抖。

这次夜袭,黄柏游击队仅牺牲一人,击毙还乡队员九人,汪建果等一百零五人束手就擒,缴获长枪、短枪百余支,并顺利解救了关在土牢里的三十多名乡亲,重重地教训了黄柏区还乡队的势力。

(三)

储境当了多年的自卫大队大队长,重权在握,国民党军队入驻潜山后又攀附上了两个师长,现在已经是国民党县政府里有头有脸的人物。蒋申亮便顺水推舟,将储境任命为国民党黄柏区区长,以期他在应对徐宏海方面更能得心应手。

按照县民主政府的安排,这段时间以来,徐宏海和黄柏游击队的主要任务是打击黄柏一带的还乡队和区联防大队。他们频繁采用突袭、夜袭等方式,出其不意地攻打还乡队,要么活捉敌人将其策反,要么将顽固抵抗分子彻底消灭,短短两个月,就让国民党的黄柏区还乡队折损了数百人,这让蒋申亮和储境头痛不已。尤其是双庙还乡队的覆灭让蒋申亮心烦意乱,他将储境叫了过来。

"储大队长,你现在既是自卫大队大队长,又是黄柏区区长,这次一百多个人就这么让共产党抓走了,这个责任我们俩扛不起啊!"蒋申亮虽知道储境现在权势日盛,但他实在隐藏不了心中的怒气。

"蒋县长,别动气,这笔账我们迟早是要找回来的。"储境见状走到蒋申亮身后,劝慰着他。接着他踱步至窗边皱眉叹气,说道:"我老早就知道这个黄柏游击队一定会坏我们大事。日本人还没走的时候,他们就帮着新四军给我们下了不少绊子。这些年在自卫大队里,我跟他们没少打交道,也吃了不少亏,早就想将他们一网打尽,可是他们行踪不定、诡计多端,黄柏山区群山绵延,方圆四千多平方公里,实在是难对付啊。不光你我啊,军队这几年在黄柏山区和天柱山一带也吃了不少亏,哎,这也怪不得我们。"

蒋申亮心里冷哼一声,心想同样都是黄柏山里走出来的,还不是因为你无能,才让游击队耍得团团转。要不是游击队投靠了共产党,自己倒更愿意把他们收为己用，自卫大队这帮人就是酒囊饭袋。

心中虽然这么想，但蒋申亮的脸上可不会露出半分愤怒。毕竟储境现在有权有势，蒋申亮还得给他留几分面子。他缓和了语气："储大队长，我知道你们自卫大队也不容易。不过这黄柏游击队实在是一个心腹大患，听说你跟游击队的那个徐宏海是亲戚，就没有什么能对付他的办法吗？或者劝他归顺政府，以他的能力，再加上储大队长你的面子，他的前途绝对光明。"

储境心知肚明，策反徐宏海这件事绝无可能。退一万步说，即使能成功，储境也不想拉徐宏海过来，因为他会暗淡了自己的光芒，必然会阻挡自己向上爬的路。不过，他思来想去，徐家倒真有一个人可能会派上用场，那就是徐宏海的弟弟徐洪波。

徐洪波几年前就到南京国民政府担任了文员，在政治立场上早就跟徐宏海站到了对立面。上次回家时听徐竹花提起，徐洪波渴望能调回安庆工作，如果能把他弄到潜山，必然能极大程度上牵制徐宏海。有徐洪波在，徐宏海再大义凛然，以后对国民党下手的时候总会有所顾忌。

"蒋县长，不瞒您说，虽然我是徐宏海的姐夫，但他本来就不喜欢我，我在他那儿不过是一个陌生人。不过，我可以向您推荐一个人，让他去对付徐宏海可能有效。"储境眼睛一转，自以为这个计划实在妙极。

"谁？"

"徐宏海的亲弟弟，徐洪波。"储境的语气中带着一丝不易察觉的阴冷，"徐洪波前几年加入了南京政府，为党国效忠，近日他想调回安庆。要是在潜山给他谋个一官半职，到时候让他去劝降徐宏海，岂不是水到渠成。再不济，把他摆在我们和徐宏海之间，也能让徐宏海心生顾忌。"

蒋申亮点了点头，他摸着下巴饶有兴致地说："哥哥和妹夫是共产党，弟弟和姐夫是国民党，你们家真是有意思。这个法子不错，你觉得什么位子合适？"

"最好的位子就是槎水镇镇长，方便劝降和牵制徐宏海啊。徐洪波过两日正好回家，我和他谈谈。"

"好！只要他愿意，就任命他为槎水镇镇长。"蒋申亮手一挥，笑眯眯地看着储境。

几天后,正值夏日,徐洪波奔波几日,回到了梅城,储境一听到消息就来找徐洪波。

一见面,储境就开门见山地和徐洪波说道:"上次听你姐说,你想回来工作?"

"是的,姐夫。"

"我知道这事后,给你在县里运作了一下,你看看这个。"储境状似关心地搂了下徐洪波,随即从包里拿出一张纸递给了徐洪波。

徐洪波拿过来一看,颇为惊讶,这赫然是一份委任书。上面竖排清晰地写着:"安徽省潜山县委任状,委任徐洪波为本县槎水镇镇长。此状,县长蒋申亮章,中华民国三十七年六月二十五日。"

徐洪波并无笑意,冷淡地看着储境问道:"姐夫,这到底怎么回事?"

储境拍了拍他的肩膀,说道:"洪波,蒋县长知道你有文化,又在南京见过世面,听说你想回安庆工作,高兴得不得了。他跟我说,一定要把你请回去,潜山现在就需要你这样的人才。你这一回来就是我们槎水镇的镇长,你这么年轻,前程大好啊,再说离家也近,多好的机会。"

徐洪波和哥哥姐姐一样,天生聪颖,又有文化,且在南京政府工作多年,立刻读懂了其中的玄机。他知道哥哥徐宏海是黄柏游击队队长兼共产党槎水区的副区长,姐夫储境是潜山县自卫大队大队长兼黄柏区区长,这分明是姐夫储境和蒋县长合谋给自己安的这个位子。自己一旦接受了这个任命,兄弟俩肯定要针锋相对。

"姐夫,我哥现在可就在槎水?"徐洪波皱着眉头暗示道。

"你也知道,你哥误入歧途,不知悔改,一直在给共产党卖命。你回去了也劝劝他,让他赶紧回到正道上来,跟着共产党混是没有好下场的,我作为你们的姐夫,实在不想看到他这么沉沦下去。可你哥不听我的,你的话他多少能听进去点。"储境做出一副痛心疾首的样子。

"让我劝我哥投诚?这根本不可能。"徐洪波眉毛拧成麻花,"我太了解我哥了,他认准的事从来不会变,更别提让他背叛自己的组织了。槎水镇我不去,我不想跟他碰上,拼得你死我活。"

徐洪波将委任书还给了储境。

"蒋县长对你很关心,你才二十四岁,现在就当槎水镇镇长,这个机会难得,你现在不给蒋县长面子,可是自毁前程啊。"

见外面天色已暗,徐洪波连忙说:"姐夫,你看天也黑了,你先回去,我考虑两天再答复你。"见徐洪波态度缓和下来,储境以为自己的威胁起了作用,便甚是得意地回到了自卫大队。谁知,徐洪波连夜从安庆乘船回到南京,多年来平淡的政府文员工作他也已经厌倦,便索性参加了国民党青年军。

储境无功而返,心里积怨更深,想着这徐家人一个个都顽固不化,从心里更恨徐宏海,从此以后带着县自卫大队和还乡队更加疯狂地"清剿"黄柏游击队。

(四)

徐宏海前两天回了趟家,上午刚回到了队里。王寅圣来找他时,发现他心事重重,于是关切地问道:"怎么了,家里没出什么事吧?"

"哦,没什么。"正在看着窗外的徐宏海回过神来,看着王寅圣说,"听家里人说,我弟弟徐洪波回来过。储境想把他弄过来当他们国民党的槎水镇镇长,这明摆着是想用他牵制我,让我们兄弟二人反目。洪波不愿意,就跑回南京加入国民党青年军了。"

王寅圣明白,徐宏海既挂念弟弟的安危,又无奈兄弟二人各自为营。他拍了拍徐宏海的肩膀,劝慰道:"一个人有什么样的选择,跟他所处的环境、经历是分不开的。如今这个世道,家人、兄弟甚至亲父子之间政见不同的很多。你弟弟主动避开,不想跟你起冲突,说明他至少还是有情有义的人。"

"是啊,走了也好,要不然我还真不知道怎么在战场上面对他。"徐宏海叹了一口气。

"不说这些了,你来找我是有什么事吧?"徐宏海打起精神,挺直脊背,眼神又坚毅果敢起来。

"大部队东移以后,国民党对我们实施穷追猛打,县民主政府被严重打击,只有谢童观、李伟等几个人像我们一样在暗地里工作。最近我们物资吃紧啊,我们要在老百姓中筹集点物资渡过当前难关。"王寅圣说道。

"好,我们现在大部分时间在黄柏乡,你分三个工作队分别负责上黄柏、中黄柏和下黄柏的筹集工作。"

"我也是这么想的,上黄柏派汪洪太和赵小虎负责,中黄柏由我和李玉霖负责,下黄柏由张征和胡方圆负责,你和李普负责安全和战斗,你看怎么样?"

"就按政委的计划开展工作吧。"徐宏海看着王寅圣说道。

翌日,汪洪太和赵小虎等四人便到上黄柏筹集物资,第三天在马鞍村筹集物资。那天下午傍晚时分,在马鞍水库的山边小路,突然冲出二十多个人朝游击队员开枪,一个名叫汪成和的游击队员被击中身亡。

"你们快撤,我断后!"赵小虎为了保护同伴撤离大声呼喊着。他躲在一棵树后朝敌人射击,奈何敌人太多。突然赵小虎身子一歪,胸部连中数枪,倒在地上。

原来是袁枫森带领的还乡队在此守候多时,伏击了汪洪太和赵小虎的工作组。上次徐宏海带领黄柏游击队在槎水镇三步两道桥智劫物资后,袁枫森受到储境和蒋申亮的严厉批评,他对黄柏游击队一直耿耿于怀,总想寻机报复。昨天正好听说黄柏游击队有人在马鞍村筹集物资,马鞍村离逆水乡很近,今天他便带领二十多名还乡队员在此伏击工作组,造成了赵小虎和汪成和的牺牲。在赵小虎的舍身阻拦下,汪洪太和余南庆得以撤离,但二人在山上绕了一个大圈,并未走远,一直盯着还乡队,待还乡队走远后,他们背上了赵小虎和汪成和的尸体赶回驻地。

看到赵小虎的遗体时,徐宏海觉得时间仿佛凝固了,参加革命以来他虽然已经经历了太多生离死别,但当他看到赵小虎那充满朝气的脸庞如今变得灰白,身上满是凝固的血迹和中弹的窟窿时,他无比自责。他蹲下来,抓着自己的头发,狠狠地低声吼了几声。赵小虎已跟随他十多年,参加革命伊始家里五个亲人被日寇屠杀,一个人忍着孤独乐呵呵过了这么多年,现在正是成家立业的年龄,却牺牲了!在徐宏海的心中赵小虎比亲弟弟还要亲,看着满身血迹再也不能动弹的赵小虎,他过去可爱的样子和英勇战斗的身影一幕幕在眼前浮现,泪水浸润了徐宏海的脸颊。

伤痛之余,徐宏海随即派人到逆水暗中监视袁枫森的行踪。据观察,袁枫森在靠近逆水的黄柏桂湾有个情人桂月娥,桂月娥的丈夫就是袁枫森手下的还乡队员。对于袁枫森喜欢桂月娥这事,她丈夫或迫于权势,或习以为常,总之是保持缄默。每周袁枫森都会前往桂湾找桂月娥,他一般都是夜间前往,身边也不会跟太多人,甚至有时只有他自己,而这个时候正是逆水还乡队守备松懈之时。摸清这些情况后,徐宏海自己带了张征、汪洪太等十几个人埋伏在黄柏桂湾桂月娥家后面的山林里,政委王寅圣、副队长李普带领六十余人到逆水乡袭击逆水还乡队。

夜色中,两个人影一前一后从东面的小山上一路小跑来到桂月娥家,前面那个人正是袁枫森。

"咚,咚,咚。"袁枫森敲响了桂月娥家大门。

"哪个呀?"屋内一个女人嗲声嗲气地喊道,其实她听敲门声已知道是袁枫森来了。

"宝贝,是我,快开门。"

桂月娥一开门,袁枫森就将她抱起,嘴里不停地亲着桂月娥:"想死我了,想死我了。"

"你个死鬼,想我?怎么不多来?"桂月娥嗲声嗲气地撒娇道,她万万没想到她心中的死鬼这次会真的成为死鬼了。

那名还乡队员自觉地目不斜视地拉上了大门,守在了门口。

约莫五分钟后,徐宏海命令四名队员埋伏在屋后两侧,自己带领八名队员冲向正门。

"快,队长跑,游击队来了!"门口的还乡队员倒是机警,大声朝屋里喊着。

"砰"的一声,徐宏海一枪射杀了这名通风报信的还乡队员。他们踹开大门,冲进屋内,又兵分两路踹开了两个房门。南面的那间房只摆了一张床,什么也没发现,北面的那间房内靠墙摆着一张木工雕琢精细的大床,白色粗布蚊帐,粉红色的被面在摇曳的油灯光下显得格外暧昧,一个秀丽的女人头发凌乱地缩在床角,眼神慌乱,泫然欲泣,她紧按着被子盖着下半身,上身红色的小肚兜被扯下一半,双手颤抖着,很是慌张,此人正是桂月娥。

"说,袁枫森呢?"汪洪太吼道。

"他,跑了。"桂月娥朝窗子嘟了下嘴。

"快追!"徐宏海举着枪躬身越过窗户,队员们都跟随他爬越窗户,越过后院的墙追到后山。

袁枫森从窗户逃走后,顺着墙猫着腰从隐蔽的墙角处翻越到后山,在林间逃窜着。因跳下墙的声音惊动了埋伏在后山一侧的游击队员,这些游击队员立马紧随其后向山上追击,三分钟后只听"砰砰"两声枪响,张征击中了袁枫森。游击队员们冲了上去,袁枫森除穿了一双鞋以外,身上别无他物,他赤身裸体地趴着,背部深中两枪,已经毙命。

两小时后逆水乡那边,黄柏游击队包围了逆水还乡队驻地,打死了两名站岗的还乡队员,并喊话其他还乡队员:"袁枫森已死,大家一小时内缴械投降,否则将视为与人民为敌,袁枫森的下场就是顽抗分子的下场。"

逆水还乡队和双庙还乡队一样,都是由一帮地痞流氓组成的乌合之众,他们在老百姓面前耀武扬威、欺压拐骗,到了真正战斗时,都是贪生怕死、临阵退缩之徒。黄柏游击队放出消息后一小时内,八十余名还乡队员携带六十多支枪投降。而储境得知袁枫森已死、逆水还乡队已降,怒意横生,对徐宏海的憎恨更是深入骨髓。

这段时间,国民党控制了潜山县城和黄柏山区,游击队在国民党的高压统治下游走于边远的山间。黄柏游击队采用突然袭击的方式攻击各乡镇还乡队和一些欺压百姓的土豪恶霸。

第十四章

（一）

短短两个月内，黄柏游击队击溃俘虏了双庙还乡队和逆水还乡队，国民党驻槎水的部队、潜山县自卫大队和潜山县国民政府大为震惊的同时，也觉得受到了羞辱，县长蒋申亮、自卫大队大队长储境、国民党军驻槎水的两个团长以及连长以上军官、黄柏山区各乡镇的还乡队队长聚集在槎水镇召开了紧急会议，商讨应对策略和防务安全问题。会议的一个重要决定就是合力"清剿"黄柏游击队及黄柏山区内的有关共产党势力，徐宏海被列为头号"清剿"对象。因全国战局配合淮海战场的需要，黄柏山区内的刘邓大军于年初东移皖中，1948年下半年因国民党"围剿"加剧，黄柏山区陷入了白色恐怖之中，黄柏游击队及潜山县民主政府被压缩在黄柏乡、塔畈乡和官庄乡一带。

这段时间徐宏海忙着与自卫大队、还乡队斗智斗勇，总是居无定所，在大山间游走，心中始终紧绷着弦。在这种时局紧张的时期，他更想自己的妻儿，不知他们是否一切安好。半年前，女儿徐水芹出生了，可惜这半年间斗争激烈，到现在为止，徐宏海就见过女儿两次。儿子徐激扬现在也三岁了，正是懵懂可爱的年龄，想到这儿，徐宏海的眼角露出了丝丝笑意。

刚好这两天，他们要带个小分队回槎水执行一项任务，他决意回家看看妻儿。槎水镇建国村的储姓保长前几天响应国民党的"清剿"计划带人打死了游击队的两个储备队员，游击队决定要惩治他。附近的乡亲们都知道这个储保长与同村储昭献的老婆王梅花有不正当的男女关系，储昭献常年在安庆府靠拉车赚钱，家中钱不多，但王梅花非常喜欢打扮，总打扮得娇柔妩媚。储保长每隔两天就会到王梅花家过夜，明晚应是他们见面的日子。

第二天晚七点，徐宏海带领良冲村的五个游击队员徐洪鹤、王松孺、朱海浪、徐洪西、徐洪复从黄柏乡出发来到建国村九庙王梅花家附近,此时已临近夜间十点。山区的农村,晚上九点人们已进入梦乡。

徐宏海及五名游击队员猫着腰贴着王梅花家墙根来到院子外,踏着王松孺的肩膀,其他五人翻入院内,王松孺便留在大门口外守候。徐洪西用铁丝撬开院内连通房屋的小门门闩,五人蹑手蹑脚地来到王梅花家的屋内,屋内黑漆一片,只有刚打开的院门处透进一缕暗淡的月光。逐步靠近卧室,若有若无的女性声音飘进耳朵,音调顿挫,尾音悠长。看来,今晚是来对了,储保长绝对跑不了。卧室的门大开,女人的声音越来越清晰,越来越高亢。黑暗中队员们举着枪,徐宏海朝他们挥了一下手,大家冲进卧室。

"不许动,不许动。"徐宏海拿枪指着床上的两个黑影。

"啊——"女人一声尖叫,吓得抓起被子蒙在头上。

说时迟那时快,朱海浪拉下被子扔在地上,只见床里侧一个女人爬起蜷缩在床头,披头散发,床外侧则躺着一个男人,看着来人问道:"你们什么人?"就在这男人问话期间,徐洪西擦亮了火柴,点燃了屋内的油灯。

"还问我们什么人?找你要债的人。"徐宏海答道。

只见那男人想拿起扔在床踏板上的裤子,徐洪鹤一个箭步冲上前去,一刀刺进了男人的心脏,男人"啊"的一声,赤身裸体地倒在床上,瞬间毙命。王梅花见状,双手抱着膝盖,蜷缩在床头,瑟瑟发抖。

这时,徐洪复说道:"看踏板上的衣服,好像是军服。"

"快说,这男人是什么人?"徐洪西朝女人吼道。

"他,他,他是一个连长。"王梅花声音颤抖地答道。

"你!怎么不是储保长?"徐洪西继续问道。

"最近我和张连长好上了,储保长来得少了。"王梅花蜷缩得更紧了。

"大家别和她啰唆了,拿起军服,带走尸体。"徐宏海朝游击队员说道,转而又对王梅花说道,"留你一条小命,希望你不要主动告诉反动派军队,否则下次死的就是你。"

"不,我不会说的,你们放心。"王梅花听说不杀她,稍微放松了一点,颤抖地说道。

说完,朱海浪扛起了尸体,徐洪西拿走了军服,大家迅速消失在黑夜中。

走了约一里远,见到一处深沟,大家决定将尸体扔入沟里。此时约晚上十一点,六人从建国村向北回到良冲村,这六人的家均在良冲村,徐宏海知道大家很久都没有回家了,便让队员今晚回到家休息,明早八点在上冲狮形包集合归队。

(二)

夜幕静谧,繁星闪闪。徐宏海悄悄回到上冲家中,妻子杨凯玲格外高兴。看着熟睡的儿子和女儿,徐宏海瞬间感受到了久违的快乐与放松。

第二天早晨醒来,儿子徐激扬正双手托着下巴坐在床边,鼓着圆溜溜的眼睛盯着他。

"妈妈,爸醒了!"徐激扬冲着门外大喊一声,然后开心地扑进徐宏海怀里。

儿子清脆响亮的声音震得徐宏海一下子清醒过来,他伸手抱着儿子站了起来:"这么长时间没见,想爸了没?哎呀,激扬变沉了,让我看看,长高了没?"徐宏海双手夹着儿子的腋窝,举到眼前仔细端详着。

"想了。我长高啦,妈妈说我长得可快了。"徐激扬奶声奶气地说。

这时,杨凯玲端着一碗冒着热气的粥从外面走了进来,看见父子两人其乐融融的样子,笑着说道:"还是你回家,家里才更温暖啊,也不知内战何时是个头?"

"凯玲,快了,目前虽然槎水镇形势看起来比以前更严峻,但全国的形势一片大好啊,我们共产党必然会胜利,国民党已经是秋后的蚂蚱了。"徐宏海看着儿子一边开心地笑着,一边回答着杨凯玲。

徐激扬"咯咯咯"地笑着,杨凯玲将粥放在桌子上,伸手从徐宏海身上将儿子接了过来,对他说道:"刚熬好的热粥,你赶紧喝了吧,这腌萝卜是我前不久做的,可香脆了。喝完粥后,带儿子在家旁边透透风,你一会又要走了,多陪陪儿子。记住啊,就在家旁边,可不能走远了。"

徐宏海三两口就喝完了粥,洗了把脸后便带着儿子走出大门,外面的空气真清新啊。徐宏海双手从后面握住儿子的腋窝,往上一举,将儿子跨过自己的头顶,正好骑在后脖子上。儿子从来没有骑过父亲的肩膀,一下子坐这么高,又紧张又兴奋,双手紧紧抱着父亲的头"咯咯咯"直笑。

"爸,妈妈说,打仗会死人,你会死吗?我不想爸死,我不想爸死。"徐激扬骑在徐宏海的肩上稚气地问道。

"哈哈哈,小坏蛋,你觉得爸会死吗?"

"爸不会死,爸不会死。爸,打仗会害怕吗?"

"小坏蛋,放心,爸不会死的。你看啊,打仗就像过这条小河,你坐在爸肩上,我一步跳过去,你会害怕爸过河,可其实呢,爸过河安全着呢。"说完徐宏海紧握着儿子抱着自己额头的双手,来到徐家北面约三十米远的一条小河边,然后向前一跳,便跨越了这条小河。

"爸,好玩,好玩。"徐激扬很快适应了坐在父亲的肩膀上,甚至可以说喜欢上了。徐宏海把徐激扬扛在肩头,来回在小河流的缺口处跳跃了好几次,逗得徐激扬笑个不停。这样的时光多快乐、多烂漫、多纯洁、多温馨,徐宏海多么希望此情此景永远定格在这儿,可快乐的时光总是短暂的,很快到了七点半,离集合时间还有半小时。

徐宏海将儿子送回家,女儿徐水芹正安静地躺在摇篮里熟睡,徐宏海慈爱地摸了摸女儿绒绒的头发。她的睫毛很长,模样很是可爱,可是嫩嫩的小脸略显发黄。

杨凯玲悄声说道:"看,这还是你以前给激扬做的摇篮,现在是女儿的了。""女儿喜欢就好,照顾好儿子和女儿,这年头缺衣少食,你们又瘦又黄,熬完这段日子,我们这里解放了就好了。"徐宏海看着女儿恬静而发黄的脸庞,小声地说着,心中既充满了期待,又充满了心酸。

杨凯玲对徐宏海笑了笑,她坚信徐宏海所说的人民很快会解放,在她的心中,徐宏海做的事和说的话都是对的,她坚定地支持徐宏海。她说道:"你安心地做你的事吧,不过前些时间,东冲的储昭苟三番五次地来家里问我知不知道你在什么地方,还问你什么时候回家,说是有事情要找你。他是储境的侄子,他问这些就是储境指使的,最近对你们可能有行动,你要百倍小心啊。"

"你猜得没错,他就是替储境问的。这段时间我们和他们的斗争到了非常紧要的关头,储境现在对我格外上心。"徐宏海立刻明白了怎么回事,他知道国民党安插了大量眼线,只是没想到他们竟然敢明目张胆地闯到家里来。"他问完就走了?没为难你吧?"

"那倒没有,都在一个村里住着,他也不敢拿我怎么样,他每次都是问完就走。倒是你,现在走到哪儿都可能被人盯上,我很担心。"杨凯玲心事重重地说。

"凯玲,我得走了,几个游击队员在狮形包等我。刚刚我带激扬去了上面小河处,虽然就在我们家屋外,照你所说,储昭苟很有可能已经在暗处盯上我了。"他叹了一口气,然后看着杨凯玲的眼睛说。

杨凯玲闻声一愣,显得更加担心。徐宏海握着她的手,温声细语地说:"别怕,我不会有事的。倒是你,以后要注意安全,我担心他们会来家里找你麻烦,实在不行你就带着孩子回娘家住几天。"

"只要你平安,我什么都不怕。"杨凯玲回应着他,眼神里满是坚毅。

"相信我,战争快结束了,我们一定会胜利的。那个时候,我就再也不用东躲西藏了,我一定好好地守在你和孩子身边。"

"好,我等你。"

温馨又幸福的短暂相聚之后,徐宏海离开了家。杨凯玲送走了丈夫,还没从失落中缓过来,储昭苟就带着人闯进了家门。

杨凯玲怒斥道:"你们干什么!光天化日的,连声招呼都不打就闯进别人家,强盗吗?"

"我们听说徐宏海回来了,特意上门找他谈谈。"储昭苟假意地笑着。

杨凯玲冷眼看着他们:"他不在。你们之前也说了好几次找他有事,到底什么事跟我说也一样,等我见到了他,给你们转达就是了。"

储昭苟上前一步,边往屋子里看边说:"这怎么能一样呢?都是男人之间的事,还是我们直接说比较好。不过,今天早晨我还看见徐宏海了,怎么这一会儿就不在了?"说完,他冲身后的人招了招手,两个强壮的大汉直接闯进了屋门。

"你们干什么!"杨凯玲急忙上前阻拦,却被储昭苟拽了回来。

"别着急嘛,我们也没有恶意,只是想跟徐宏海谈谈。"储昭苟脸上堆着笑,语气却阴险无比,杨凯玲只能将徐激扬揽在怀里,恨恨地瞪着他们。

一会儿,那两个壮汉走了出来,对着储昭苟摇了摇头。储昭苟心中一冷,这个徐宏海,跑得倒挺快!

他瞥了一眼站在一边的杨凯玲,径直走了过去。不过这次,他没有追问杨凯玲,而是蹲了下来,从杨凯玲手中将徐激扬拉了过来,装作语气柔和地问道:"告诉表哥,你爸在不在家呀?"

徐激扬摇了摇头,拼命地向妈妈靠过去,想要挣脱他的束缚。

储昭苟拽着他不松手,又问:"那他去哪里了?什么时候回来呀?"

"我不晓得。"徐激扬怯生生地说。

"你干什么!都说了他不在,你们自己也进屋查过了,还问什么?我也想知道他在哪里,你们找到他了也来跟我说一声吧!"杨凯玲上前推开储昭苟,将儿子护在身后。

"好好好,那今天就这样吧,我们撤。"储昭苟眼看今天确实抓不住徐宏海,便不再纠缠。离开之前,他阴狠狠地说:"不过没关系,来日方长,总有见到他的那天。"

杨凯玲一直盯着他们,直到他们走出门外才松了口气,这时她才察觉到自己的背后已经全是冷汗。她冲到大门口,从里面锁紧了大门,然后赶紧带着徐激扬跑到屋里去看女儿有没有事。看到女儿睁着懵懂的眼睛躺在床上,好像没有被突然闯入的人吓到,杨凯玲这才放心,害怕和委屈一下子涌上心头,她默默地背过身去擦了擦眼泪,不让孩子们看见自己脆弱的一面。

(三)

张连长被杀后的第二天下午,国民党军第二十师第一三二团张团长召集营长、连长开会,却发现没有张连长,非常生气,因为这个张连长是自己的弟弟,便命通信兵传唤弟弟立刻到团部,可部队里怎么也找不到张连长。直到第三天下午才在离团部三里远的一个偏僻深沟里发现了张连长的尸体,团长既愤怒又伤心,敢在自己团部眼皮子底下杀害自己的弟弟,这个事必须彻查,这个仇非报不可。

顺藤摸瓜,他们找到了张连长的情妇王梅花,王梅花把当晚的情况一五一十地告诉团长了,只是她也不知道那帮人是什么身份。张团长猜测或许是游击队,或许是王梅花情人储保长找的当地人,又或许是王梅花丈夫储昭献找的当地人。

王梅花自然不知、一脸无奈,没想到自己的风花雪月惹出了这么大的事,害了自己,又连累了情人和老实巴交的丈夫。张团长在审讯储保长、储昭献和王梅花未果后,将他们暂时关入大牢。后来越来越多线索指向游击队,张团长也默认了这个结论,他心里更加痛恨游击队,希望尽快抓到徐宏海,剿灭黄柏游击队。

徐宏海总觉得敌军这么迫切地想抓住他,一定少不了储境煽风点火的作用。徐宏海猜得没错,的确是储境从中作梗。首先储境告诉张团长这一定是徐宏海带领黄柏游击队杀了张连长,其次储境痛诉了这一年来徐宏海打击双庙还乡队和逆水还乡队,骗劫国民党军物资等,最后还不忘翻起旧账,说徐宏海从抗日之前就是坚定的反对党国的分子,激得张团长下定决心要除掉徐宏海。

徐宏海依然像前段时间一样,将黄柏游击队分散在黄柏山区不同乡镇,他和王寅圣、李普、张征等主要领导尽可能分散带领不同的游击支队活动。他们都在黄柏乡、塔畈乡和官庄乡一带的大山里游走,居无定所,行踪不定。国民党的人像大海捞针一样搜寻了十几天,毫无线索,个个垂头丧气的,这更激怒了储境,他命令槎水镇还乡队不惜一切代价,即使威逼利诱,也要从杨凯玲嘴里套出徐宏海的行踪。

得令之后,槎水镇还乡队队长王金要带着手下气势汹汹地赶往徐宏海家。十几个人破门而入,在厅里玩耍的徐激扬被吓到了,急忙跑到杨凯玲的前面,惊诧地看着大门口。杨凯玲正坐在小板凳上洗衣服,她背对着大门,被这大门的哐啷一声惊得怔了一下,转头向后看去,十几个人正站在大门口,一副凶神恶煞的模样。她来不及擦干手上的水,一把搂过儿子,轻轻拍着儿子的背,安慰儿子:"莫怕,莫怕。"

这些年,杨凯玲经历了不少风雨,她胆子大、性格强,因为儿女在,她有些紧张,但也不是特别害怕。她转身站了起来,高声质问那些人:"你们这是干什么？闯到我家里来干什么！"

王金要掏出一根土烟，旁边的人立刻递上火给他点燃，他慢悠悠地吐出了一个烟圈，上前几步，逼得杨凯玲护着徐激扬后退了两步。王金要俯身拎起杨凯玲洗衣服时坐着的小板凳，摆到大厅正中，安安稳稳地坐了下来。

"我们是槎水镇还乡队，奉了自卫大队储境大队长和长官的命令，来缉拿要犯。我说的是谁，你心里很清楚吧？"王金要抖了抖烟灰，斜着眼睛反问道。

杨凯玲的心中一沉，他们果然是冲着宏海来的，这次阵仗不小，看来今天他们是不会善罢甘休的，不过，幸好宏海不在，否则真不一定能脱身。她鄙夷地看着这帮人说道："抓要犯？你觉得是我犯了什么十恶不赦的罪名？还是说我这三岁的孩子干了什么事？"

王金要冷笑一声："哼，少在这给我东拉西扯，揣着明白装糊涂！徐宏海是共党，你自然脱不了干系。徐宏海在哪里？我劝你老老实实交代，免得受皮肉之苦。我一个堂堂的还乡队队长，可不想落一个打女人的名声，传出去有损我声誉啊。"

"光天化日之下，你们就敢硬闯别人家，还有什么是你们做不出来的吗？我什么也不知道，你们有本事怎么不自己去找他？"杨凯玲冷冷地说。

"敬酒不吃吃罚酒！"王金要将烟夹在手上，朝身后挥了挥手，"来人，给我抓起来！"几个人冲了上来，强行将杨凯玲和徐激扬分开。

徐激扬哭喊着要妈妈，杨凯玲连忙伸手阻拦，两人过来将她扯到一边。"你们干什么！放开我的孩子！激扬，激扬！"杨凯玲使劲挣扎，但抵不过两个人在背后扭着她的胳膊。

王金要将烟丢在地上，走到杨凯玲面前一连甩了三巴掌，打得杨凯玲脸上顿时肿了起来，嘴角流出血。

"妈妈！妈妈！"徐激扬吓得大哭，呜呜地喊着。王金要厌烦地瞪了他一眼，示意手下将他的嘴捂起来。之后，他恶狠狠地抓住杨凯玲的头发，威胁道："说！徐宏海到底在哪儿？"杨凯玲的脸上火辣辣的，她愤怒地瞪着王金要："我说了，我不知道！"话音刚落，杨凯玲又结结实实地挨了几个耳光。

杨凯玲头晕目眩，但她始终咬着牙，怒视着王金要，嘴里重复着"不知道"这几个字,让王金要气急败坏。他两步走到徐激扬面前,一把揪起他的衣领,将他提着扔到了杨凯玲的面前。徐激扬被王金要死死地掐着肩膀,疼得大声哭了起来。

"你干什么!放开他!欺负一个小孩子算什么!"杨凯玲大声地呵斥着,拼命挣扎,却挣不开身后两人的束缚。

"哼,你的骨头不是很硬吗?你猜小孩子的骨头有你一样硬吗?"

躺在里屋床上的小女儿被院子里嘈杂的声音惊到,或许她也感受到了妈妈和哥哥现在正遭受苦难,嗷嗷地啼哭起来。杨凯玲听见女儿的哭声,眼角含泪,艰难地转了转头,担心地向屋里看了一眼。

王金要却兴奋地双眼放光,将徐激扬丢到一边,奸笑一声:"原来还有一个小的!来人呀,去抱出来!"

"你到底要干什么!"杨凯玲冲他大喊,王金要却丝毫不理睬,当着杨凯玲的面,从还乡队的人手中接过婴儿抱在怀里,装出一副温柔的样子哄着:"哎呀,多漂亮的小孩子呀,怎么哭得这么可怜。"

话音刚落,他脸上的假笑尽收,猛然抬手向徐水芹脸上狠狠扇去。看着女儿大声啼哭,杨凯玲挣扎着想去阻拦:"你放开我女儿!我说了我什么都不知道,你这样欺负一个小孩子不怕遭报应吗!"

王金要揉了揉手,冷眼斜视着痛苦的杨凯玲,转身将手中的婴儿递给手下:"这一巴掌振得我的手都疼了,你来,继续打。"

"是!"还乡队的人接过婴儿揽在手里,每打一下就停下来逼问杨凯玲,杨凯玲看着女儿被扇得号啕大哭,心里一阵阵地疼,像被人狠狠揪着似的。她痛苦地摇了摇头,带着哭腔说:"我真的不知道他在哪里。"

"还嘴硬,继续!"王金要厉声说。

清脆的耳光声,婴儿的啼哭声,杨凯玲和徐激扬的痛哭声,混杂在一起,回荡在徐家院子里。门外赶来看热闹的乡亲们听了都觉得于心不忍,纷纷声讨起来。王金要瞪了他们一眼,威胁道:"谁敢多管闲事,按从犯处置!"

这时,王金要的手下扯了扯他的衣袖,在他耳边悄声说:"队长,要不,差不多就算了吧。我们虽然没问出来什么,但也尽力了,今天这么多人看着,肯定能传到储大队长耳朵里,我们回去也能交差。这小孩子的耳朵已经出血了,她毕竟太小了,真要是闹出了人命,您知道徐宏海也不是一个好惹的主啊,您看看逆水还乡队和双庙还乡队。"

王金要本来还想继续折磨杨凯玲母子,一听手下这么说,觉得很有道理。逆水还乡队队长袁枫森在徐宏海手上丧命的事才过去几个月,如果自己做得过了,不但没有抓住徐宏海,反而可能栽在他手上,一想到此,王金要打了一个寒战。王金要抖了抖肩膀,走到杨凯玲面前故作镇定地说道:"大表嫂,受惊了,我也是上面逼的,没有办法啊。"说完,他立刻侧过身训斥刚才扇打徐水芹的还乡队员:"这么小的小孩,你的手怎么这么没轻没重啊,以后要注意。"说完,王金要挥了挥手,示意收队。杨凯玲看着女儿被他们像丢垃圾一样丢在冰冷的地上,等身后的人一松开,她赶紧抱起女儿仔细查看伤势。襁褓中的女儿脸色已经发紫,一丝鲜血从她的耳朵里流出,杨凯玲惊慌失措地喊着女儿。

槎水还乡队横行霸道地从围观的乡亲们中间拨开一条路,毫无忌惮地走了。邻居几个大嫂连忙上前,有人照看已经被吓得呆滞的徐激扬,有人说赶紧叫附近的土郎中来看看小孩,杨凯玲立即让乡亲们帮忙请来了土郎中。

"先给孩子洗把热脸,郎中一会儿就到了,别急啊。"好心的大嫂们安慰着杨凯玲,瞬即到厨房里倒热水,并帮助给孩子洗脸。

二十分钟后,郎中急匆匆地赶到,杨凯玲连忙冲到屋门口迎接:"郎中,你快看看我女儿!"

郎中进门看了看徐水芹,叹了口气:"真是畜生,这么狠毒!竟然连一个小娃娃都不放过!"他边说边仔细地给孩子检查。

杨凯玲站在郎中身边,焦急地看着郎中。

良久,郎中站直了身子,深深地叹了口气。这一声,让杨凯玲的心瞬间提了起来,她强行保持理智:"郎中,我女儿怎么样了?"

郎中摇了摇头:"唉,孩子的命可以保住,但是她的两个耳朵都出血了,这说明耳膜破了,以后可能再也听不见了,这大山里也没有什么医治的方法。我只能给她开点草药,避免耳朵里的伤感染。"

杨凯玲听着郎中的话,目光一下子变得呆滞,郎中刚想安慰她,只见她眼睛动了动,朝郎中弯腰致谢:"谢谢郎中,没关系,保住命就好。"可是颤抖的身体出卖了她,郎中看得出她在强装镇定。郎中从药袋里取出几服草药放在桌子上,看了看让人心疼的婴儿,满心酸涩地离开了。

等屋子里没有了外人,杨凯玲这才释放着自己的情绪,她趴在床边,轻轻抚摸着女儿,肝肠寸断地哭着,徐激扬的脸上也挂着泪花,嘴里喃喃地喊着妹妹,杨凯玲将他抱在怀里,母子三人相互依偎着,空荡荡的房间里回响着让人心碎的啜泣声。

王金要没能得到徐宏海的行踪,被储境痛骂了一顿,为了挽回自己在储境心中的印象,他主动请缨,在槎水镇各处搜捕徐宏海。不久,家里的遭遇传到徐宏海耳中,得知女儿被虐待至聋,妻子和儿子也受了皮肉之苦,徐宏海恨不得将那些人千刀万剐,无奈形势紧张,他不能带领队员们硬拼。既无法手刃仇人,又无法照顾亲人,徐宏海的心里又悲又恼,只能将满腔愤怒化为力量,全身心扑在革命工作上。

放眼国内,解放形势一片大好,我党相继展开了辽沈、淮海战役,取得节节胜利。全国解放已经势不可挡,国民党反动派开始了最后的疯狂反击。

第十五章

（一）

辽沈、淮海战役结束后，我国北方大部分地区已被解放。1949年1月中旬，解放军对天津发起总攻，成功从国民党手中夺下天津，北平的解放也指日可待。自此，我党的解放区遍布长江中下游以北地区，日益扩大的解放区和日益增强的革命力量令人心喜，这也为在全国范围内战胜国民党反动派奠定了坚实的基础。

按照最新的全国形势，解放军不日便可挥师南京，直插敌人心腹之地，全国各地的军队都在为此做准备。在皖西南地区，刘邓大军也开始为渡江作战谋划，与此同时，重新整合成立了中共潜山县委和潜山县民主政府，由谢童观担任潜山县委书记，李伟担任潜山县县长，县委和县政府暂设在黄柏乡桂家祠堂。

前几日，谢童观和李伟从刘邓大军的军部开完会回来，便着手召开县委、民主政府和各区主要干部的大会，以传达刘邓大军安排的任务。很快，这次会议如期召开，虽然不知道谢书记和李县长要交代什么紧急的事情，但看着座无虚席的会议室，大家预感到肯定有大事发生。

谢童观和李伟两人推门而入，会议室很快安静下来，大家一个个目不转睛地看着他们。他们看人已经到齐，话不多说，直奔主题。"同志们，这次将大家叫过来，是解放军那边交代了重要的任务，要我们协助完成。"谢童观说，"大家也都知道，天津已经解放，接下来就是北平，按照现在的趋势，整个北方很快就会解放。国民党现在以南京为大本营，他们的军队凭着长江天险盘踞在鄂、皖、赣等地，一旦解放军攻破了他们的防线，打进了南京，全国很快就能解放。"

谢童观的话铿锵有力，听得大家心潮澎湃。他顿了顿，接着又说："我们这里濒临长江,届时会有大批军队从皖西南地区渡江,可以算是第一条战线。所以,我们现在接到了一个重要的任务,就是为解放军渡江做前期准备工作,筹备好物资,让他们没有后顾之忧。"

李伟接过话:"这也是让各位前来的目的。我们现在暂定两个月的准备时间,以各区为单位,筹集粮食、船只等物品,还要广泛发动群众的力量,召集船夫、木匠、石匠等工人,提前挖战壕、修栈道。"

"请组织放心,我们一定给解放军做好物资保障!"

"保证完成任务!等了这么多年,终于要等到把国民党赶跑的这一天了!"

"好,大家要鼓足干劲!"谢童观欣慰地说,"不过,大家要牢记我们的原则,跟乡亲们交流时要有耐心,好好跟大家解释,不能跟百姓起冲突,更不允许有强盗行为。"

谢童观、李伟、各区区长都提出了自己的建议和想法。大家热烈讨论,徐宏海也不例外。一旁的张征虽然也是热血澎湃,但他想起自卫大队近日来频繁派人打听徐宏海的踪迹,不放心地叮嘱道:"储境最近盯你盯得厉害,据队里的人说,外面经常会见到有人打听徐宏海的行踪。他们现在算是垂死挣扎,什么都做得出来,这段时间你要是出头露面的话可得当心啊。"

徐宏海向他点了点头,示意他放心:"我会注意的。储境这段时间在我家周围安插了不少眼线,上次我回家的时候,前脚刚走,后脚自卫大队的人就闯进了家里,逼着凯玲交代我的行踪。"说到这里,徐宏海想起女儿被他们掌掴致聋,满心酸楚,眼睛里的光彩也黯淡了下去。张征察觉到他的低落,拍了拍他的肩膀:"不说这个了,先走吧,回到队里好好计划一下。"两人一前一后走出门外,向游击队驻地出发。

回到游击队以后,徐宏海将王寅圣、张征、李普等游击队的主要干部喊到了一起,简洁明了地跟大家交代了组织安排的任务,然后跟他们商议起接下来的工作安排:"我们接下来的工作重点很明晰,要拼尽全力保障物资准时准量到位。不过,这么多物资筹备起来可是大动作,免不了被国民党的人发现,在这方面我们也不能放松警惕。"

"没错,行事一定要多加小心。这一年来,在国民党重力'围剿'下,我们游击队有所损失,现在我们有游击队员二百多人,依我看,可以让一部分人深入群众中动员大家,其他的人专门负责保证安全。"王寅圣算了一下黄柏游击队现在的规模,便向大家提出了自己的建议。张征随即表示赞同:"我觉得王政委的建议很好,我们不光要筹集物资,还得时刻注意国民党的动态,以防他们使绊子,有了准备,我们才能从容应对。"

徐宏海若有所思地说:"是啊,出动的人越多,目标就越大,越容易被敌人察觉。我们以前在各乡镇发展了不少储备力量,这次可以联合他们一起完成任务,他们本来就是当地百姓,行动起来也方便。这样一来,我们也能留出更多的人盯着潜山的国民党和各地的还乡队。"

"对于黄柏山区各乡镇,我们几个人做一下分工吧。槎水镇目前还有两个团的国民党驻军,国民党势力雄厚,我是槎水人,我了解槎水的山山水水,我可以负责槎水镇的物资筹集工作。"徐宏海继续补充道。

大家都很认可徐宏海的想法,也按照总体分工分别负责不同的乡镇。

(二)

2月7日,徐宏海为了筹集物资准备召开一次槎水镇各村重要人员的会议,为了大家的安全,会议要远离油坊街这个国民党的势力中心,徐宏海决定三天后的中午在槎水西边的邱家岭召开会议。他让储银节去安排此事,储银节也是槎水人,胆大机敏,一直同黄柏游击队在槎水发展的后备力量有联系,通知大家的任务当仁不让地落到了他的头上。

徐宏海对储银节说道:"对了,这是关系到解放军渡江的大事,记得告诉他们,在正式开始行动之前,谁都不许走漏一丝风声。"

为了躲避储境安插在各地的眼线,储银节特意乔装成补锅的师傅,成功地将消息传递到槎水各村。然而,就在他通知油坊村的后备人员时,被储德厚盯上了。原来储德厚和储银节是宗亲,家也离得很近,他对储银节十分熟悉。

储德厚是槎水镇还乡队的,今日本来只是例行公事到油坊村各处查看一番,确保一切正常,就能回去交差了,没想到无意间瞥到了储银节的身影,感觉这个身影很是熟悉。他便跟了过去,发现这个人越看越眼熟,仔细观察了一下原来是储银节。"刚消停没两天,他们黄柏游击队又要干什么?"储德厚紧皱眉头,盯着储银节喃喃自语。他想着一定要看看储银节到底要干什么,便隐匿行踪悄悄地跟在储银节身后。

过了没多久,储银节便敏锐地察觉到身后的异样,他立刻改变路线,向油坊街人多的地方走去,储银节在来往的人群中穿梭,储德厚则紧跟其后。为了甩开追踪的人,储银节拐进了油坊街的一个老屋,迅速扔掉了补锅的物品和头上的斗笠,轻装上阵,翻身越过了两堵土墙,钻入后面山上的枯草丛中观察底下的情况。

一会儿,储德厚赶了过来,到了这里再也看不见储银节的身影,他懊恼地叹了一口气,然后无奈地离开了。储银节一直盯着他,确定他真的离开以后,又等了一小会儿,才轻手轻脚地从枯草丛中钻出来,顺着山岗跑回驻地。

储德厚虽然没有看见储银节具体干什么,但仍觉得这是个重要的情报。在追踪的路上,他发现了储银节扔下的补锅物品和斗笠,这就表示游击队一定要做什么掩人耳目的大事。

第二天天亮之后储银节才归队,他一回到黄柏就去找徐宏海汇报情况。储银节敲了敲徐宏海的屋门:"队长,我回来了。"

"怎么回来这么迟,出意外了?进来说。"徐宏海开门询问。

"队长,我们开会的安排可能要改了。我被槎水镇还乡队的储德厚盯上了,我甩掉了他,为了保险起见,又在骑狮的山里待了一会儿,确定没人跟着以后才回来的。可我担心他们不会善罢甘休。"储银节皱着眉头自责道,"都怪我,没有隐藏好身份。"

"不是你的错,我们游击队现在可是国民党的眼中钉、肉中刺,他们的眼线到处都是,防不胜防。你反应很迅速,已经做得很好了。"徐宏海安慰他。

"那过两天的会议怎么办?"储银节依然愁眉苦脸,担心到时候的安全问题。

徐宏海仔细想了想,说道:"原本通知的会议地点是邱家岭老邱家,现在改成我家附近的朱家山朱若丁家吧,那儿可能也会被眼线发现,但朱若丁家有个逃生通道,万一有情况我们可以逃脱。当下,国民党到处都设有眼线,朱家山这儿算是相对安全些了,在邱家岭给大家留好暗号,到时我们直接去朱家山等大家。"

储德厚把此事报告给了槎水镇还乡队队长王金要,王金要立即向储境汇报了情况。储境揣摩这事一定与徐宏海有关,可以断定游击队一定要在槎水镇做点什么。储境密令槎水镇的各路眼线近日严密监视黄柏游击队或共产党的有关活动情况,尤其嘱咐徐宏海家附近的眼线近十天日夜轮班监视,并亲自带领自卫大队六十多人悄悄进驻槎水镇,要求槎水还乡队和黄柏还乡队高度戒备,时刻准备战斗。

2月10日,游击队在各村安排的负责人如约到了邱家岭,见到留下的暗号后,又转道来到上冲朱家山。还乡队的人也装作一无所知,看上去一切如常,但平静的表面下实则杀机涌动。

槎水镇良冲村上冲,储正利家就在朱家山不远处。储正利是储境的弟兄,这两日他不分昼夜地在外闲逛,今日去王家,明日去朱家,但其实那双眼睛总是不离徐宏海家。这日下午一点多他发现七八个人陆陆续续地赶到朱家山朱若丁家,其中有三四个人自己也认识,都是附近的百姓。

为避免被人发现,储正利躲到朱若丁家附近山上的杂草丛中,透过杂草的缝隙密切注视着朱若丁家。突然间,储正利看见一个熟悉的身影戴着礼帽,从朱若丁家后面的山坡上跑下来,他眼睛一亮,精神倍增,就像饿狼看见了猎物一样,他确信自己看到的是徐宏海。只见徐宏海进入竹林,一路小跑进入朱若丁家中。

储正利欢欣鼓舞,没想到让国民党军和自卫大队日夜难安的徐宏海竟然被他发现了,也不枉他这几天没日没夜地盯梢。他悄悄从草丛里爬出,猫着腰快速地钻入丛林中,顺着丛林小道,将信息传递给了储昭苟,急令储昭苟到朱若丁家侧面山坡的杂草丛中盯着朱若丁家的一举一动,自己则火速跑去禀报储境。

"队长,我有重要事情要报告!"储正利快速地跑向储境的房间,他喘着气激动地喊着。

"嚷什么!没看见我这有客人吗!"储境呵斥了他一句,储正利这才抬起头,发现槎水镇镇长王献冬也在这里,他连忙赔罪:"哎呀呀,王镇长,不知您在这里,打扰了您和储大队长议事,实在抱歉。事关徐宏海这个死对头,我不免激动了些,您见谅。"

"不碍事,你现在掌握徐宏海的行踪了?"王献冬激动地站起身问道。

"是啊,一得到消息,我就立刻跑过来向储大队长汇报。"

储境心中一喜,却表现得波澜不惊。他不慌不忙地喝了口茶,斜着眼睛瞥了一眼储正利:"能确定吗?别又像之前一样,搞得兴师动众,最后连个影子都摸不到,平白让人看笑话!"

储正利抿了抿嘴巴,连忙说:"这次准没错,我亲眼看见徐宏海正召集几个人在朱若丁家开会,火速跑来向您禀报,我又派储昭苟回去监视了。"

储境一听,迅速站起身,拍着自己的侧脑勺,在房间内快速踱步着。

"哈哈,这次有戏了,快!快!召集自卫大队和槎水镇还乡队五分钟内集合!"储境紧急下令。

集结好一百多人的队伍后,储境带着队伍快速地从东冲一侧山上进驻朱家山,偷偷包围了朱若丁家。此时,约莫两点半,储昭苟偷偷从草丛里爬出,跑到储境面前,语气兴奋地说道:"你可算来了!徐宏海就在里面。我一直在这盯着呢,他跑不了。"

储境阴险地笑了:"你辛苦了,回头再奖励你。"说完他又转身对后面的人说道:"走!今天势必要抓住徐宏海!"三十几个自卫大队的人紧跟在储境身后。

朱若丁坐在他家门口观察情况,只是待他看见自卫大队的人为时已晚,这三十多个人已经出现在他家门口的竹林里。朱若丁往屋里一冲,急匆匆地喊道:"不好,自卫大队来了,快跑!"

(三)

屋内,徐宏海正在紧锣密鼓地安排着物资筹备的工作。大家正讨论得热火朝天时,朱若丁这一喊让屋内众人皆是一惊,纷纷站了起来。徐宏海让储银节和朱若丁带着参加会议的乡亲迅速跑到后院从红薯洞里撤走。黄柏山区农村每家都有一个冬天储存红薯的又大又长的山洞,朱若丁家后院有一个废弃的红薯洞,经改造后直通他家后面的山坡灌木丛。

为了保证其他人有足够的时间安全撤离,徐宏海打算将敌人阻挡在门外,他掏出枪向大门方向冲去,只见储境一帮人已冲到了门口仅十米的距离。储境在队伍的最后面举着枪喊道:"快,兄弟们,快,给我抓活的。"

"砰,砰,砰。"徐宏海连开三枪,命中前面三个自卫大队的队员。储境躬身顺势躲到旁边的柴房墙角,其他队员有的躲到墙角,有的躲在树后,有的趴在地上,唯恐被徐宏海击中。这时,储境让一个队员喊话:"徐宏海,你被包围了,你老老实实投降吧!"

徐宏海意在给参加会议的乡亲们争取更多逃走的时间,他便喊道:"这个我得好好考虑,在我没考虑好之前,谁过来,我就让他见阎王爷去!"

储境一听,这次似乎劝降有戏,便嘱咐手下不要杀死徐宏海,要的是活口。储境想从徐宏海口中得到更多的情报,杀了徐宏海,不仅得不到共产党的情报,还无法向徐竹花解释。

"给你五分钟考虑,五分钟后若不出来投降,我们就开枪了。"自卫大队喊话道。

徐宏海并未答话。

五分钟后,受储境命令,两个自卫大队队员朝屋内开枪,徐宏海躲在灶台的下方,他们无法击到徐宏海。徐宏海一探头出来就"砰砰"两枪,击毙了这两名自卫大队队员。王金要带着还乡队包围在房子周围,也只顾趴在地上或躲在树后盯着大门口的交战,完全没注意到后院红薯洞通往后山,参加会议的乡亲在储银节和朱若丁的带领下快速转移到了朱家山后面的大山。

几分钟后,从交战情况,储境判断出屋里只有徐宏海有枪,他心想我们这么多人,还怕他,便喊道:"冲,只有徐宏海有枪,大家往里冲!"

近三十名自卫大队队员不顾徐宏海射击冲向大门,徐宏海一连击毙了五人,手枪没有子弹了,二十多名大汉冲向屋内。

"哈哈,没有子弹了,谁也不许开枪,给我抓活的!"储境大声命令着。

自卫大队队员都收起手枪,握紧拳头,摆出要搏斗的姿势,缓步向徐宏海靠近。徐宏海将枪扔到一边,脚朝旁边的板凳一钩,板凳飞起到空中。徐宏海左手在空中快速划出一道弧线,右手紧扣板凳腿的根部,随即向前方甩出一道圆弧,板凳打到一名大汉脸部,他的脸被打歪了,整个人被击倒在地。其他人见状都向后退了一步,唯恐徐宏海挥舞的板凳击到自己。

"我看你能撑多久,你舞,你舞!"储境站在大门口朝屋里喊道。

"给我上,都给我上!"储境大声喊道。

自卫大队毕竟人多,打斗一阵后已将徐宏海摁住,四名大汉,一边两个绑住徐宏海的胳膊。

"其他人呢?给我搜!"储境冷冷地吼道。

自卫大队的队员们冲入各个房间和后院内,没有发现任何人。

"竟然让他们给跑了!不过逮住了你这条大鱼,他们也跑不了。"储境阴险狡黠地笑着。

"哼,你这么个小人!姐姐真是瞎了眼。"徐宏海朝储境大声呵斥着。

"给我带走!以后有你好受的。"储境命令道。

四名大汉押着徐宏海走出屋外,出大门左侧十几米是一座三米长的石头桥,过了石头桥便是竹林,石头桥下面是一条小河,小河在此处正好有一处六米高的悬崖,悬崖下方是被水冲出的河潭,河潭内石头林立。河水直直地落下,砸到下面的石头上,水花溅得几尺高。

徐宏海被押着走到石头桥,突然,他双腿猛地发力,跳起,用头猛击后方人员鼻梁,被击的人鼻孔流血,疼痛难忍,瞬间松开了徐宏海左侧胳膊。徐宏海将右胳膊一个反转,摆脱了被后押的状态,猛然抬起右腿用膝盖顶击还抓住其胳膊的自卫大队队员的下身,那人疼得立即倒地。徐宏海趁机奋力甩脱另外两名自卫大队队员,向桥上跨出一步,纵深一跳,后方一自卫大队队员快速地向前猛推了一下徐宏海,徐宏海在跳跃的瞬间失去了控制,跳下悬崖后落入石头堆,右脚和右腿插入乱石缝中。"咔嚓",膝盖处一声闷响,徐宏海疼痛无比,右腿膝盖和小腿里面像是有千百条小虫在钻行。徐宏海尝试着抬了抬腿,可除了大腿能勉强动一动,整个小腿毫无知觉。他知道,右腿的骨头断了,他无法逃脱了。

"你们,快下去抓住他!"储境大声命令着自卫大队的队员。

十几名自卫大队队员从两侧的土坡上滑了下去,一起将徐宏海抬了上来。

他们将徐宏海拖到储境面前,储境居高临下地看着他,徐宏海坚强地站了起来,储境冷冷地看着他说道:"你倒是跑啊,刚刚跳的时候不是很英勇吗?现在怎么站都站不住了?"

徐宏海面无表情地看着储境,眼神里充满轻蔑。储境看着他的眼神就来气,更看不惯他这副傲骨铮铮的样子,抬起腿狠狠地踹在徐宏海的断腿上。

徐宏海闷哼一声,疼痛从膝盖处沿着经络向上爬,直直地钻入心脏,可徐宏海叫都没叫一声。储境见状,又是一脚踹在他另一条腿上,徐宏海一下子失去支撑,向前摔去。

看着徐宏海一头栽在地上的狼狈样子,储境的心里充满了快感,跟徐宏海针锋相对多年,今天他终于落到了自己的手里。

"哼!徐宏海,这么多年来,你们这些游击队给我闹出来多少事,添了多少麻烦,挡了我多少次机会!这些账我和你慢慢算,你们哪些人参会了?你们开会谈什么?一个字一个字地都给我交代清楚!呵,腿断了没关系,来人啊,把他给我绑到木头杆子上抬回去,先扔到地牢里关几天!"

王金要凑到储境跟前恭维道:"恭喜储大队长解决了心头大患,从此以后可以高枕无忧了。"

"是啊,是啊,这下,县政府和军队都要记住储大队长的功劳。"王显东附和道。

储正利也不落下风,谄媚地说:"队长,你辛苦了,我们储家就数你最有出息,今天抓住这个游击队头子全靠你。"

储境听后更是一脸春风得意,让手下将徐宏海的左腿绑在木头杠子上,抬着徐宏海意欲回到潜山县城梅城。

朱家山在上冲的最北面,离徐家约一里路,战斗的枪声和嘈嘈杂杂的吵闹声也惊动了杨凯玲母子。从外面众乡亲的传言中,杨凯玲知道了这是储境带领自卫大队和还乡队围袭自己丈夫徐宏海。此刻,儿子和女儿都在家,怎么办?杨凯玲心急如焚,她双手合十放在胸前,念道:"老天保佑,保佑宏海平安脱身,保佑宏海平安脱身。"

杨凯玲站在徐家屋外北面场地上焦急地看着上方的朱家山,期待不要出事,现实却是残酷的。半个多小时后,杨凯玲看见一大队人马列队从屋后的小路上下来了。她赶紧跑回家安顿好徐激扬和徐水芹,嘱咐徐激扬照看好妹妹,不管外面发生了什么事,千万不要出家门。叮咛好徐激扬后,杨凯玲跑到南面场地,躲在一个草堆拐角处,偷偷地盯着屋后的小山岭,仅仅几分钟后,便见刚才那队人马从小山岭上面走下来,走在最前面的正是储境,只见他趾高气扬的脸上堆满了横肉,嘴里哼着小曲。储境后面便是王金要,他哈着腰,还伸出右胳膊悬在储境的右侧,生怕储境走山间小路不习惯而摔倒了。

　　杨凯玲看到了她最不想看到的一幕,徐宏海的上身和左腿被绑在一个大木杠上面,左脚悬在空中甩动着,表情极其痛苦。杨凯玲没有任何思考,冲到小岭处。

　　"宏海!宏海!"杨凯玲哭咽着喊道。

　　"快,快,拦住她!"储境大声命令着王金要。

　　王金要像狼狗一样立刻蹿上前去,拦住了杨凯玲,不让杨凯玲靠近。

　　"你,你,你还是人吗?你哪像一个姐夫?"杨凯玲用尽力气斜顶着王金要,并指着储境骂道。

　　"你们做对不起党国的事,我也没有办法啊。"储境冷冷地回应道。

　　一个女人的力量终是扛不过地痞头子王金要的力量,杨凯玲顺势一滑,跪在地上,对储境哭着说道:"看在姐姐的分上,我求你放了他。"

　　"我求你"这三个字蕴含了杨凯玲对现状的无奈,蕴含了杨凯玲对徐宏海无限的爱。可也正是这三个字触痛了徐宏海,他心爱的女人为了救他下跪向这群恶魔乞求。此刻的徐宏海忘记了腿的疼痛,他更多的是心里的疼痛。

　　"凯玲,你不要求他们,我们不要屈服于这群恶魔。"徐宏海沉稳有力地说道。

　　杨凯玲立刻站了起来,说道:"你的腿受伤了吗?疼得厉害吗?"

　　"这些年苦了你了,你以后照顾好我们的一双儿女。"他朝杨凯玲点了点头,很少流泪的徐宏海双眼挂着泪珠,这泪水充满了寄托,充满了内疚,充满了关爱。

"带走!"储境的手一挥,他们便抬着徐宏海继续行走。

徐宏海和杨凯玲两眼默默凝视,泪眼蒙眬。他们在传递着坚强,他们在传递着鼓舞,他们在传递着爱恋,他们在传递着信任。

储境一行人回到潜山县城梅城,将徐宏海关入地牢,根本不管他的腿骨断裂。为了庆贺抓住了徐宏海,储境与蒋申亮、王显东、王金要等人去酒楼庆贺。

(四)

三天过去了,徐宏海一滴水也未进,身体十分虚弱,牢里又暗又潮,腿上的伤也开始发炎。按照储境的吩咐,他们每天进来用鞭子抽他一顿,逼他说出共产党的下一步计划、那天会议有哪些人参加、黄柏游击队的位置在哪里。尽管徐宏海浑身是伤,却从不说出半个字。

"队长,他还是不肯说。"黄柏还乡队的人在徐宏海那里碰了钉子,骂骂咧咧地去找队长吕果太汇报了。

"嗯?什么都没说吗?"吕果太捧着茶杯蹙眉问道。

"是啊,打也打了,劝也劝了,这人就是油盐不进,死扛着不说。"

"储大队长一直在等消息,哼,我倒要看看他到底是什么硬骨头!带路,我亲自去审问!"吕果太将手中的茶杯往桌子上一扔,大步流星地向关押徐宏海的监牢走去。

"吱呀"一声,牢房的大门被打开,一丝光亮照了进去,灰尘在空中飞舞着,阵阵发霉的气息传了出来,吕果太厌烦地捂住了鼻子。他慢慢悠悠地走到徐宏海跟前,看着眼前被折磨得不成人形的徐宏海,轻蔑地说:"啧,都这个样子了还嘴硬呢?共产党到底给了你什么好处,值得为他们这样卖命?"

徐宏海艰难地抬起头,白了他一眼。吕果太上前抓住他的头发,恶狠狠地说:"我可没有这么多耐心,也没工夫跟你耗下去。共产党接下来到底有什么计划?黄柏游击队在哪儿?今天你说也得说,不说也得说!来人,把他绑起来!"

达乡队的人上前提着徐宏海,将他绑到木桩上。吕果太拿着一个碗送到徐宏海眼前,徐宏海立刻被呛得大咳,眼泪都咳了出来,这下,全身的伤也因为身体的抽动而疼痛。徐宏海强忍了好一会儿才平静下来,看清了碗里的东西,那是一碗红彤彤的辣椒水。

吕果太揪着他的衣领逼问:"你们究竟有什么阴谋,现在说还能少受点皮肉之苦!"徐宏海不屑地哼了一声,声音虽弱,却十分坚定:"你做梦!"

吕果太说:"好,这都是你自找的!"话音刚落,他便将手中的辣椒水全部泼到徐宏海的腿上。辣椒水顺着皮肤钻到徐宏海腿上的伤口里,剧烈的疼痛感从肉里炸开,徐宏海痛苦地叫着,浑身抽搐。吕果太不肯轻易放过他,端起另一碗辣椒水捏着他的嘴灌了下去,徐宏海被呛得咳出血来,感觉自己的嗓子仿佛已经被腐蚀得冒烟,胸口更是火辣辣的,一呼一吸都异常艰难。

"赶紧老实交代!你们到底在密谋什么!"吕果太倾身靠近徐宏海,在他耳边大喊着。徐宏海扭头,狠狠地将口中的辣椒水吐到吕果太的脸上,吕果太猝不及防地被喷了一脸辣椒水,疼得哇哇大叫,手下的人赶紧上前拿清水给他洗脸。吕果太气得破口大骂,跳着脚恶狠狠地喊着:"给我打,给我往死里打!"

不管国民党反动派如何残忍地对待徐宏海,他始终坚守着一名共产党员的信念,对于敌人想知道的事情只字不提,吕果太和王金要轮流上阵,最终无计可施,只能报告给储境。

他们来找储境时,储境正哼着小曲摆弄花花草草。两人对视一眼,战战兢兢地开了口:"储大队长。"

"嗯?来啦,怎么样了啊,有没有问出点什么?"储境回了一下头,接着又开始给花草修剪枝叶。

"回……回大队长,我们什么方法都用了,抽鞭子、辣椒水、夹手指都好几轮了,他还是什么都不肯说。"

储境手中的剪刀顿了一下,他捏起一枝粗壮的枝丫,上面还挂着翠绿的叶子,"咔嚓"一声剪了下来,丢在了地上。无计可施之下储境起了杀心,阴险地说:"依徐宏海的性子,怕是问不出来了。既然这样,留着他也没用了,早点将他解决了,以儆效尤!"

"是！那我们这就安排下去,明天就枪决徐宏海。"吕果太连忙应声。

"你们说什么！再说一遍！"响亮的女声从门口响起,储境一惊,赶紧放下手里的东西迎了上来:"竹花,你怎么来这里找我了？不是跟你说了,现在不太平,多在家里待着,少出门。"

徐竹花气冲冲地走了进来说道:"昨天凯玲找到我,说你抓了弟弟,把他关在梅城大牢里。她听说弟弟被折磨得够呛,每到晚上大牢附近都能听见抽鞭子的声音,今天一早我便赶来梅城。"

"储境,刚刚你们说要枪毙谁？我都听到了！"徐竹花直接逼问储境。

储境自然不肯承认:"你听错了,他们只是逞口舌之快,没人要杀弟弟。"

"我再问你一次,你们是不是天天对弟弟用刑？"徐竹花眼睛通红,盯着储境,仿佛要跟他一刀两断,她很少对储境大声说话,但这次为了弟弟,她寸步不让。

储境见她不依不饶,含含糊糊地答道:"这个,这个,是有原因的……"

"原来凯玲说的话都是真的,她说你们日日夜夜虐待他。储境,那可是我的亲弟弟啊,你要是敢对他怎么样,我一定饶不了你！你要是想杀他,干脆先杀了我！"徐竹花激动地抢过储境腰间的枪,恨恨地看着他,决绝地将黑洞洞的枪口对准了自己。

"竹花,你听我说！弟弟确实受了点皮肉伤,但我向你保证,绝对不像凯玲说的那么严重,他是你弟弟,我怎么能害他呢？"储境连忙鬼话连篇地哄着徐竹花,好让她将手中的枪放下。

储境做出一副被逼无奈的样子:"实话跟你说吧,竹花,弟弟之前杀了一个连长,惹得团长震怒,他是被团长盯上了,而且他带着游击队灭了我们好几支还乡队,县政府也把他视为头号敌人。两边都逼着我去抓他,我也是没有办法呀。"

储境偷偷看了看徐竹花的反应,见她依然激动,便继续柔声细语地说:"团长那边派了人过来盯着,我有心放走弟弟,可我不敢啊。他是共产党,在我们手里自然要受一些皮肉之苦,否则没办法跟团长交代。你要相信我,我特意嘱咐了人,都是一些皮外伤,看着吓人,其实养养就好了。团长想杀了他,我一直在中间周旋,就想着保弟弟一命,之前我就是怕你担心才没告诉你。"

"真的？那你让我见见他。"见储境说得真情实意，徐竹花神色有些松动。

储境见状，知道她快要相信自己了，便趁热打铁，诓她离开："自然是真的。但你现在不能见他，团长还盯着呢，如果被他们看见，再给我安上一个通共的罪名，别说保全弟弟了，连我都得搭进去。我一定让你见他一面，但你得给我一点时间安排，好不好？"

徐竹花半信半疑，没有说话，她看着储境的眼睛，想从中辨出一丝真假。储境的心里打着算盘，他上前握住徐竹花的手，低声说："竹花，弟弟在牢里的日子不好过，又冷又潮，这么多人盯着我，我想给他送点吃穿的东西也没办法。你来了正好，你回去帮他准备点吃的和两身干净的衣裳，另外再准备一些外敷的草药，趁着探视的时候带进去。"

徐竹花担心着狱中的弟弟，连忙点头："好，好，我这就回去准备。"

"那等我一切安排妥当，差人到家中给你送信，到时候你跟着来就行了。"储境哄着她，将她送出门外。徐竹花以为很快就能见到弟弟，一心只想着回家后给弟弟做什么吃的，带什么东西，没注意到储境嘴角挂着阴险的笑。

"大队长……"吕果太看着徐竹花离去的身影，不知接下来该怎么办。

"还是先不要杀他了，留着他的命吧，现在时局很难判断啊，未来他可能对我们还有用，给他腿部上一点草药，以免他真的死了，真的死了，我们手上就没有筹码了。"储境老谋深算地说道。

吕果太和王金要点了点头，搞了点草药敷在徐宏海受伤的腿上，但腿骨断裂的疼痛依然折磨着徐宏海。

第十六章

（一）

　　1949年3月20日，刘邓大军二野第五兵团先头部队攻下余井镇等梅城的北面乡镇。一年多来国民党部队在战场上节节败退，潜山县城的国民党军队和自卫大队也丧失了战斗的信心，军心涣散。军官们嘴里喊着党国的利益高于一切、我们要与党国共存亡，实际上心里都盘算着该往哪儿逃。

　　储境也不例外，心里比谁都着急，该怎么办呢？储境在办公室里来回踱步。他突然叫来自卫大队的心腹队员徐发纯，徐发纯也是槎水人。

　　"徐宏海在牢里怎么样？"储境向徐发纯问道。

　　"最近一个月他什么也不说，腿骨的伤还没有好，整天躺在地牢的稻草上。"

　　"好，你这样，这样……"储境朝徐发纯的耳朵里轻轻耳语了几句，并嘱咐他秘密行事。

　　"好的，大队长！"徐发纯心领神会地离开了储境的办公室。

　　第二天一大早，储境带领徐发纯等十几个心腹用竹床抬着徐宏海偷偷地向野人寨的山里出发，到达野人寨后转道向北到达龙潭的大山，沿路专走偏僻的山路。由于山路陡峭，还要抬着徐宏海，队员们颇有怨言。

　　"大队长，这么一个瘸子干吗要辛辛苦苦抬着？搞得兄弟们累死了。"徐发纯愤愤地问道。

　　"你小子懂什么！他现在是我们的免死牌。我们为什么走大山呢？你也不动动脑子。"储境说道。

　　"现在到处是共军，万一在路上碰到了，我们手里有了这个瘸子，他们就不敢来硬的。等到了槎水镇金冲，见到槎水还乡队和黄柏还乡队，那是我们的地盘，我们到时可以看情况再说。"储境颇为自得地笑道。

"大队长英明,大队长英明。"徐发纯躬着腰,点着头,满脸堆笑地说道。

"大家抬好这个瘸子啊!"徐发纯高声喊着,露出了大黑牙。

"哈哈哈,你们这帮无能的狗,你们也有今日啊。"久未开口的徐宏海突然嘲笑他们。

储境并未理睬徐宏海所说,只是又问徐发纯:"你派人通知了王献冬、王金要和吕果太吗?"

"大队长放心,通知了,让他们明天上午十点在金冲冯娘娘庵迎接我们。"徐发纯回答道。

他们抬着徐宏海,翻过了一座山又一座山,终于在22日上午十点到达槎水镇金冲冯娘娘庵,只见槎水镇镇长王献冬、槎水还乡队队长王金要和黄柏还乡队队长吕果太带着三十几名还乡队员在冯娘娘庵列队迎候。

此时的储境已没有以前的气宇轩昂,毕竟形势不比以前了,他自己清楚今天是落荒而逃。

"大队长,一路上辛苦了。"王献冬、王金要和吕果太纷纷向前和储境握手招呼。

"大队长,怎么还把他抬回来了?"王金要一看到徐宏海,便好奇地问储境。

"叶落归根啊,我心善,槎水人还是回到槎水吧。去,挖个坑把他埋了。"储境手心向内手指向外摆了两下,示意王金要和吕果太去处理此事。

王金要立刻命令还乡队员李忠庆带几个人去山上挖坑。

"哈哈哈,你们这些狗,今天你们怕了吧,我死了,你们还能活几天?"徐宏海仰天大笑。

"死到临头还嘴硬呢!快抬走!"储境急令徐发纯将其抬走。

徐发纯等人抬着徐宏海跟随李忠庆上了山坡,随后储境、王献冬、王金要和吕果太也上了山。

(二)

山坡上寒风凛冽、满目枯草。李忠庆等人找到一块平地,很快挖好了一个两米长一米宽的坑,新挖出的土还堆在边上。

众人将徐宏海丢进坑里,站在坑边居高临下地看着他。储境率先开了口:"徐宏海,你我斗争这么多年,最后还是你失败了吧。"

"哈哈哈,我失败了？你们听听潜山梅城方向的炮声吧！难道你们是聋子？"徐宏海躺在坑里大笑道,他一点也不害怕,反而有一种胜利即将来临的幸福感。

储境看着东南方向的天空,一阵颤抖,或许真的是徐宏海提醒了他。他挥了挥手,示意手下赶紧掩埋。

徐宏海躺在坑里,一直微笑着看着天空,静静聆听着远方的炮声。

"徐宏海,你快死了,有什么话需要和你妻子、儿子和女儿说吗？"储境冷冷地问道。

徐宏海冷笑一声:"你还好意思跟我提我女儿？她是怎么被你们虐待致聋的？你忘了吗？那么小的孩子你们都下得了手！我们共产党,为的就是消灭你们这种暴虐无道的人,我们共产党,要让所有的百姓,所有的孩子不再受苦！"

储境怒目圆睁,冲手下人喊道:"给我埋！"

还乡队的人收到命令,加快了朝坑里铲土的速度。

"共产党必胜！共产党万岁！"徐宏海面带微笑地大声呼喊着。

徐宏海胸前的土越积越多,窒息感越来越强烈。扬起的灰钻入他的鼻腔中,溅到他的嘴唇上,飞入他的眼眶里。

徐宏海渐渐感觉头晕目眩、意识模糊。他的眼前出现了彩色的光圈,透过这些光圈,他看到了徐激扬的笑脸,徐激扬张着手向他跑来,他看到了杨凯玲,她跟在徐激扬身后,抱着徐水芹慢慢走来,嫣然一笑动人心。徐宏海抱起儿子,牵起妻子的手,一家人站在家里的院子中,幸福地笑着。

一眨眼,妻子和孩子不见了,徐宏海也从家里来到了一片陌生的稻田中。徐宏海焦急地四处寻找,却在稻田深处看到了许久不见的老熟人。天明大叔和江林站在阳光下,一旁还有自己的父亲,都在笑盈盈地向他招手,徐宏海仿佛又回到了少年时代,他眼眶一酸,向他们跑去。接着,赵小虎也出现了,他笑呵呵地喊着"队长",徐宏海随后看到了更多的人,都是自己的战友、队友。

世界越来越安静,徐宏海的呼吸越来越弱,心脏跳动得越来越吃力。在幻境中,他听见身后有人在喊他,回头一看,妻子和孩子就站在稻田的另一边,还有自己的姐姐、弟弟和妹妹。风轻轻地吹来,稻田像金色的波浪,徐宏海闻着稻香,幸福地笑了,乡亲们再也不用怕饿肚子了,孩子们再也不会受苦了,他冲家人们招了招手,然后转身走入稻田深处。

泥土没过徐宏海的头顶,徐宏海的世界一片寂静,他永远地睡在这片土地上,与山岗永存,再也听不见任何声音。储境冷眼看着徐宏海的埋身之地,拍了拍手上的泥土,带着自卫大队和还乡队离开了。山坡上一切重归宁静,有几只鸟儿在这里盘旋两圈,鸣叫了几声,然后展翅翱翔,向着巍峨的天柱山飞去。

储境等人封锁了消息,告诫还乡队的人谁也不许走漏风声。但纸永远包不住火,他们上山时就被附近的老百姓看到了。

(三)

正是在徐宏海英勇就义的这天下午,刘邓大军二野第五兵团先头部队攻克了潜山县城梅城,受尽压迫的百姓走上街头载歌载舞,欢迎解放军入城。

23日早晨,寒风依旧。一个五十岁左右要饭的妇人头发蓬松,左手拿着一个破口瓷碗,右胳膊下夹着一根木棍,向徐家的小山坡走去。

"有人在家吗?"

"哪个呀?"杨凯玲从里屋走到门口喊道。

"大妹子,是我。"妇人答道。

杨凯玲打开门,看见是一个乞丐,心生怜悯,立刻说道:"快进屋吧,我给你拿一个红薯,早上刚蒸的,还热着呢。"杨凯玲搬了一条凳子让她坐下。

"大妹子,多谢你了。"妇人上下打量着杨凯玲,又环顾四周看了看这个家。这时,杨凯玲的母亲和儿子也从里屋走了出来,一岁的女儿还睡在床上。

"大娘,外面冷吗?"徐激扬问。

"哎哟,这孩子真有爱心。冷,外面风大着呢。"妇人强挤了一丝笑容,但摇着头。

说话间,杨凯玲拿了一个红薯向妇人走来,顺便问道:"你是哪里人啊?"

"谢谢你,大妹子,我是金冲人。"妇人接过红薯,便大口吃了起来。

妇人很快吃完红薯,便对杨凯玲说道:"大妹子,还请你带我去一下你们家厕所。"

杨凯玲带着妇人经过内廊走进养鸡的院子,此时妇人见杨凯玲的母亲和儿子不在眼前,便一把拉住了杨凯玲的手,说道:"大妹子,我听说昨天金冲活埋了一个游击队的人。"

"谁?知道是谁吗?"杨凯玲的身体一震,惊恐地问道,但又克制着自己的慌张,迅速镇定了下来,因为她并不知道这个乞丐是什么人。她又问道:"你是什么人?你说的是真的吗?"

"大妹子,我不是要饭的,我是害怕国民党的人才打扮成这样,虽然梅城昨天被解放军攻下了,但槎水还有国民党的人。"

"昨天晚上我听我家周边的乡亲们传言说,昨天下午在金冲冯娘娘庵附近的山上一个游击队长被活埋了,听他们说是徐宏海。我丈夫以前在江西当红军,后来牺牲了,我很早就关注着游击队,也知道你们家,所以今天一早赶紧过来告诉你。"妇人一边说着,一边握着杨凯玲的手。

杨凯玲顿时觉得天旋地转,腿脚有些站不稳。妇人一把将杨凯玲揽在怀里,靠在自己身上,左手轻轻摇着杨凯玲的手,安慰道:"大妹子,这消息不一定是真的,我也是道听途说,你先别伤心啊,你还有孩子和老人,你要坚强啊。"

孩子和老人,孩子和老人,坚强,坚强……此时杨凯玲只能坚强,只能装作什么都不知道,因为还有两个年幼的孩子和母亲需要她。她想放声大哭却不能出声,她想流泪却不敢流泪,她希望亲人安慰却又不能让亲人知道。

但愿这不是真的,但愿这只是一个传言。我该做什么?我该怎么做?此刻,杨凯玲的心中只有悲痛。她坚强地站着,跟跟跄跄地向前迈了两步,双手扶着墙,埋着头,眼泪终是止不住地吧嗒吧嗒顺着脸颊往下流。

这时杨凯玲的母亲意识到院内的气氛有些异常,让徐激扬在房内照看着妹妹徐水芹,自己迅速走到院子里。得知徐宏海可能被活埋的消息后,杨凯玲和母亲俩人抱在院内低声呜咽,母亲用衣袖擦着女儿的泪水,安慰道:"先别伤心,你先找上两个人一起去看看。"

杨凯玲送走了妇人,立即找到游击队员王立朝、徐洪鹤以及族务骨干徐洪嘉前往金冲冯娘娘庵。山风凛冽,渺无人烟,青松矗立在片片枯草之中。放眼望去,重重叠叠的远山向天边延伸过去,近处青岚可辨,远方渐渐模糊,消失在天边。轰隆隆的炮声从南面天柱山方向传来,今天是潜山县城梅城宣告解放的日子,幸福的人们在庆祝胜利和新生活的到来。

他们四人分头在冯娘娘庵附近的山上寻找新挖土的痕迹,下午三点,王立朝从对面山岗上跑过来对杨凯玲说道:"小杨,山那边有一块新挖土的痕迹,我们去看看。"

杨凯玲一个趔趄,从小山坡上滑了下来。她又紧张又慌忙,跌跌撞撞地跟着王立朝来到新挖土的地方。山谷凹沟上方约五十米处有一块平地,平地中间有一片两米长一米宽的新鲜黄土,黄土周围是被很多脚印踩踏的枯草。片片凋零的树叶从附近的树上落下,随着风打着转,嵌缀在黄土之上。忽然间,杨凯玲发现几缕黑发夹杂着黄土隐没在几片落叶之间,她赶忙跑过去,双膝跪在地上,双手快速地在土中挖着,她根本无暇顾及手的疼痛。也不知道挖了多少下,终于,她拨开土看到了一个英俊的脸庞,一瞬间,她哽咽了,身体也趴了下去,将脸贴在了这熟悉而又冰冷的脸庞上。

"是你啊,真的是你啊,你怎么就这么走了呢?"

"你知道吗?今天梅城解放了。你能听见吗?这是人民庆贺的炮声。"

"过去那么严峻寒冷的日子你都过来了,为何今天你却过不来?这是为什么啊?为什么啊?"

杨凯玲双手捶打着黄土,泪如雨下,泪珠滴落在徐宏海的脸庞上,她摇着头,她不敢相信,她不愿接受……

坐在旁边的三个男人也流着泪,伤心和悲痛浸满了每个人的心。这是曾经待我们如亲人般的队长,这是引领我们前赴后继、奋力抗争的领航人。

"大嫂,您别太悲伤,您要注意身体,您还有两个孩子,孩子们可是大哥的希望啊,我们趁着天亮把大哥抬回去吧。"徐洪嘉劝慰着杨凯玲。

杨凯玲的眼泪润湿了徐宏海脸庞上的黄土,黄土黏在杨凯玲的脸颊、头发和衣服上。她抚摸着徐宏海的脸庞,眼前浮现出过去的一幕幕,风吹的日子、雨打的时光、甜蜜的安慰、美好的向往……这一切都化成了悲伤、荒凉和独自迷茫。

> 萧萧落叶卷西风。枯草飘摇悲长空。
> 柔肠寸断双泪注,挥袂轻抚冰雪容。
> 魂归去,天柱同。挺拔巍峨刻皖雄。
> 寒霜冻忆千秋事,今朝春融知几重?

(四)

徐宏海牺牲后,黄柏游击队化悲痛为力量,誓要完成好为解放军筹备渡江物资的任务,这是队长一直惦记的事,也是队长至死都要保守的秘密。在游击队和皖西人民的共同努力下,大批的物资被送到解放军手里,还有众多工匠、船夫,纷纷自愿为解放军做事。

黄柏游击队在皖西与国民党勇猛地斗争着,他们攒着一股劲,一定要为队长徐宏海报仇。1949年3月29日,黄柏游击队与皖西军分区基干团联合行动,在杜埠、槎水、青草、源潭、棋盘等地围攻国民党军队、自卫大队及各乡镇还乡队,很快将其一一击溃。

4月,人民解放军在长江中下游发起突击,横渡长江,战线延绵千里。人民解放军在安庆附近最先突破国民党的防线,安庆各地的党组织纷纷来到前线接应大军,黄柏游击队也在其中做出了重要的贡献。一艘艘木船从岸边驶出,熟悉水性的老百姓们积极上阵,摇着木桨运送战士们过江。人民解放军不顾国民党军队陆海空全方位炮火的阻击,千帆齐发,战士们勇猛顽强,前赴后继地奔向对岸,突破国民党军队近千里的江防阵地,直取南京。南京总统府楼顶的青天白日旗被战士们扯了下来,取而代之的是一面鲜艳的红旗。红旗迎着风飘扬,宣告着国民党的溃败,宣告着人民的胜利。

10月1日那天,一面五星红旗在北京天安门广场升起,一首《义勇军进行曲》响彻东方,中华人民共和国向世界宣告着她的诞生。这天,举国欢腾,到处都是庆祝仪式,人们走到街上欢呼着、拥抱着、庆祝着,战争终于过去,腐朽的旧时代终于过去,人民当家作主的新时代终于来临。鲜艳的五星红旗飘扬在中华大地的每一个角落,杨凯玲牵着儿子,抱着女儿,站在人群中感受着这份欢乐。身旁人潮涌动,她悄悄垂下眼帘,这就是他甘愿为之付出生命的胜利!他的理想终于实现了,可惜他和他的众多战友们再也看不到了。

  徐激扬察觉到母亲好像在发呆,举起小手晃了晃她的胳膊,杨凯玲回过神来,温柔地摸了摸他的头。杨凯玲抬头看着湛蓝的天空,嘴角轻轻上扬,还好,他的孩子们看得到,他们的孩子们看得到,这个国家往后的每一代人都看得到。

后　　记

　　我出生于革命先烈家庭，从小沐浴在红色教育的春风里，关于爷爷的故事早就耳熟能详，作为黄柏山区游击队队长，他为皖西南黄柏山区抵抗日寇和人民解放做出了重要贡献。2021年是中国共产党成立一百周年，站在这继往开来的历史性节点上，我想写下关于那个艰苦斗争时代的故事，宣传红色文化，赓续红色血脉，献给伟大的中国共产党。爷爷只是众多为国捐躯的先烈中平凡的一员，但平凡铸就伟大，望借此平凡的缩影以缅怀先烈们的英勇事迹，传承革命的奉献精神。

　　2020年3月，我开始着手撰写此书，一年多来，查阅了大量资料，走访了十多位了解这段历史的人物。在还原这个故事时，我自己也曾多次深受感动。由于我并非专业作家，笔力有限；加之爷爷只是平凡的一员，恐故事趋于平淡，书写过程中我曾多次退却，但最终还是鼓励自己前行。2021年12月26日，全书完稿。

　　在本书的撰写过程中，我得到崔可萌、黄娥、徐基洋、汪兰、徐俊英、徐俊君、郭迎庆、何国胜、徐礼圣、张晗钰、吕全、何倬钰、朱岷、杜韵凡、徐博瑞、张顺平、徐焰来、方胜昔、徐储来、王立新、张永富、江波、朱张林的帮助，向他们表示诚挚的感谢。书中若有不妥之处，敬请读者指正，我会在再版时更正。